LA ROSA

El camino hacia el despertar

CASTILLOS DE POBREZA

Jesús Edgar Medina Adame

Contenido

Detrás de mis ojos

Mi ignorancia alcanza
lo que mi sabiduría
no imagina.

_jema_sid

Fragmentos del prólogo

La injusticia y la indiferencia social, la cual se vive en esta nueva era incierta y confusa, castiga como siempre a los más vulnerables e indefensos. Los gobernantes se gozan del poder monetario y político que obtienen al ser elegidos por la supuesta democracia, pero no procuran atender las carencias de justicia que se viven alrededor del mundo, especialmente en los países más pobres, en donde los que menos tienen son ignorados y muchas veces utilizados como esclavos. Es en la pobreza en donde se encuentra la humildad del corazón y la sencillez del alma, por no tener lujos que oscurezcan la bondad. Es por ignorancia que muchos continuamos sumidos bajo el control infame de los acosadores y abusadores, quienes procuran crear miedo para manejar a su antojo nuestros sueños y deseos. Existen muchos quienes procuran ayudar sin interés a los que nada tienen, porque sienten que la luz de la razón y la justicia hace falta en medio de esta oscura ignorancia a la que se somete a los más pobres e ilusos. Por eso es por lo que arriesgan hasta sus vidas para defender a aquellos que sufren por la indiferencia que se genera a diario en este nuevo orden mundial, el cual margina a los que son diferentes al modelo que los medios sugieren entre las mentes controladas. Pareciera que ni la religión, ni la política son lo que el ser humano necesita para llegar a un mejor entendimiento como civilización, pues a lo largo de la historia humana, han sido precisamente estas dos entidades las que han transformado las fronteras idealistas en el mundo, pero no precisamente para generar una unión saludable y próspera, sino para confundir y dividir más a los humanos. No debe surgir la duda de que la verdad existe dentro de cada uno de nosotros, sin necesidad de lo externo y confuso de este nuevo orden, por eso, cada uno puede ver dentro de sí mismo para liberarse de la ignorancia. Tú eres capaz de lograr lo imposible y de alcanzar lo inalcanzable, cree en ti.

En memoria de mi madre:

Emma Adame Almaraz

Capítulo 1

Un arcoíris en la oscuridad

«No había mucho que comer, excepto lo poco que se podía salvar de la basura. La gente tira más de lo que necesita para vivir», decía Felipe.

Felipe me contó cómo era la vida en el basurero, y de cómo le hacía para conseguir comida limpia todos los días para su familia. Era una proeza diaria conseguir tan solo un pedazo de pan, o tan siquiera algo para beber porque no había muchas facilidades de conseguir lo que cualquier persona necesita para tener una vida digna, limpia y saludable. Al contrario, eran ellos los olvidados del mundo y su indiferencia, de la falta de caridad de estos corazones rotos por la avaricia y el egoísmo. Estos son los que aprueban la corrupción por intereses de bienes o servicios, olvidándose de los que necesitan tan solo un poco de piedad. Siendo solo eso lo que los inocentes esperan de ellos, porque se cansaron de esperar las promesas incumplidas de estos avaros, quienes se muestran indiferentes con los inocentes que mueren cuando las fuerzas poderosas de los maestros del espectáculo social se enfrentan.

De alguna manera, quién podría juzgarlos por su ignorancia a estos títeres del mal que se dejan llevar por los placeres que obtienen en la vida, a cambio de la esclavitud en servir al propósito de su malvado maestro. Tal vez somos nosotros quienes nos equivocamos en juzgarlos, y vivimos en la opinión de nuestra propia percepción de la realidad; e intentando cambiarlos, desperdiciamos los momentos en cosas banales, ajenas a nosotros mismos. Así nos despreocupamos del propósito, el cual se revela al reencontrarse con uno mismo.

En el basurero la competencia diaria que Felipe tenía que lidiar era injusta e inmoral, y no parecía que los abusivos dejarían el poder algún día. Estos criminales siempre se apoderaron de todo objeto que pareciera tener algún valor, y no dejaban que las personas de la comunidad se beneficiaran de algún medio que los ayudara a salir del hoyo en el cual eran retenidos.

—Nos entretienen, y nos mantienen distraídos para no volar —decía Felipe, al referirse a los iluminados por la avaricia y el poder.

Desde que era niño, Felipe recuerda haber peleado con otros niños porque le arrebataban de entre las manos lo poco que encontraba.

En ocasiones salía golpeado por reclamar su hallazgo, o por defender a otros de la avaricia de aquellos abusivos desgraciados faltos de honestidad y del respeto ajeno. En muchas de esas ocasiones terminó llorando tirado al lado del montón de basura, mientras que los demás se jactaban de lo que le habían quitado, y burlándose de su miserable persona y su desdichada suerte.

Quienes son pobres saben que aún entre ellos hay unos que lo son más, a quienes marginamos etiquetando como los miserables, y quienes aún los mendigos desprecian. La familia de Felipe fue una de las más miserables de la comunidad, y al igual que muchas más familias, sufría de la discriminación y la injusticia por parte de quienes siempre se apoderaban de todo lo que otros encontraban.

Esos abusivos controlaban toda recolección entre los montones de basura, y cobraban una cuota a los recolectores por recoger en la basura que llegaba de la ciudad, de alguna colonia de gente rica o de clase media. Quien no pagaba la cuota impuesta por los líderes verdugos, no tenía el derecho de recolectar en los montones de la mejor basura.

Había rangos que se heredaban de generación en generación, entre la compleja comunidad que se había formado en ese miserable lugar apartado de la mano de Dios. La familia de Felipe fue la de menor rango en todas las generaciones hasta

6

él, por eso nunca tuvieron el privilegio para recolectar entre la basura que llegaba de esas comunidades con mejores recursos.

Los líderes de la comunidad eran siempre los que mejor partido sacaban de todo, pues, aun cuando alguien encontraba algo de valor en su turno para recolectar, como tenían que pasar por una clase de punto de inspección por parte de esos abusadores, se decomisaban los objetos que el líder consideraba de su interés. Sin que nadie pudiera tan siquiera decir una sola palabra para quejarse, por el temor que tenían a las represalias por parte de sus verdugos. Los que mayor cuota pagaban tenían la oportunidad de recolectar entre la basura de mejor categoría, mientras que los que no contaban con mucho que dar, se conformaban con recolectar entre la basura que otros ya habían recolectado; es decir, entre los sobrantes de la basura que otros recolectores tiraban; entre la basura de la basura.

Había días en los que Felipe solo comía los desperdicios que sobraban del día anterior, y ni siquiera migajas en ocasiones. No tenía dinero porque no encontraba algo útil para vender, al menos, para él no tenía importancia alguna vender lo que tenía un valor incalculable en su corazón; como las cosas que su padre le había heredado, y los recuerdos de su madre.

El verdugo del pueblo lo degradaba a tal manera y sin piedad, no dándole oportunidad alguna en absolutamente nada, haciendo su vida más miserable aún. Había como un resentimiento contra su familia a un grado miserable, porque siempre lo maltrataban física y emocionalmente en donde sea que lo encontraban, además de que no dejaban que nadie lo ayudara en ninguna cosa, o de lo contrario recibirían las represalias con las que siempre los amenazaba.

En una de esas ocasiones cuando el hambre le hizo perder el miedo, se aventuró a un montón de basura restringido por el líder de la comunidad, en el cual no tenía permiso de recolectar. Pero se atrevió a acercarse porque el hambre lo empujó, para ver si encontraba algo que pudiera comerse. En esa ocasión, por cierto, una señora soltó el llanto al verlo comerse algo que había encontrado tirado entre los desperdicios.

En el momento en que Felipe encontró aquel pedazo de pan, de inmediato se lo metió a la boca para que nadie pudiera quitárselo, y como un animal salvaje defendió su pedazo de cosa, con un hambre de perro.

En ese momento, el encargado de vigilar el montón de más categoría lo vio y lo pateó fuera del lugar, dejándolo sin aire, pero sin soltar su pedazo de pan francés que había encontrado, el cual estaba casi tan duro como un ladrillo. La patada le sirvió de ayuda, pues en ese instante se ahogaba, y al sacarle el aire de los pulmones destapó el pedazo de piedra francesa atorado en su garganta.

Qué contrariedad el resultado, respecto a la intención que aquel hombre había tenido en contra de Felipe, quien en vez de perjudicarlo terminaba salvándole la vida. Como pudo se puso de pie después de tomar algo de aire, y se fue muy contento con su pedazo de piedra francesa.

La señora, al ver tal injusticia le gritó a aquel agresor abusivo que lo dejara en paz, pero este la ignoró y trató de agredir a Felipe de nuevo. Lo bueno fue que otros empezaron a apoyar a la señora, logrando llamar la atención de aquel engañado por las palabras de otro, ya que el líder le había encargado que no dejara a Felipe acercarse a ningún montón de basura, hasta que pagara la cuota semanal.

Qué vileza más atroz y cruel la de la mentira aprovechada por el poder para sugestionar a las personas a ser indiferentes con sus semejantes, al grado de contaminar sus corazones con una ambición banal para el alma. Son verdugos inocentes creo yo, porque no tienen ninguna culpa por su debilidad a los placeres que los enferman; pues, estas debilidades fueron moldeadas con el propósito de ser lo opuesto en el plan, para que se pueda seguir recíprocamente el destino planeado por los divinos; a quienes nadie puede apelar a sus propósitos ni a sus intenciones; así, como tampoco a la fortuna, la cual nos enseña algo que pocos llegan a comprender.

Toda su vestimenta la había encontrado entre la basura, desde sus calzones hasta su sombrero de los años treinta, excepto el anillo de plata con un rubí en el centro que su padre le había dejado, el cual guardaba celosamente en sus más valiosas pertenencias, las cuales eran un montón de todo tipo de objetos raros de distintas épocas y para diferentes propósitos.

Creo que a muchos coleccionistas les encantaría poder echarle una mano a aquel baúl que guardaba con tanto cariño. Era un baúl muy viejo, el cual su padre había encontrado muchos años antes de que él naciera. Un vestigio olvidado por algún galeón en la época de la conquista, el cual su tripulación cargó con su propósito hasta tierra firme, y con el paso del tiempo perduró de alguna manera casi intacto. Además de su colección de artefactos místicos, que de muchos ignoraba su propósito, también guardaba una colección de revistas de *La Sociedad Geográfica Nacional*, desde su primer tomo hasta el último que se había publicado entonces.

Tenía muchas revistas más, todo tipo de libros, vasijas y objetos raros que arrecholaba en sus dos jacales que había construido con objetos de la basura.

Me dijo que su jacal estaba cerca de una zona de deslave. Le pregunté si no tuvo miedo de que un día fuera a pasar algo y se derrumbara. Me dijo que no me preocupara, ya que había estado así por muchos años y nunca había pasado nada. Sonrió un poco, y agregó, «El destino no falla a la hora de dejar que la muerte acontezca en nuestra carne, todo llegará en su debido tiempo».

Usaba un moño color guinda, y un traje de color azul de muy buena calidad, con una camisa de ceda color violeta y zapatos de charol color vino, los cuales tenían un broche de metal. Eran mucho más viejos que él, se podía notar, pero no parecía importarle lo más mínimo; al contrario, se sentía muy

9

orgulloso de haber encontrado aquel atuendo tan peculiar y de tan buena calidad, el cual vistió para nuestra entrevista en el cuarto oscuro.

—Es el dominguero mi güero —me dijo Felipe.

Lo único que pude hacer fue admirar tal grandioso atuendo, al no negar lo que decía. También, dijo que lo había encontrado en un montón de basura recién llegado de alguna zona exclusiva de la ciudad más cercana; un día cuando el líder de la colonia había salido junto con sus compinches, dejando el basurero a merced de todos. Afortunadamente, Felipe no había sido el único que encontró algo ese día, porque todos encontraron un montón de cosas con un valor muy significativo, las cuales algunos usaron para vender y poder comprar algo de comida.

La alegría creció en el corazón de todos, sintiéndose el ambiente como de libertad. Los que no encontraron casi nada recibieron de los demás algunas cosas para que no se sintieran mal. Como a algunos les fue tan bien, se sintieron complacidos y se ofrecieron en ayudar al ver a Felipe que ponía la iniciativa, al compartir algunas cosas con otros menos afortunados. El día se transformó en un ambiente de fiesta y celebración, donde todos cooperaron con algo de comer.

Fue una gran celebración de gozo y libertad por la ausencia de los opresores que los limitaban. Y aunque fuera solo por esa ocasión, se sintieron verdaderamente aliviados y felices. Lástima que tuviera que terminar con el regreso de los secuaces. Todos callaron su alegría en ese momento, con el miedo y la desilusión que los dejaba sin saber qué decir. Solo se miraban uno al otro, mientras el líder abusivo caminaba hacia el centro donde se había desplegado la fiesta. Muy enojado, con esa cara de cínico con la que siempre los enfrentaba.

—¿Y quién autorizó esta fiesta? No recuerdo que me hayan preguntado —dijo el verdugo, con cara de rudo— ¿a qué se debe, he? Díganme.

El único que se atrevió a decir algo fue Chendo:

—Solo queríamos celebrar el cumpleaños de algunos de los chavales.

El líder asintió con la cabeza y les dijo: «Está bien, está bien… sigan con su fiesta, pero mañana hablaremos de esto». Se retiró enseguida con sus compinches a sus respectivos jacales.

Lucían muy cansados. Por cierto, ninguno quiso quedarse a la celebración, porque siguieron a su líder vil y voraz sin ninguna tregua u oportunidad de liberarse de su complicidad, a la cual los había sometido por voluntad.

Después de algunos días se enteraron de que habían ido a saquear una excavación arqueológica, la cual se realizaba cerca del basurero por parte de una universidad del extranjero y la universidad nacional del país.

La excavación no contaba con la seguridad suficiente como para proteger los hallazgos de las ambiciones de estos saqueadores, quienes se aprovecharon de muchos objetos con un gran valor histórico, y muy relevantes para nuestra identidad como pueblo y para nuestra cultura ancestral.

Es por culpa de estos carroñeros ladrones de vestigios sagrados, por lo que no se sabe de estos objetos, más que en el mercado negro de las altas esferas políticas y sociales, en donde se hace que se pierda su valor al agregarle el lucro. Y todo por la vanidad y avaricia del poder sobre los demás, lo cual, los convierte en egoístas y mezquinos, viles villanos que gobiernan en este mundo.

Toda esta indiferencia agobiaba a Felipe de una manera muy profunda, parecida a la angustia que sienten los inmigrantes perseguidos por la avaricia del poder, al ser tratados como objetos de intercambio de intereses, por parte de la nación más poderosa en el planeta.

Al menos, no todos aprueban tan cruel afán en contra de los que construyen el país día con día, y no apelan a la subliminal estrategia del villano. Ni a su afán discriminativo que posee odio y rencor, además de falta de humildad y razón.

Los intelectuales no apoyan la locura indiferente por parte de su líder, por querer dividir más la gentileza de esta gran nación.

La angustia de los pobres se vive en todo el mundo sin importar lo que tengan que decir. Pues, si el interés de las naciones, las cuales rigen los sistemas económicos, no encuentra lucro en estos pueblos, ninguna clase de ayuda es designada para estas regiones. Y sabemos que esto pasa hoy en día en todos los países pobres, en donde los poderosos ponen sus intereses solo en los recursos que les dan ganancias y control. Olvidándose de las personas, negándoles los servicios necesarios para una vida digna, y violando los derechos de la gente como en muchas ocasiones, pero quedándose impune como siempre. Parece que nadie puede apelar a tan grande esfera de control político y social, al menos hasta ahora no se ha logrado nada seguro con la supuesta democracia, pues no hay igualdad ni orden social. Mucho menos un progreso en la harmonía y la convivencia entre las personas, quienes forman parte de dicha sociedad, porque pareciera lo contrario lo que estos nuevos líderes buscan.

Esta indiferencia ha causado indignación entre los que son partidarios de la igualdad y el respeto por la dignidad humana, y quienes se han esmerado con sus vidas en tratar de alzar la voz, pero sus voces han sido apagadas por lo mezquino de este nuevo orden mundial, que corrige el destino de los hombres, según su interés por el control de la población para mantener su mentira. Por eso no hay justicia verdadera en la tierra de la libertad, pues se convirtió en tan solo una falsa promesa de leyes y estatutos, los cuales los libertadores se ofrecieron en sangre para formalizar, pero que ha sido torcida por los intereses del nuevo orden.

Todos se gozan del poder de las riquezas y de los bienes materiales, olvidándose de los que menos tienen. Y al final, son los pobres los que construyen los muros y techos de los ricos e indiferentes.

A pesar de su condición miserable, a Felipe le preocupaba más lo que le pasaba al resto de los demás, sin importarle si comía o no, pero, aun así, no le faltó tiempo para compartir con su madre. Felipe sentía que no tenía nada que perder al no tener mucho en la vida, y siempre hacía favores por los cuales no cobraba ni un céntimo; además, la gente no tenía nada que darle. Él lo comprendía perfectamente, por eso nunca esperó nada a cambio.

Pasó mucho tiempo lamentándose por el destino de todos los que conocía, por esa indiferencia que lastimaba a muchos que vivían el mismo destino que él. Que hasta en ocasiones no podía dormir al imaginarse a los demás con sus mismas preocupaciones.

Qué podría hacer Felipe, qué podría esperarse, pues el ver siempre sufrimiento aflige el alma, y la condena a la amargura de la preocupación, casi al grado de perder la fe, la esperanza y la voluntad de continuar soportando tan divina discrepancia. Para él, todo eso era solo egoísmo divino experimentado en su creación terrenal; el cual sugiere que el sufrimiento es decisión divina, y que es necesario para trascender. Tal vez, Felipe no estaba del todo mal después de todo, y es así como trascendemos, con el dolor enseñándonos a vivir.

Es muy profunda la herida que causa el abuso y la indiferencia en las almas de los pobres inocentes, los que son condenados día a día por la idolatría materialista de esta *bestia*, esta sociedad, en la cual no encajamos con nuestras emociones; sin embargo, nos aferramos a ella con el esfuerzo diario por conseguir lo requerido, acorde a la ambición de cada uno. Cada uno intente juzgar a su manera.

Felipe tenía cajas llenas de cientos de fotos de artistas famosos y un montón de cartas sin abrir. Unas muy especiales de la reina de Inglaterra para el presidente de la nación, en las cuales descubrió cosas que demostrarían lo equivocados que estamos sobre algunos detalles de la historia de esta nación. Nadie sabe cómo fue que tal documento llegó a sus manos, todo lo que me dijo fue que lo había heredado de su padre, como casi todo lo que poseía en aquellos jacales de risa. Siempre alardeaba sobre aquellas cartas. Y en una ocasión mencionó un mapa sobre un pergamino extranjero, pero jamás me dio detalles de aquel lugar que mencionaba como si ya lo hubiera visitado.

Así era él, por eso la gente lo rechazaba de alguna manera; pues, debido a toda esa ilustración de revistas y libros, en cada conversación con los demás su expresión era muy profunda y educada.

Más idealista que todo, pero suficiente como para abordar cualquier tema, con cualquier persona, en cualquier nivel social o intelectual. Pues toda esa información que aprovechó durante años, lo había educado de una manera fluida en casi todo, y con la buena costumbre de ayudar sin esperar nada a cambio, sin egoísmo ni idolatría. Por eso la gente a su alrededor lo rechazaba, por esa manera de hablar, al opinar sobre temas que nadie aborda cuando se está en un montón de basura buscando algo para comer.

Ese era él, no era su culpa, y siempre ayudó aun a los que lo criticaban, porque la riqueza de su corazón era más grande que el egoísmo o la idolatría. Su obra eran sus hechos, no sus pretensiones. Por eso estuvo dispuesto a socorrer a cualquiera que requiriera su ayuda, pues era eso lo único auténtico que podía darles.

Contaba con una colección de cosas raras que bien podrían valer una fortuna, pero para él eran su tesoro, el cual no valoraba en ninguna denominación monetaria, sino que Felipe las valoraba en conocimiento.

Decía que poseían secretos para los hombres, los cuales los torturarían si es que no los llegaban a comprender, porque no estábamos listos para eso aún, pero que en su debido tiempo me tocaría saber su contenido. Eran esas vasijas viejas

14

que guardaba, y las cuales nunca se atrevió a abrir. Le insistí que me contara algo sobre esas vasijas, por lo que se quedó callado por algunos segundos, y muy seriamente me dijo: «Tienes que aprender a esperar tu tiempo, mi güero. Según tu destino se te rebelará la verdad». Se rió sin ninguna malicia, que hasta me hizo sentir bien, y ya no le insistí más.

A los tres años, Felipe ya podía leer algunas palabras gracias a que su madre le enseñaba con los libros que su padre le traía en cada recolección, al ser eso lo único que le dejaban recoger, ya que nadie quería los libros por no ser lucrativos. Lo menos que le interesaba al líder era la literatura, por eso siempre dejaron que su papá recogiera lo que quisiera de libros. Por lo que logró amontonar una gran cantidad de ellos en su jacal. También con Felipe eran igual, ya que al líder de entonces no le interesaba la literatura de ninguna manera, por eso lo dejaba que amontonara lo que quisiera. Siempre y cuando no pudiera venderlos, pues él creía que nadie querría comprar un libro viejo. El ignorante no lograba comprender el significado ancestral, el cual guarda la escritura en cada garabato, en el cual intentamos expresar el sentir de nuestro momento. A él solo le interesaba lo material. Lo bueno fue que aquel villano, nunca se dio cuenta de que era eso precisamente el arma de sumisión más peligrosa para el hombre.

Esta vez, la ignorancia jugó su papel a la perfección, y no dejó que el villano tomara partido.

Fueron los libros los que llenaron su pasión y curiosidad por saber más, porque para Felipe no tenía límite su imaginación, por eso siempre quería leer uno nuevo que le diera nuevas ideas y palabras para aprender con su madre. Ella fue quien le enseñó los buenos valores y el respeto por los demás. El amor incondicional por lo bueno lo aprendió muy bien, porque desde muy pequeño su madre trató de enseñarle todo lo que pudo. Le enseñó a tejer y bordar, así como a lavar la ropa. También le enseñó a construir casitas con pedazos de cartón de la basura, en las cuales jugaban durante horas sin parar. Tuvieron mucho tiempo para compartir en ese desolado páramo olvidado por la mano de Dios.

Aunque no tenían riqueza que el mundo pudiera codiciar, ellos encontraron el tesoro único de nuestras vidas, en sus momentos de risas y alegrías, cuando el hambre y el dolor se olvidan por la alegría del alma, en el regocijo del corazón. En ese momento nada existe, solo el amor, y en un momento solo el recuerdo quedará para darnos fuerza de seguir adelante con lo que sentimos, sin vanidad ni codicia.

Toda esa sabiduría que aprendió de su madre, lo hizo único entre los demás, un individuo distinto en pensamiento, sin la noción del dinero, ni la crueldad de las armas políticas. Para él, lo único importante era la justicia para sus semejantes y la solidaridad con la naturaleza.

Felipe podría opinar sobre cualquier cosa comentada por la gente, de matemáticas, fórmulas de física y artes. Estas últimas según él, eran su pasión, ya que diferenciaba a la perfección entre el estilo clásico y el neoclásico, los artistas más sobre salientes del periodo impresionista y el periodo cubista, además de otros estilos más modernos también.

Su hambre por el conocimiento era más fuerte que cualquier avaricia por las riquezas.

Ya que la avaricia puede llegar a ser un engaño, él no era engañado por nadie, pues sabía que eran crueles y despiadados; aun así, no les guardaba rencor, ni intentaba culpar a nadie de nada, más que a él mismo, a pesar de que no funcionaba muy bien que digamos, pues siempre terminaba culpando a los divinos por la desgracia de los inocentes, por su indiferencia y su silencio.

Lo escaso de oportunidades para sobrevivir en el basurero, debido al abuso de los verdugos avariciosos, dejaba a muchas familias sin medios suficientes. Algunas familias solo comían los desperdicios que encontraban aún en buen estado. Olvidémonos de las vestimentas, esas se conseguían en la basura, los cuales eran solo trapos viejos que otros ya no querían. Aunque en ocasiones algo bueno se colaba, y favorecía de alegría al poseedor de tal hallazgo.

Felipe creció en el único mundo en el que su mamá lo mantuvo por mucho tiempo, hasta que se formó una idea consiente de la realidad en que vivían. De ese roce enfermizo de la miseria y el amor, de la incomprensible idea de la feminidad, y el insistente machismo intentando comprobar la razón. La miseria sobrepasaba las esperanzas de su padre por darles una vida mejor, y se perdían en pleitos innecesarios por la frustración, lo cual provocaba las lágrimas de su madre y la ingratitud de su padre por hacerla llorar.

Por eso, y por otras muchas cosas más, fue que Felipe nunca quiso salir a ningún otro lugar lejos del área del basurero.

No vivió en un claustro, o algo similar, al contrario, vivió en la libertad que su madre siempre le enseñó, respetando la naturaleza y a ser gentil con los demás.

No hubo lugar cerca del basurero que no conociera, pero nunca a otro pueblo. A pesar de que su padre lo intentó llevar a otros lados fuera del basurero, él se oponía a dejar su lugar de conformidad. No hubo manera de sacarlo de esa idea. Además, los líderes no consentían mucho eso de que la familia de Felipe tuviera muchos privilegios, por eso nunca pudo salir del hoyo miserable al que condenaban a su familia.

Después de la muerte de su madre, el odio no cambió, ni la compasión se sintió en el corazón de los verdugos. Al contrario, fueron aún más crueles y despiadados.

Cuando mueren aquellos quienes se unen para darnos vida, es entonces cuando empezamos a extrañar sus consejos, y el cariño incomparable de sus intenciones, así como el roce de sus caricias, sobre todo, la inigualable insistencia de sus reprehensiones; pues, es gracias a ellos, por lo cual aprendemos nuestro camino, con su ejemplo y su dedicación, y con su amor desinteresado.

Lo inevitable siempre acontece, y para Felipe no sería la excepción, pues de alguna manera el universo conspiraba para que tomara las decisiones correctas para su destino. Y aunque no las comprendiera del todo, serían las decisiones que lo llevarían a reencontrar la razón por la cual está consiente de sí mismo, y el verdadero camino hacia la inmortalidad del alma.

Su compadre y amigo de toda la vida, Rosendo Carrillo, a quien llamaban Chendo, lo había invitado a trabajar en una obra de construcción en la que había estado trabajando durante varios meces, pero Felipe se mantenía reacio a no aventurarse demasiado lejos, pues había desarrollado un modo de vivir muy arraigado a ese lugar apartado de la misericordia humana. Ya se había acostumbrado de tal forma, que no quería nada más para él mismo, pues ningún bien o riqueza lo incomodaba, y creía que, con lo que sobrevivía y con lo que ayudaba era suficiente.

El problema era que ya no estaría solo, pronto tendría responsabilidades que enfrentar, tales como conseguir comida para tres, en vez de solo las migajas que conseguía para él. Esta vez tendría un sueño por cual luchar, sin imaginarse si quiera de lo que significaría en su vida espiritual.

Su vida estaría por tornarse en un tono de luz que guiará a otros en el camino para reencontrarse con su propósito.

Elida le cambió la vida por completo, de una manera que lo hizo ver lo grande que puede llegar a ser el alma humana y lo miserable de su lado oscuro.

Felipe dejó de ser el extranjero en su propia tierra, para convertirse en el reunificador del propósito personal, el cual el alma siempre busca.

A pesar de estar en dudas con la realidad, la cual no concuerda con nuestras verdaderas pretensiones, seguimos en el flujo que nos condena a la conformidad, y no nos permitimos en ocasiones ver el flujo interno que nos podría ayudar a salir de la inconformidad, sin lastimar a nadie y sin confrontaciones por intereses materiales.

Cuando Elida llegó, nadie la quería cerca de sus jacales por su apariencia de no haberse bañado algún día, con el pelo sucio de sangre seca y los trapos destrozados. Fue en un solsticio de invierno como al medio día, cuando apareció así de pronto. Le decían la loca porque se quedaba adormir en la puerta de cualquier jacal, y andaba de aquí para allá todo el tiempo. Los niños le arrojaban piedras y se burlaban de ella por no poder hablar ni caminar normalmente, mientras los perseguía balbuceando palabras sin sentido, y sin poder sostenerse en pie en ocasiones, por lo que terminaba en el suelo casi en cada paso. Y aunque las mamás intervenían en ocasiones, era solo para alejarlos de ella, no para socorrerla. Parecía como si a nadie le importara su miseria. Y era precisamente eso, a nadie le importaba quién era, mucho menos lo que la había orillado a tal grado de miseria humana.

En una noche en la cual Felipe estaba leyendo una revista de *Los Testigos de Jehová*, la cual se refería acerca de la familia y '*El camino que conduce a la vida eterna*'; tal como era su costumbre en cada noche, escuchó un ruido extraño cerca de la entrada. Pero no le prestó mucha atención, por lo que continuó leyendo el contenido de la revista. Se quedó inmóvil, perdido en el pensamiento e intentando comprender las preguntas que le inquietaban en ese momento. Se preguntaba cómo era posible vivir para siempre, cómo podría un organismo sostenerse por un periodo considerable. Sus conocimientos de biología no le permitían aceptar tal cosa, por lo que creía que era imposible para cualquier organismo vivir por mucho tiempo. Era algo totalmente fuera de la realidad que él conocía. La vida celular en este planeta ha tenido muchos problemas para mantenerse longeva. Los hombres han logrado alcanzar hasta cien años o más, pero con muchas carencias y casi nada de fuerza. Algunas plantas y animales han logrado un periodo admirable de longevidad, tales como algunas tortugas y árboles. Siendo estos los más longevos del mundo natural.

Algunos árboles han vivido por más de un milenio, pero desafortunadamente, al igual que a todos los organismos conocidos, les llega el momento de terminar su ciclo. Los árboles se secan y mueren, y así, la eternidad se aleja mucho más allá de lo que cualquier organismo pueda lograr, pues tan efímero es el tiempo de su existir comparado con la eternidad, que no existe la posibilidad natural de tal cosa, como el vivir para siempre. Él sabía lo imposible de la vida eterna para cualquier organismo, y no creía que fuera posible tal cosa, mucho menos que eso llegara a pasarle a él.

En ese momento, se le vino un pensamiento tipo revelador, el cual lo dejó pensando en la posibilidad de tan grande locura. Existe la posibilidad de que la vida eterna se logra al reproducirnos, y que es así como logramos vivir más allá de lo posible por nuestros huesos y carne doliente.

La sangre de los que quedan después de nosotros es la que lleva el propósito más allá, hasta que todos los vivos muramos. Entonces el propósito se esclarece y se acentúa en la chispa de la única luz que nos sostiene en la eternidad, nuestro espíritu. «Esta sería la única manera de vivir para siempre», pensaba Felipe. Luego sonrió algo incrédulo y dijo en voz baja: «¿Cómo me pasaría eso a mí?» Estuvo a punto de soltar una palabrota, cuando en ese momento se escuchó de nuevo el ruido en la entrada del jacal, justo antes de que soltara el reproche de su mortalidad en las palabras típicas del hombre simple.

Pensó que era algo que se había caído, algún pedazo de madera que se pudo haber desprendido, ya que en ese lugar los jacales se desmoronan con tan solo el paso del tiempo, o alguna ventisca suficientemente fuerte como para cambiar de lugar sus fachadas y dejarlas por el suelo, o los techos entre los montones de basura. No le preocupó mucho y trató de retomar la lectura de nuevo.

De pronto escuchó un quejido, el cual lo hizo levantarse de inmediato. Sintió un escalofrío al escuchar aquel llamado desesperado, que de inmediato fue hacia la entrada para poder ver de qué se trataba.

Al abrir el pedazo de madera, el cual usaba como puerta en el jacal, se quedó pasmado, y los ojos se le salían de sus órbitas al ver de lo que se trataba. No se podía distinguir el género de aquel pobre ser, a quien sus ojos veían tirado justo en la entrada de su jacal, porque su estado era de miseria, aún peor que la de él; aun así, no dudó en tratar de ayudarle. Ella lo miró al acercársele con esos ojos místicos que le brillaban con la luz de la luna. Él le tomó del brazo para poder verle la cara y socorrerle de su caída.

En ese momento se dio cuenta que se trataba de una mujer joven, casi de su edad, pero con una condición degradante y miserable, lo cual le desgarró el corazón con mucho sentimiento, que hasta le dieron ganas de llorar.

Se preguntaba cómo era que aquel ser había llegado a tal condición, o qué error del destino la había orillado a la sombra donde su vida se debatía entre la indiferencia y la ignorancia entre estos seres faltos de misericordia. Cómo es que terminó pidiendo piedad a los que menos tienen, pues, cómo podrían ayudarle con algo, aquellos quienes no tienen tan siquiera un pedazo de pan para ellos mismos.

El jacal de Felipe se encontraba entre varios montones de basura, nadie imaginaría que hubiera personas viviendo por ese lugar, pues era el último de unos pocos jacales que se encontraban en ese lado del basurero.

Elida, no encontrando ni siquiera un poco de piedad en ningún otro lugar, en esa miseria olvidada por la mano de Dios, vagó entre esas montañas de desperdicios, desesperada y sin esperanza alguna en su corazón, pues había perdido toda fuerza en su cuerpo y en su alma, por lo que se dejó caer en el montón como un pedazo más de basura; como un desperdicio más de la indiferencia y la ingratitud, como un trapo inservible o un pedazo de papel sucio. Su cuerpo cayó hasta la entrada del jacal de Felipe y se golpeó en la cabeza con el maderal, lo cual la dejó casi inconsciente, en el preciso momento en que Felipe leía la revista de *Los Testigos de Jehová*. Elida, al caer en la entrada del jacal, inmóvil y sin poder hablar, soltó un quejido al cielo. Y las pocas nubes que habían soltado su carga sobre ese preciso lugar, instantes antes de que Felipe abriera la entrada para ver de lo qué se trataba, se despejaron, y un claro se abrió dejando pasar la luz de la luna llena, formando un arcoíris con la lluvia que se alejaba; un arcoíris en la oscuridad.

Con el corazón destrozado la tomó en sus brazos, mientras la luz se desvanecía al entrar al jacal. No se preocupó en cerrar el maderal, pues una ventisca repentina la cerró justo al cruzar la entrada. Felipe solo quería llevarla a un lugar en donde estuviera más cómoda, y ese era precisamente su cama, donde la acomodó y la secó con una toalla que su padre le había heredado, la cual tenía un logo bordado de la *familia real* de algún reino de este mundo. Le dio de comer lo único que había encontrado esa tarde, lo cual era tan solo un pedazo de pan con un poco de agua para que lo remojara. A propósito, esa era su cena regular que comía en su lectura diaria antes de irse a la cama, pero en esta ocasión no le importaba perder su porción, la cual era muy difícil de conseguir para él en ocasiones, porque en algunos días era solo agua y pedazos de tortillas duras lo que encontraba.

Era mucha la miseria y pocas las oportunidades para él, en aquel lugar olvidado por la mano de Dios.

En muchas ocasiones se fue a la cama sin haber probado algún alimento durante días, tan solo agua y algunas plantas que su madre le había enseñado a cosechar. Ella le había enseñado a prepararlas en un guiso especial para poder comerlas adecuadamente, porque algunas de ellas eran tóxicas sino se preparaban con el cuidado adecuado, porque podría hasta matar a la persona que la consumiera.

Con ese alimento se sostuvo por mucho tiempo, sin que los verdugos lo supieran porque logró esconderlas de ellos y de sus poderes de sanación, de la fuerza que provocaban en él, y de cómo lo nutrían por días sin comer ningún alimento más que las plantas. Solo compartía dicho conocimiento con su compadre y amigo de toda la vida, a quien pidió guardar el secreto para que los procuradores de la mentira y el engaño no supieran. De lo contrario, de seguro se apoderarían de las plantas, y lo condenarían más a su suerte de miseria. Todo por la corrupción de este nuestro amado mundo de avaricia e indiferencia, falto de compasión al prójimo; al necesitado de consuelo y con hambre de justicia, quien solo busca un leve roce de consuelo que calme un poco el sufrimiento de su soledad.

A Felipe no le faltaban razones para ayudar a cualquier persona que pidiera su ayuda, a pesar de las injustas restricciones de los verdugos, ya que siempre trataban de hacerle la vida imposible a toda costa, que cualquier persona hubiera tratado de huir de tan injusta insistencia en amargar la vida de los demás, por parte de estas criaturas sin sentido.

La verdad, era que no quería dejar a los demás en ese hoyo oscuro, y buscaba de alguna manera hacerles la vida un poco más liviana con la ayuda que les ofrecía, porque pensaba que les ayudaría a escapar del control mezquino por parte de los verdugos engañadores, creando conciencia en las personas con el ejemplo de ayudarse unos a otros, con compasión desinteresada y humildad. Son precisamente todas estas cosas las que en realidad ignoramos la mayoría, siendo la clave para mejorar nuestras vidas su práctica. El corazón lo siente, pero las obligaciones ante la sociedad no nos dejan espacio para buscar dichas cualidades en nuestro interior.

A la mañana siguiente, a Elida la despertó un rayo de luz que atravesaba por un orificio en el maderal de la puerta, y el cual indicaba el inicio del invierno justo al salir el sol. Felipe lo había hecho intencionalmente de esa manera, pues era una de las muchas cosas que sabía, y utilizaba todo este conocimiento haciendo huecos por todo el jacal, permitiendo que se llenara de luz durante el día. Felipe se dispuso a salir sin percatarse de que ella despertaba.

Antes de salir sintió algo en su vientre que lo hizo darse la vuelta y caminar hacia la cama. Se le quedó viendo fijamente, y sin poder comprender todo aquello que había orillado a este ser inocente a tan miserable destino. «Échale ganas», le dijo. Felipe tenía que afrontar la aventura diaria, el regalo único que nos promete el nuevo día, y la oportunidad exquisita de intentarlo mejor esta vez, así que se fue a tratar de encontrar algo para comer, con una realidad distinta a la de otros días, pues sus pensamientos cambiaron al igual que su vida con la llegada de Elida.

Solo le pudo traer un pedazo de pan duro y un poco de agua para remojarlo, lo cual era casi lo que él comía en el día. Pero eso a él no le importaba, por lo que se lo dejó cerca de la cama para que ella pudiera tomarlo cuando quisiera. Todos estos huecos que Felipe había ingeniado permitían la ventilación, con la intención de mantener el jacal libre de moho e insectos; además, le eran útiles para marcar el siclo solar durante las estaciones del año. Tenía muy buenas y creativas estrategias para mantener el lugar ordenado y limpio, libre de bacterias y bichos raros que hay entre la basura. Todo lo hacía de una manera orgánica. Al menos eso decía él, porque en un par de ocasiones, tuvo que usar un pesticida para combatir las cucarachas. Siempre decía que en su casa no había cucarachas. «Si no hay ni que tragar, menos sobras para esas desgraciadas», comentaba Felipe al recordar ese momento.

Hubo un tiempo en el que se infestó el basurero con millones de ellas, sin que nadie supiera de donde habían salido, que hasta se comían los huaraches de los niños, y se les metían por los oídos, por lo que muchos tuvieron que ser llevados al doctor del pueblo más cercano, por infecciones en la garganta. Algunos fueron intervenidos quirúrgicamente por culpa de las cucarachas.

—Se fuerte y échale ganas —le dijo, como cada día hacía al despedirse de ella.

Felipe se marchó en seguida mientras ella trataba de no ahogarse en su llanto. Pero el nudo en su garganta se destapó con un llanto incontrolable, al sentirse segura de que él ya no la escucharía. Esas lágrimas limpiaron su rostro, y le dieron un alivio a su alma, más que a su cuerpo. Ella aún seguía deshidratada y mal nutrida, sin haberse bañado en meses por haber deambulado por todos lados en ese tiempo. Su mente no estaba aún del todo lúcida por el golpe que había recibido en la cabeza, pero su corazón le hacía reconocer la bondad en Felipe. Por eso lloró intensamente esa mañana al ver a Felipe marcharse preocupado por ella, y por compartirle lo poco que tenía para comer, y hasta su cama, la cual Felipe cedió para que ella pudiera dormir a gusto. Al ver ese gesto de bondad tan desinteresado en él, ella se decidió a ayudarlo en el quehacer del jacal, mientras él se ocupaba de procurar algo de comer para los dos.

Días después de que Elida empezó a tomar fuerza, y que Felipe tuvo que salir para conseguir algo de comer, ella empezó a explorar el lugar, a acomodar algunas cosas para ayudarle un poco por sus atenciones. Mientras deambulaba moviendo cosas, sacudiendo muebles viejos y maltratados, se le venían a la mente recuerdos de su pasado, los cuales le habían causado un gran daño psicológico y emocional, que la dejaron desilusionada de la vida. En ocasiones se ponía a llorar intensamente al revivir lo degradante de su desgracia, lo cual lastimaba más la herida en su corazón. En esos momentos de angustia, se repetía a sí misma una y otra vez: «¿Cómo es que no me di cuenta?» Se detenía por un instante y se repetía lo mismo. Después terminaba revisando las cosas de Felipe, que hasta sus más apreciadas pertenencias personales encontró, en esa búsqueda por la pista que le diera una clave, de por qué él la había ayudado desinteresadamente, sin conocerla y sin juzgarla de ninguna manera.

Elida había descubierto algo en él, lo cual solo había visto en su madre, y no desaprovecharía sus ratos de quehacer doméstico para echarle un ojo a las pertenencias de Felipe, para saber un poco más de él, y de lo que lo había impulsado a ayudar a una desconocida a ofrecerle su techo, su cama, y lo poco que podía conseguir para comer. Al hurgar en esos tan ignorados tesoros, encontró un baúl lleno de papeles y figurillas, y toda clase de relojes raros de bolsillo de diferentes épocas. Además de un trofeo de futbol con los brazos quebrados, de la figura que asemejaba un jugador celebrando con los brazos abiertos.

Parecía un botín de algún barco pirata que colectaba objetos raros de diferentes partes del mundo. Los poemas y las cartas representaban su testimonio, su diario de marinero y su tesoro personal.

Al abrir el baúl, le llamó la atención el sonido de un reloj, el cual encontró dentro de una cajita de madera de caoba con herrajes dorados, la cual no parecía que la hubieran abierto en un buen tiempo. Sin embargo, el reloj funcionaba perfectamente. Eso la intrigó un poco, porque no encontró la manera de darle cuerda, y no sabía si preguntarle a Felipe o no, porque descubriría que hurgaba sus pertenencias. Tuvo que aguantarse, hasta que él decidiera contarle sobre ese misterio que la sorprendía todos los días, al corroborar que seguía funcionando sin que nadie le diera cuerda. Lo usaba para ver la hora mientras Felipe salía, y lo metía de vuelta antes de que él regresara.

Felipe era un autodidacta, algo así como un mendigo sabelotodo. Tenía un baúl más pequeño donde guardaba las cosas que más usaba, además de unas cajas llenas de libros con diferentes temas en cada una, ya que a él le gustaba estudiar las cosas detalladamente de una manera muy meticulosa y libre, sin limitaciones de credos ni juramentos de doctrinas.

En los primeros días, Elida se tuvo que quedar despierta espiándolo para ver si le daba cuerda al reloj, pero Felipe terminaba su ritual nocturno de lectura, y algunas cuantas páginas que escribía de poemas, y luego se iba a dormir. Felipe escribía ensayos irrelevantes para su condición de miseria e injusticia, pero para él eran una joya, un pétalo de *La Rosa*.

Cuando Felipe se quedaba dormido, Elida se dormía, y al amanecer ella se despertaba primero para espiarlo, aun así, nunca lo vio darle cuerda, pues Felipe ni siquiera el baúl abría. Tal vez, porque no era algo que a él le gustaba mucho hacer, o porque le traía recuerdos que lo herían, y quería evitarlos. Tampoco se deshacía de ellos, pues había algo que no quería perder, algo físico que guardamos como recuerdo de los seres que más amamos en la vida. Tal como los recuerdos de sus padres, los cuales eran los que lo alimentaban y atormentaban a la vez, manteniéndolo entre el dolor y la alegría.

En las cartas que Elida encontró del padre de Felipe para su madre, se dio cuenta que no habían sido muy felices. Esto le afectó de tal manera, que rezaba por ella en algunas ocasiones cada día, para que ella tuviera luz en su caminar a su nueva etapa espiritual.

Después de algunos días, se dio cuenta de un bolso de cuero que estaba dentro del baúl. Para su sorpresa, era el bolso de la madre de Felipe, y dentro se encontraba su diario detallando todos los momentos de su vida, así como sus sueños truncados y sus más sinceros deseos. Elida lo tomó y leyó detenidamente, y en cada página que leía entendía un poco más el sufrimiento de aquella mujer, quien tuvo que callar por mucho tiempo, sin que nadie supiera o le importara sus sueños o su dignidad. Al darse cuenta de no haber sido la única de haber perdido la fe y la esperanza, lloró intensamente con gran sentimiento, al no poder creer lo indiferente que se ha vuelto el mundo de los hombres, con los seres que nos dan la vida. Eso sí es vil y grosero, el lastimar a otro ser por la confusión de los conflictos y la indiferencia de uno mismo. De alguna manera, nos tocó el lastimar a algún ser con nuestros actos o con algo que dijimos en determinado momento de arranque de locura o estupidez, de esas que pasan muy a menudo en la vida de todos nosotros. Algunos tuvimos la voluntad de aceptar nuestro error, por eso rompimos el ego para aceptar la culpa. A pesar de que no lo intentemos de alguna manera con alevosía; y tal vez, sin querer lastimar ni ofender, lastimamos a otros con nuestras palabras. «Yo no quería lastimarte, pero mi realidad me empujó», dijo Felipe mientras debatíamos el momento. Por lo cual, pensé que por sus experiencias personales y las mías propias, tenía algo de razón. Cada uno juzgue a su manera.

Se presentaron mutuamente, después de algunos días de que ella despertó de su letargo de sufrimiento; pues, al perder la fe en la vida, el alma sufre de gran pena. Felipe se acercó a la cama, ella se tapaba con la sábana la mitad de su rostro, del cual solo podía ver sus ojos y su pelo despeinado. Se le quedó viendo fijamente hasta que llegó cerca de ella.

—Felipe Adame Álvarez. Ese es mi nombre.

Ella se quedó en silencio al escuchar su nombre, que hasta le dieron ganas de llorar, pero se aguantó y solo se le quedó viendo a los ojos. Felipe se dispuso a partir a su jornada después de decirle lo de cada mañana:

—Se fuerte, y échale ganas.

Felipe caminó hacia la puerta dispuesto a marcharse.

—Elida Almaraz Nájera —le dijo ella— mi nombre es Elida —. Con una voz dulce y tierna, la cual lo hizo detenerse de inmediato.

Felipe volteó y la miró sentada en la cama, y pudo ver su rostro e identificar su voz.

Felipe estaba con una sonrisa que le partía el rostro en dos hemisferios de alegría, que hasta se le aceleró el corazón y le costaba trabajo respirar cuando la veía, pues sentía una sensación extraña en su estómago al ver sus ojos, y al sentir que estaba ahí cerca de él.

—Mucho gusto —dijeron los dos al mismo tiempo.

—Está bien, échale ganas —le dijo Felipe—. Hay vuelvo luego.

Felipe se fue a su aventura personal, a esa realidad que lo mantiene ocupado sin darse cuenta de quién es en la vida. Pareciera como si fuera eso el propósito, el mantenernos ocupados con una distracción, para no ver lo que realmente pasa detrás de la cortina de humo, la cual forman las mentiras de los que gobiernan los gustos y modas de la gente.

Claro que la herencia cultural es importante en cada región, pero al final, no se separan de la globalización de los medios de control usados para manipular la democracia y la decencia de las sociedades en nuestra realidad.

Hoy en día ninguna nación o reino se libra de los conflictos políticos, religiosos o sociales; pues en todos lados tenemos diferencias, divisiones morales y existenciales, que nunca estuvimos tan divididos como ahora en lo que es correcto para todos y lo que está bien para algunos.

Las manipulaciones han sido acertadas, por eso es por lo cual existe una idea de división racial en algunos hombres de las naciones de este mundo, debido al mal entendimiento de sus detalles personales. Se han dejado llevar por la corriente del ruido que contamina su mente con basura, no dejando lugar para ellos mismos.

Nos ocupamos de todo, menos de nosotros mismos. Queremos la justicia y la paz, pero no es eso lo que reflejamos en lo que pasa hoy en día. Al contrario, nos dejamos llevar por las palabras de otros, y las ideas que nos hacen sentir identificados emocionalmente.

No se busca el bien común, solo intereses económicos, políticos y religiosos, que solo traen más confusión en el ruido externo. No vivimos ayudando al prójimo, sino que vivimos siempre marginando a el más pobre y necesitado.

Esto debatía Felipe conmigo al relatarme sus más sinceros secretos personales, así como su conocimiento sobre lo que muchos ignoramos en la vida cotidiana, por razones que cada uno tiene personalmente, pero que reconocerá en sí mismo. Esos detalles que ignoramos, los que dejamos pasar desapercibidos, debido al ruido exterior de los sucesos que ocurren en la realidad, la cual nosotros mismos hemos formado, son la experiencia que nos ayudaría a comprendernos mejor a nosotros mismos primero, en vez de juzgar a otros por nuestros errores. Ahí está una pista para cada ser que quiera, que se interese un poco en descifrar dichos detalles.

Cada día fueron hablando más, hasta el grado de charlar en cada noche hasta tarde sobre temas que a mucha gente le parecería una mera estupidez, o una pérdida de tiempo, pero para ellos era un gran asombro el descubrir que congeniaban a la perfección el uno con el otro, y lo que pudiera llegar a pensar la gente no les importaba. Reían y se carcajeaban de las ideas que decían, como si quisieran cambiar el mundo juntos con justicia y verdad. Ella tenía un perfil de una persona muy bien preparada y educada. Felipe era un desarrapado mugroso quien no se preocupaba ni de como lucia su pelo, el cual siempre traía alborotado y sin peinar. «Es el estilo», decía Felipe, al referirse a su cabello. Aun así, congeniaban muy bien.

Ella encontró alivio en las charlas que sostuvieron en cada noche, cuando él regresaba de conseguir algo para comer. De esa manera se conocieron en aquel olvidado lugar, lejos de la misericordia del hombre y de la justicia social.

A pesar de esa apariencia de mendiga y loca, Elida había sido muy bien educada. Felipe se dio cuenta de ello al charlar con ella, pero no le preguntó nada personal porque él quería que ella fuera la que decidiera contarle lo que ella quisiera, para no incomodarla con lo que le pudiera preguntar, porque ella seguía aturdida por todo lo que le había pasado, y no se sentía con ánimos de corromper con su amargo pasado la tan buena convivencia que tenían, por eso decidió contarle después de un tiempo, después de que existiera mejor confianza entre ellos. Aunque ella confiaba en él de una buena manera, en algunas veces se necesita tiempo para soltar nuestras amarguras, pues no es fácil confiar en todos, después de que te han traicionado aquellos en quienes confiabas ciegamente.

Elida, como en cada día que Felipe salía, se ponía a mejorar el lugar en la medida en que ella podía. Se propuso mejorar el sistema de recolección de agua de lluvia que Felipe había inventado. No era que el sistema estuviera mal, pero requería algunas mejoras para que funcionara perfectamente, por eso se esmeró cada día en mejorarlo cada vez más. El sistema de reciclaje estaba ideado de tal manera, que contaba con dos contenedores de plástico, los cuales Felipe había acondicionado para almacenar el agua de lluvia, pero no contaban con filtración alguna para el consumo humano. Entre los dos contenedores que Felipe había ingeniado, Elida puso un pequeño contenedor, el cual rellenó hasta la mitad con arena; la otra mitad lo rellenó con carbón. Unió los contenedores con algunas mangueras de plástico para que el agua pudiera filtrarse. Felipe hervía el agua que tomaban para esterilizarla de cualquier bacteria, pero con la mejora que Elida le hizo al sistema de recolección, evitarían los metales peligrosos.

La contaminación en el aire se adhiere a la lluvia, y al caer al suelo afecta a las plantas, y a todo ser viviente que intenta sobrevivir entre nuestro egoísmo; entre nuestra vanidad voraz por el consumo de los recursos que desconsideradamente se hace alrededor del mundo.

_jema_sid

Capítulo 2

La gárgola y el medallón

Un día una tormenta de arena arrasó el basurero, dejando a los jacales casi en los puros huesos. Llegó repentinamente justo al salir el sol, sin darles tiempo para prepararse un poco siquiera.

A pesar de que algunos ya habían despertado, hubo muchos que dormían aún, por lo que no tuvieron tiempo de ponerse una chancla tan si quiera.

El ruido bramante del viento chocando con los jacales maltrechos, los cuales casi se desbarataban por completo, los despertó aterrados gritando por perdón al cielo, y llorando desconsoladamente al creer que ese era su fin. Pensaban que Dios había decidido juzgarlos en ese momento, para pagar por las culpas y transgresiones que habían cometido en contra de sus semejantes durante sus vidas. La arena se les metía por los ojos y por los oídos, dejando algunos sordos, ciegos y sin poder saber con certeza lo que realmente pasaba.

Los niños abrazaban a sus madres y las madres protegían a sus hijos, mientras algunos padres trataban de mantener lo poco que quedaba protegiéndolos.

Ese viento aterrador dejó el basurero casi limpio de basura, excepto por los palos que quedaron de los jacales, y las pocas pertenencias que les sobrevivieron a aquellos pobres mendigos, lo cual era casi nada.

En el momento en que los jacales estaban a punto de derrumbarse la tormenta pasó, y todos quedaron consternados, con cara de espantados. Se podía escuchar algunos niños y mujeres llorar aterrados del susto. Podría decirse que algunos hombres no pudieron contener la cordura y lloraron por sus culpas, por el dolor que pudieron causar en algún momento de insensatez a algún ser inocente, pues su propia conciencia los juzgaba; no podrían negar tal culpa.

Hubo un niño que decía en medio de la incertidumbre, que Dios le había hablado para decirles un mensaje, pero con la confusión y el llanto de todos nadie le prestó atención alguna a aquel pobre infante, quien no lloraba ni se quejaba de lo que había sucedido. No parecía sucio de arena alguna, por extraño que parezca.

Uno de los ancianos lo vio en medio de un remolino de aire que lo protegía de la arena. El anciano no se explicaba cómo era posible aquello que se presentaba ante sus ojos, y se preguntaba sobre qué fuerza misteriosa tomaba partido entre estos hombres, a quienes el mundo marginaba con su indiferencia. El anciano era uno de los últimos sacerdotes nativos de esa tierra, quien aconsejaba a quien lo buscaba sabiendo de su sabiduría, pero para el resto de los demás era solo un viejo indígena mendigo, a quien nadie le importaba lo que tuviera que decir, pues solo podía hablar pocas palabras en el idioma de ellos. Además de estar muy viejo, y a los viejos se les ignora hoy en día sus consejos, los cuales ni sus familiares procuran, sino que los condenan a un asilo de extraños para así ellos poder vivir sus días a su manera, olvidando su calor de amor que los acogió cuando eran niños.

Sostenido solo de su bastón, el anciano se liberó de la tormenta por el favor de alguna fuerza extraña, que de alguna manera obra entre nosotros, al igual que en el resto de los que sobrevivieron ese día en ese lugar, donde solo quedaron las caras asustadas y empolvadas de la gente viéndose unos a los otros, aún dentro de donde se supone quedaban sus jacales.

Cuando el niño trataba de decirles lo que había experimentado, el anciano lo miraba pronunciando algunas palabras en su lenguaje natal, mientras estaba de rodillas apuntando el bastón hacia el niño. La confusión y el miedo se apoderó de todos, lo cual hizo que ignoraran al viejo y al niño con el mensaje.

No son culpables ellos, ni tampoco es un castigo de lo divino, es una lección que cada uno tendrá que descubrir por sí mismo, en el camino que su espíritu ha tomado en este suelo, el cual se ha formado del polvo de nuestros huesos y el caminar de nuestra carne doliente. En esta vida que todos llevamos en nuestro quehacer diario, con las acciones que tomamos y las palabras que decimos a nuestros semejantes.

Cada uno juzgue por sí mismo, la razón por la cual nos confunde la indiferencia para hacernos actuar en contra de la naturaleza, la cual nos alimenta con sus ramas frutales.

De pronto salió el sol, acogiéndolos un poco con su calor celestial. Fue entonces cuando se dieron cuenta de que seguían vivos. Miraron sus cuerpos y sus caras chorreadas por las lágrimas, y cesaron el espanto por tan solo algunos lloriqueos de los niños. Algunos intentaban cubrir sus partes privadas con lo poco que encontraban a la mano, los cuales eran tan solo algunos cuantos trapos viejos. De cualquier manera, fueron suficiente como para cubrirse su privacidad de una manera decente. Fue muy trágica la pérdida para algunos de aquellos miserables, quienes de por si tenían casi nada.

Felipe y Elida se habían quedado dormidos muy tarde la noche anterior en una de sus charlas nocturnas, porque no pudieron llegar a una conclusión razonable sobre un tema que discutían. Ya muy tarde decidieron irse a dormir, y dejaron el tema para otra ocasión, luego que ambos recopilaran más pruebas para sus argumentos en su debate nocturno.

Por alguna extraña razón, el jacal de Felipe no había sufrido tanto daño, en comparación con los demás jacales, los cuales quedaron casi devastados.

Elida se despertó por un susurro en su oído, el cual le decía las mismas palabras que el niño trató de decir a la gente después de la tormenta. Elida abrió los ojos, y alcanzó a escuchar algunos gritos, por lo que se levantó y corrió a despertar a

Felipe, quien dormía en una pequeña hamaca. Pálido y con la cara de asustado aún estaba durmiendo, temblando y moviéndose de un lado a otro y balbuceando palabras sin sentido. Elida tuvo que empujarlo para que despertara, por lo que Felipe cayó al suelo, pero se levantó enseguida y se le quedó viendo, presintiendo lo que pasaba. En ese momento, Elida le dijo que algo había pasado afuera, que mejor fueran a ver qué era. «¡No, no puede ser verdad, la gente, la gente!» decía Felipe, mientras corría hacia afuera para ver qué había pasado.

Elida, como pudo tomó algunos trapos que le habían regalado y salió detrás de Felipe, con esa intuición femenina que se hereda desde lo alto en donde moran los espíritus más puros, y el cual se refleja en el presentimiento maternal más que en ningún otro sentir en los vivos.

Al salir, Felipe se quedó asombrado de la desolación y por la desgracia de algunos desafortunados que lo habían perdido todo, quedándose inmóvil por un instante por la impresión. El suficiente tiempo como para que Elida lo alcanzara con los trapos que traía en sus manos, corriendo sin parar hasta los jacales en donde algunas mujeres quedaron sin mucho que cubriera sus cuerpos. Felipe la siguió para tratar socorrer a aquellas pobres personas quienes clamaban por algo de piedad, por la desgracia que había caído sobre ellos; a tal grado que no sabía a quién socorrer primero, pues todos estaban con necesidad de consuelo. Unos necesitaban ropa para cubrir su vergüenza, otros necesitaban una esperanza, la cual habían perdido al sentirse cerca de la muerte; un poco de piedad o una palabra de aliento, cualquier cosa sería de gran utilidad en ese momento de desgracia.

De pronto coincidieron en medio de la calle en un momento de respiro, pero fue solo por algunos segundos, casi solo para cruzar miradas. Felipe la tocó en el hombro izquierdo con su mano derecha, y ella con ambas manos lo tocó en el pecho justo en su corazón, luego corrieron a socorrer a quien pudieran, ya que eran muchos los que requerían tan siquiera

36

algo de consuelo. No tardaron mucho en coincidir en el jacal de su vecino Chendo, quien vivía en ese lugar junto con su esposa y sus tres hijos. El jacal de ellos tampoco había sufrido mucho daño considerable, por esa extraña fuerza que se presenta sin que nadie se dé cuenta del cómo o del porqué. No es fácil de explicar por qué algunos son agraciados en cierta forma y otros no.

Los encontraron aún dentro del jacal sin saber qué hacer, y desesperados porque no encontraban al más pequeño de los tres niños. El más grande de los niños fue quien les abrió la puerta porque la señora tenía una crisis nerviosa, y el marido estaba tratando de consolarla.

Apenas entraron Elida y Felipe al jacal, el muchacho entró corriendo detrás de ellos, directo a abrazar a su mamá. Ella saltó de alegría al verlo, no dejando que el niño dijera ni una sola palabra, pero el niño se zafó como pudo de sus besos frenéticos, y le dijo: «No te preocupes Carmela, yo estoy bien. Recuerda que te quiero mucho, y no te dejaré, no me iré, pero hay otros afuera que te necesitan». Las palabras de ese niño de seis años tomaron una gran fuerza en la madre, por lo que lo abrazó fuertemente y lo colmó de besos por toda la cara. Luego lo dejó con los otros dos niños, para poder ir a ayudar a los demás en lo que se pudiera hacer.

Cada pareja tomó un rumbo diferente, para así poder ir a más lugares a la vez. Corrían de aquí para allá para brindar su ayuda con una disposición firme y sin ningún prejuicio social, ni político, porque ellos no dudaron en acudir en seguida para ayudar en lo que sus manos y aliento les fuera posible, pues las palabras de alivio que pudieran darles le eran a la gente de gran ayuda para su tristeza.

La mente de Felipe volaba dentro de sus reproches, pero a la vez, pensaba en lo bueno que esto le causaba a la gente, si es que alguien puede verlo así. Creía que todo eso era un mensaje de purificación para el alma, para todos aquellos a quienes les acontecía tal desdicha. Sabía que no solo lo material contaminaba al espíritu, sino también el ruido confuso de la sociedad, la cual mantenemos todos los días al seguir las metas definidas en el modelo de bienes, fama y prestigio. Esto crea una ambición por el dinero, con el único objetivo de procurar lujos que no necesitamos, los cuales terminan muchos en el bote de la basura.

Este tipo de reproches ocupaban el descontento de Felipe, como el por qué unos sufrían más que otros, o por qué los ricos tenían mejor condición para sobrevivir que los más pobres. Si son estos últimos los que mantienen las arcas llenas de los poderosos, los constructores de sus castillos, los que llevan la comida a la boca de todos y limpian la suciedad que otros contaminan.

Algunos jacales no se dañaron tanto, en comparación con otros que quedaron en los puros palos de las esquinas que sostenían los pocos pedazos que cubrían las paredes.

De los jacales menos dañados salieron algunos agraciados para ayudar a los demás que no habían tenido la misma suerte que ellos. Pues al verse a salvo y en mejor condición de dar una mano, se unieron a otros en solidaridad, ya que Elida y Felipe los habían contagiado con su intención de ayudar.

La acción de socorro hacia aquellos menos agraciados pareció hacerse un poco más liviana para Felipe y para Elida, gracias a la cooperación de los demás; aun así, no descansaron hasta ver que todos estuvieran bien.

Ese fue uno de esos días en el cual no se sintió la frescura del nuevo amanecer, esa sensación matutina de renovación y esperanza. Tal vez, la esperanza la perdían en el momento de sentir la muerte cerca, pero renovó lo viejo de los prejuicios y puso a prueba las culpas de cada uno de alguna manera. Pues al juzgarse ellos mismos se declararon culpables de lo que fuese que les pasara por sus mentes en ese momento. Algunos entendieron el mal en lo que hicieron, o en lo que dijeron en determinada ocasión en contra de alguna persona o de la naturaleza, por lo que se arrepintieron de lo malo que hicieron, y ahora sabían cómo evitarlo la próxima vez, porque aprendieron de sus propios errores detalles que pudieron haber evitado. Así como nos llega a pasar a muchos, en ese momento ellos no lo comprendían, por eso se dejaron llevar por la pasión de las emociones. Pero al arrepentirse de lo malo, limpiaron sus culpas renovándolas con buenas intenciones.

La esperanza volvía a sus corazones en medida que los minutos pasaban, y que el sol calentaba aún más sus pobres cuerpos semi desnudos, desprotegidos y vulnerables a cualquier enfermedad que el susto pudiera causarles. Pues si tu alma decae, tu cuerpo se desprotege también ante las enfermedades.

Había un jacal en medio del basurero, el cual tenía una piedra blanca rectangular justo enfrente de la entrada, alineada a la salida del sol, apuntando hacia el oeste. Felipe se apresuró a ir para ver si alguien necesitaba ayuda por ese lugar, pues sabía del viejo que vivía en ese jacal, e intuyó que algo le había pasado. Se le vino un presentimiento repentino que lo inquietó de tal forma, por lo que salió corriendo de inmediato. De la misma manera Elida lo había sentido en el mismo instante, y salió corriendo hacia el jacal de aquel viejo para ver que le había pasado. Al acercarse se escuchó un quejido proveniente del jacal del viejo Suzeo, que era así como le llamaban todos. Elida se adentró de inmediato en cuanto llegó. Felipe entró justo detrás de ella, en el momento en que ella se le acercaba al viejo lentamente sin saber qué hacer, y un poco asustada por la escena que estaba ante sus ojos.

El viejo estaba tirado en el suelo con una gárgola de más de dos metros encima de él. Por extraña razón que parezca, la gárgola de piedra sostenía ambas manos del viejo contra el suelo, mientras que le encajaba el cuerno izquierdo de su cabeza en el pecho.

Esta gárgola tipo reptil con cuernos de toro, parecía muy real, además, la posición en la que estaba encima del viejo daba mucho que pensar, por eso Elida no sabía qué hacer.

El viejo miraba fijamente a Elida, como intentando decirle algo, pero sus palabras no tenían sentido. Cómo podrían tener sentido, después de que un cuerno atravesara su pecho. Ella se acercó lo suficiente como para tocar la frente del viejo y decirle que fuera fuerte, pero él sabía que no sobreviviría a eso. El viejo agonizaba mientras intentaba decirle algo, por lo que Elida le insistió que no se esforzara, pero el viejo sabía que ese era su fin, por lo cual, utilizó su último aliento para decirle: «Esta viva». El viejo Suzeo murió mientras Elida le tocaba la frente.

Elida entró en una crisis nerviosa por la confusión que le causó lo que el viejo había dicho. A tal grado, que se quedó inmóvil sin saber qué pensar. A no ser por Felipe, quien estaba de tras de ella, hubiera perdido la cordura o algo así. Felipe la abrazó y le dijo que no había nada qué hacer por él, al menos en esta vida.

Ambos se dieron cuenta de un medallón que el viejo tenía encima, como si se le hubiera caído a la gárgola en el momento de encajarle el cuerno en el pecho. Elida lo tomó y lo metió dentro de su bolso para que nadie pudiera verlo, porque era algo que no encajaba en aquel lugar.

Esta joya magnífica con piedras que parecían tener luz propia no parecía ser de esta época, además de que no era lugar para tal cosa como esa en el basurero.

Elida sabía que esa joya no pertenecía a ese lugar, además presentía que ni a este mundo, porque la luz que las piedras emanaban no era muy común para las piedras de este planeta; al menos, ella nunca había visto nada igual. Era algo que parecía ser digno de un rey, o de un Dios, por lo que no había razón para esta joya de estar en ese lugar, y se preguntó cómo es que había llegado hasta ese lugar tan insignificante, donde nadie parecía ser digno de tal cosa. Elida sacó del bolso el medallón y se lo dio a Felipe, quien de inmediato se lo puso en el cuello, y lo cubrió con sus trapos para que nadie pudiera verlo. Felipe sintió algo extraño por aquella reliquia, como si sospechara que

40

aquella joya misteriosa podría tener alguna pista que le aclarara lo que realmente pasó. Algo sobre el misterio al que se refería el viejo Suzeo, sobre la naturaleza de aquella gárgola de piedra misteriosa.

Los pocos que se atrevieron a acercarse quedaron aterrorizados al ver al pobre viejo ensangrentado y sin vida debajo de la gárgola. Su nieta de doce años, y su hijo de treinta y tres, entraron al jacal corriendo para ayudar a su ser amado. Aquel hombre desesperado de inmediato trató de levantar la gárgola por sí solo, pero lo único que logró fue agravar más el llanto que tenía en un grito de furia, de dolor por ver a su padre en aquella condición mortal. Felipe de inmediato intentó mover por sí solo aquella bestia de piedra, haciendo que los demás se le unieran para que juntos levantaran lo suficientemente la gárgola como para liberar al viejo. Esos fueron varios hombres llenos de una fuerza precisa.

Aquel hombre, quien era hijo del viejo Suzeo, estaba devastado de gran manera que hasta provocó el llanto de los presentes al presenciar lo amargo de su dolor. Ellos habían comprendido por su propia experiencia, el dolor de perder a un ser amado, por eso no dudaron en ayudarle con su pena, liberando a su padre del cuerno de la bestia, la cual le había quitado la vida. Aquel hombre atormentado por las decisiones de los divinos, y cuyo nombre era Manuel, tomó a su padre en sus brazos para llevarlo a un lugar más digno, la cual era una piedra blanca que se encontraba enfrente de su jacal, y la misma en la que el viejo se sentaba todos los días para apreciar el atardecer, y de igual manera hacía todos los días al salir el sol. Qué casualidad más trágica, qué indicios del final trae nuestro destino.

El líder de la comunidad, al ver al viejo entre las sábanas blancas con que lo cubrieron salió huyendo y gritando: «¡No, no puede ser!», y alejándose lo más rápido posible, pero sin dejar de voltear a ver al viejo, quien yacía sobre la piedra blanca sin vida. Este cobarde estaba intentando huir de sus miedos en vez de enfrentarlos, pues también tenía culpas que pagar en su conciencia. Era un egoísta e ignorante, un mal criado, quien nunca aceptaba sus errores, ni permitía consejo alguno sobre lo que hacía o quería hacer. Nunca se disculpó por sus travesuras, mucho menos por sus faltas de respeto hacia aquellos a quienes les hacía la vida imposible. Huyendo de nuestras propias culpas es necio e ignorante.

Tal vez, al enfrentar nuestros errores, nuestras culpas, es como avanzamos un paso más hacia el reencuentro con nuestro propósito personal, si es que el espíritu tiene que aprender algo más.

Fue la única muerte que reclamó aquel incidente, a pesar de haber dejado a varios sin nada, que era eso casi lo único que tenían. Solo tomó un alma de entre los vivos, el viejo Suzeo. A los setenta y dos años entregó su vida carnal en manos de la materia, para que continuara en su siclo de floración en el suelo, el cual se formó de los huesos y carne de los que se fueron antes que nosotros.

Su espíritu trascendió en conocimiento espiritual al pasar el umbral de la vida en su muerte carnal, y al darse cuenta de algunas cosas de cuando aún estaba vivo. De esta manera aprendió cosas que han sido excluidas en la educación básica de todo hombre, la educación espiritual. No la educación de instituciones con doctrinas que aparentan el bien, ni creencias radicales y separatistas de ideas que solo forman prejuicios y modelos de conducta, los cuales se basan en objetivos maquinados, pues pudiera ser que es precisamente eso lo que nos mantiene aturdidos. Vivimos aprisionados sin que nos demos cuenta de ello.

Todo ese ruido externo que generan nuestras obligaciones cotidianas, en ocasiones no nos deja escuchar nuestra voz interior, la cual intenta liberar un poco de razón en nuestros pensamientos terrenales.

No quiero decir que todo está mal, pero puede ser que hay algo que no hemos considerado, siendo eso lo que estropea el modelo soñado de la paz y el amor, de todos los que vivimos en el planeta. Cada uno juzgue por sí mismo.

Qué coincidencia del destino, pues el viejo la había encontrado en una noche de luna nueva.

Esa noche, los trabajadores municipales, quienes escarbaban un hoyo nuevo para poder verter más basura, se habían ido temprano, ya que el sindicato había acordado un paro nacional ese día.

Los trabajadores se opusieron a los miserables salarios que el gobierno les mal pagaba, por eso apaciguaron el poder que tienen sus manos, y demostraron el poder de sus decisiones, al organizar una huelga nacional para reclamar sus derechos. Al no hacer todo lo requerido para que el sistema sobreviviera, fue como lograron tomar conciencia en los que tienen el poder mezquino, de todos aquellos que solo buscan los intereses políticos y monetarios. Al no conformarse con el poco valor que se les daba, y al no quedarse callados por la injusticia, fue que lograron un salario más digno, entre otras prestaciones más decentes.

El viejo Suzeo, ya había escuchado de los paros laborales por parte de los sindicales, e inclusive asistió a una reunión para protestar en el pueblo cercano, junto con otras más gentes que no tenían nada que ver en el asunto, pero que fueron pagadas por otros con intereses contrarios a los que dominaban la administración sindical. Les ofrecieron una torta de jamón y un quinto, los cuales aceptaron sin dudar. Después de recibir su pago se fueron enseguida para gritar lo sugerido por el vicio vulgar de la corrupción y sus intereses mezquinos, los cuales no aportan algún beneficio o progreso para el pueblo.

El viejo esperó a que se fueran para averiguar si encontraba algo útil entre las máquinas, o algo personal que se les hubiera olvidado.

Para la gente que vive en ese lugar cualquier cosa es buena para vender o empeñar, para así procurarse algo de pan, y poder sobrevivir un día más en la miseria. Muchas veces las situaciones a las que nos enfrentamos nos empujan a cometer hasta lo impensable, con tal de seguir viviendo en la comodidad y el desahogo de ciertas responsabilidades. El dinero es solo el medio principal, y el cual nos da la tranquilidad para cubrir dichas responsabilidades u obligaciones. Son las obligaciones que todos tenemos, el pago de la hipoteca, o el pago del servicio eléctrico, la comida y la vestimenta. Para los que viven en el basurero, la preocupación única es comer por lo menos una vez al día, por lo demás, ellos saben que no existe oportunidad alguna por parte de los gobiernos para ayudar con algún programa ecuánime que los ayude a progresar. Algo que mejore sus condiciones con mejores servicios de salud y educación. Por eso es por lo que no tienen esperanza alguna estos engañados, por la nula intensión de la política por el bien social, debido a intereses particulares que engañan a muchos con sus palabras, que no tienen algún beneficio, solo odio y rencillas de ideas existencialistas que solo dividen.

El ladrón debe ser castigado sin importar su afiliación social, ya sea que tenga dinero, o que no tenga bienes que avalen un valor sustentable ante la sociedad.

Algunas máquinas permanecían en el lugar de la excavación, por eso fue por lo que el viejo Suzeo se aventuró a bajar por la ladera del pozo, por la parte donde casi no había nada de luz, para que así nadie pudiera verle bajar.

Estando a medio camino, por el ansia de querer ver qué podría encontrar, se resbaló, pero quedó enganchado de pronto por el cuerno de la gárgola, el cual sobresalía de la ladera, y el cual evitó que cayera a una muerte segura sobre las piedras que estaban en el fondo. Se recuperó del susto, pero aún un poco agitado, y se dio cuenta de que esa cara extraña de lagarto con cuernos, le había salvado la vida.

Al darse cuenta del misterio que se podía sentir al ver lo poco que sobresalía de la ladera, de inmediato empezó a escarbar alrededor de la cabeza para averiguar de qué se trataba. Cuando hubo destapado hasta el cuello, pudo ver algo brillante que parecía de gran valor, pero estaba pegado a la gárgola, y no había manera de que pudiera quitarla con las manos, por lo que no tuvo más remedio más que avisar al líder de la comunidad de su hallazgo.

Ese era el mismo medallón que el viejo tenía en el cuello cuando lo encontraron Elida y Felipe a punto de morir, por la herida que le había causado el cuerno de esa estatua de piedra. Pero cuando el viejo la encontró estaba pegada a la gárgola. «¿Cómo era eso posible?» Se preguntaba Felipe al verlo tendido en la piedra blanca, envuelto entre sábanas y un reboso rojo que Elida le había puesto para cubrir sus heridas. Dichas heridas habían sido hechas por las garras de la gárgola, al menos, eso era lo que aparentaban las marcas en su pecho, así como la sangre en las garras de la bestia.

De uno de los brazos fue que le tocó al viejo cargar a la bestia, después de que la sacaron del hoyo, sin que nadie del basurero se diera cuenta de lo que sucedía. Solo sus compinches y secuaces, y quienes siempre le ayudaban a saquear.

Arrastrándola entre nueve hombres la llevaron hasta la casa del líder. Luego, el viejo y el líder se regresaron, dejando a los demás limpiando la gárgola, porque el viejo se había percatado de algo que había quedado en el lugar del hallazgo. No dejaron que nadie se acercara, y entre un montón de trapos sacaron algo más que pronto trataron de ocultar rápidamente.

El padre de Felipe le había contado la historia de la gárgola cuando él era niño, tiempo antes de que tuviera que irse. Por decirlo de alguna manera, en el mismo camino que el destino le mostraba a Felipe todos los días, al descubrir el propósito por el cual vivía. Le contó que él había visto con sus propios ojos a aquella bestia con cuernos y cara de reptil, además de lo que el líder había escondido, y que hizo jurar a Felipe para que no dijera nunca nada al respecto, porque de lo contrario su vida correría peligro. Pero Felipe era solo un niño creyendo que solo era una fábula más que su padre le contaba para entretenerlo mientras observaban juntos el atardecer. Por eso fue por lo que nunca le tomó importancia alguna, hasta que miró al viejo debajo de la gárgola, y al verlo tendido sin vida sobre la piedra blanca. Su padre le dijo que la habían puesto en el almacén que el líder utilizaba para guardar las cosas que le quitaba a la comunidad, además de lo que siempre se robaban de las excavaciones arqueológicas cerca de esa región. El jacal del viejo se encontraba debajo de ese almacén en donde los ladrones guardaban su gran tesoro. El viejo Suzeo era algo así como el guardia de aquella bóveda que guardaba grandes misterios.

El líder había mandado a sus secuaces para construir un pequeño cuarto encima de donde estaba el del viejo, para que así nadie nunca pudiera ver la gárgola. El viejo nunca dejó pasar a nadie a su jacal, además de que él mismo nunca se alejaba. Solo iba del jacal a la piedra al amanecer, con el mismo ritual al atardecer. Su hijo y su nieta eran los únicos que salían del jacal, pero solo para buscar algo que comer, porque ellos eran los que lo alimentaban y cuidaban.

Los únicos que estaban con el viejo, además de Elida y Felipe, en el momento de dejar el cuerpo y trascender al mundo espiritual, eran su hijo y su nieta, además de otros pocos, pues muchos estaban muy dolidos aún de haber perdido lo poco que tenían. Estaban aturdidos por la tormenta de arena, por eso no pudieron asistir al dolor de aquellos que habían perdido a su ser amado. Su desgracia impedía ver la desgracia del otro. Al menos en algunos, porque Elida y Felipe, junto con otros no dudaron en ayudar en lo que pudieron. Se quedaron con aquel hombre y la niña hasta que llegó la Cruz Roja junto con dos oficiales municipales para ofrecerles ayuda.

Dos enfermeros y una monja, quienes formaban parte de la cometida, se fueron de inmediato para ayudar a la gente en lo que fuera necesario. Para su sorpresa, hubo gente que se amontonó para pedir algo de ayuda. Les dieron algo de comer a algunos, y asistieron algunas fracturas leves, entre algunas heridas pequeñas que no eran más que rasguños; de igual manera, les atendieron como si fueran heridas mortales, con toda amabilidad y cuidado.

Uno de los oficiales se dispuso a interrogar a los testigos, siendo Elida la primera en su lista, y quien titubeó en contarle sobre la gárgola. Le dijo que había encontrado al viejo muerto debajo de unos escombros que habían caído debido a la tormenta; por lo cual, el oficial les pidió que le mostraran el lugar del accidente. Elida señaló el jacal del viejo en el momento en que Felipe lo miró a los ojos. El oficial se dio cuenta de su mirada, luego Felipe volteó hacia el jacal sin que el oficial le quitara la vista de encima. Cuando Felipe volteó a ver al oficial de nuevo, el oficial se quedó pensando un poco antes de decidir entrar en el jacal. Nadie lo siguió.

Se paró en la entrada por algunos segundos, y luego entró en el jacal lentamente para averiguar lo que había sucedido. Según sus observaciones, dedujo que el suelo del almacén se había caído debido a que algo cayó en el techo, rompió los palos que lo sostenían y cayeron justo al lado de donde dormía el viejo Suzeo. Se pudo dar cuenta por la sangre en algunos de los maderales que cayeron, que el viejo había muerto por esa causa. Extrañamente no encontró ninguna señal de la gárgola, pues se había desvanecido de la escena sin que nadie lo hubiese notado. Algo misterioso pasaba, porque era una pieza demasiado pesada, no era posible que la hubiesen movido tan rápido, además, en el jacal del viejo solo había una entrada, no era posible que la sacaran sin que se dieran cuenta.

Después de unos minutos el oficial salió muy calmado y sin mostrar ninguna impresión de lo que había visto, porque no estaba del todo sorprendido ni preguntando de inmediato sobre la gárgola. Anotó algo en su libreta muy seguro de su conclusión, mientras Felipe y Elida lo miraban con incertidumbre, porque el oficial no les había preguntado sobre la gárgola. Ellos no la mencionaron, al igual que todos los que ayudaron a moverla para sacar el cuerpo del viejo encajado en el cuerno de la bestia. Ni la nieta, ni el hijo del viejo dijeron una sola palabra.

El oficial se le quedó viendo a Felipe fijamente a los ojos, pero Felipe no se movió ni dudó en absoluto. Volteó para ver a Elida, y ella a su vez lo miraba también con atención. Se le acercó un poco, se quitó la gorra con las insignias que le daban el mando, y le dijo: «Tenía usted razón señorita, los escombros le quitaron la vida a este pobre viejo», mientras miraba el cuerpo del viejo que yacía en la piedra.

Felipe y Elida no comprendían qué era lo que había pasado, por lo que solo se quedaron viendo uno al otro por un instante. Luego, al mismo tiempo decidieron entrar en el jacal, para comprobar con sus propios ojos, la razón por la cual el oficial no había preguntado al respecto. La misma escena que el oficial vio, vieron ellos también dentro del jacal, por lo que no comprendieron qué es lo que pudo haber pasado con la gárgola, ni por qué muchas cosas de pronto habían cambiado. Ellos mismos vieron con sus ojos lo que le había pasado al viejo, y algunas personas más al igual que ellos, pero que no dijeron nada, a pesar de haber visto lo mismo que Felipe y Elida. Ella lo abrazó sintiendo un poco de miedo, por lo que Felipe la tomó entre sus brazos y le dijo que no temiera, que todo iba a estar bien.

Mientras el oficial contemplaba la escena de la devastación que había dejado la tormenta, el otro oficial y dos monjes se ocupaban del cuerpo para investigar la naturaleza de las heridas y lo que pudiera haberlas causado. Pero el viejo solo tenía una gran mancha color morado rojizo en el pecho, con un poco de sangre a la altura de los hombros, la cual provenía por la fractura de algunos dedos en ambas manos.

Parecía como si hubiera tratado de quitarse algo que le había caído encima, y tratando de liberarse se fracturó las manos. El objeto había rompido el techo, al igual que el suelo del almacén, justo debajo donde estaba el viejo, cayendo encima de su cuerpo y su desdichada suerte, quitándole la vida en el momento. Al menos esa fue la conclusión de los oficiales al compartir las evidencias que obtuvieron por separado.

Los oficiales decidieron llevarse el cuerpo al pueblo más cercano, para realizarle la autopsia de ley. Pidieron que su hijo y nieta los acompañaran, lo cual ellos aceptaron pacíficamente.

Después de unas horas de haber ayudado y alimentado a los más necesitados, se aseguraron de que todos y cada uno, hasta los niños, tomaran una píldora blanca, porque según ellos les ayudaría contra las infecciones.

Felipe, aprovechando que subían el cuerpo en una de las camionetas para llevarlo a la morgue del pueblo, llevó a Elida a su jacal para que se recostara un poco, pues se había puesto algo pálida por la impresión de lo que había pasado. Felipe lo hizo para evitar que los obligaran a tomar la píldora, porque no le daba mucha confianza, por una extraña sensación que sentía en el pecho, y la cual lo hizo que actuara rápidamente para escabullirse.

Con el afán de asegurarse de que todos tomaran la píldora, el oficial fue hasta el jacal de Felipe, como si se hubiera dado cuenta a dónde se habían ido, para pedirles en persona que la tomaran. No se fue hasta que miró que se la pusieron en la boca por insistencia del oficial, porque Felipe le había dicho que la tomaría luego, pero el oficial insistió, no teniendo otra opción más que tomarla. Cuando los vio tragarla con un poco de agua, el oficial se vio complacido y se despidió diciendo:

—Que tengan ustedes un agradable día, con su permiso.

—Igualmente —le dijeron los dos.

Felipe, en cuanto el oficial salió del jacal, le dijo a Elida: «No la tomes», e intentó sacarle la píldora de la boca con sus manos. Ella no la había tragado, la escupió mientras lo miraba preguntándose si era que ella la había tragado. Felipe la escupió también al igual que ella.

Sintiéndose tranquilo de que ella no la había tragado la abrazó fuertemente. Elida, sintiendo la preocupación de Felipe se refugió en sus brazos, en su corazón, del cual se enamoraba cada vez más de su sencillez y su nobleza, además de su intención desinteresada de ayudar sin pensar a quien se lo pidiese.

Al pasar de los días, la gente se recuperaba de poco de aquella desgracia, gracias a la basura que llegaba de los pueblos cercanos, pues de esta salían los materiales para reconstruir los jacales, junto con cosas que se podían vender para procurar algo de comida. Siendo eso lo único que podían esperar aquellas pobres personas, basura para reconstruir sus vidas.

En sus charlas nocturnas, Felipe y Elida debatieron toda posibilidad lógica de lo que pudo haber sucedido ese día, usando todo detalle basado solo en la razón lógica de la realidad, sin tocar la posibilidad de la fantasía, porque eso parecía para ellos, una mera fantasía, y no querían aceptar que en realidad eso había pasado, al menos de la manera en que ellos lo vieron. Las charlas los desvelaron muchas noches durante ese tiempo de reconstrucción, tanto física como moral. Ese tiempo fue suficiente para que tomaran fuerza todos en el basurero.

La esperanza hizo cambiar a algunos para bien, porque estos se arrepintieron de corazón de sus malos actos, y se dedicaron a hacer el bien de la manera en que el corazón los guiaba. A otros no les importó, y continuaron con su malentendido con los demás como antes de la tragedia. Como ya no sentían la muerte ni el castigo sobre sus culpas, siguieron indiferentes al dolor ajeno, sin importarles lo que pudiera pasarles por consecuencia de su crueldad, e ignoraron la lección con esa indiferencia. Ese miedo que cambió a muchos y condenó a algunos en su propio infierno personal, según su conciencia, les hizo olvidar la elección del espíritu y las misiones de la vida carnal. Felipe sospechaba del silencio de la gente respecto al viejo y sus familiares, pues nadie volvió a decir nada desde ese día de la tormenta.

Por alguna extraña razón, Elida y Felipe eran los únicos que lo recordaban cada noche en sus debates nocturnos, donde utilizaban la lógica para seguir negando lo absurdo. Elida no se negó más a la verdad de su conciencia, diciéndole a Felipe en una noche meses después, de lo que había pasado en ese despertar amargo:

—Él dijo que estaba viva; además, vi cuando tú y esos tíos movieron esa bestia para liberarlo. Lo habéis visto con vuestros propios ojos. Que esto me pasa todo el rato, de que me he quedao por loca. Arfavo, que pecha de piojo. Si tú estás empeñao en negarlo, manque habéis visto la verdad, entonce eres tonto.

Felipe sonrió un poco por lo cándido que le parecía su acento, el cual había heredado de sus abuelos. La interrumpió con un abrazo fuerte, frenando su fastidio por negar los hechos con la lógica insuficiente, la cual solo confunde a los hombres. Con una mirada tierna, sin ninguna avaricia mundana por riqueza o fama, Felipe la miró a los ojos y le dijo:

—Yo te creo. Igual yo lo vi también, ¿no? El tiempo dirá, no te preocupes.

Elida soltó el llanto al recordar las palabras de su padre en las de Felipe, así como el calor de la seguridad en su pecho, lo cual la hizo sentir cosas de su pasado que había olvidado, por aquella tragedia que la había orillado hasta la entrada del jacal de Felipe, y que la mantuvo por muchos meses sin recordar quién realmente era. Es posible que la gente no quería hablar de lo que había pasado ese día, pues con sus tragedias personales habían olvidado la del viejo. Quizá, Felipe y Elida recordaban todo lo que pasó por no haber tomado la píldora. Quién sabe.

_jema_sid

52

Capítulo 3

La Anciana del pelo Blanco

El amor incondicional que siempre mostró a todo ser que rozaba su sentir, le dio una gran reputación con todos los que la conocieron de cerca. Sabían muy bien de su sencillez de corazón abierto, de esos corazones que dan sin esperar algún beneficio personal.

Por eso era por lo que todos la respetaban, por la gran acción de servicio que prestaba a cualquiera que se lo pidiese.

Elida apareció justo en el momento en que más lo necesitaron, cuando la desgracia les había tomado por sorpresa. Cuando la pena los abatía ella los curó con gran cariño y respeto, por eso fue por lo que muchos se arrepintieron de haberla tratado mal cuando recién apareció en el basurero. Ella les dio la mano sin ningún rencor, sin reproches ni demandas, solo con el interés de dar y ayudar a todo aquel pobre ser que necesitara de su ayuda.

Felipe se sentía complacido por haber encontrado a alguien tan afín a sus principios y costumbres, que lo único que hacía bueno en el día era pensar en ella.

Ella admiraba la personalidad de Felipe con gran ternura y respeto, por la manera en que le había ofrecido lo poco que tenía, sin si quiera saber quién era ella. Eso le hizo ver a Elida el verdadero ser que vivía dentro del cuerpo de Felipe.

Elida tomó tiempo en adaptarse a las costumbres que la gente apaciblemente accedía por temor a que los líderes los amedrentaran con sus amenazas de restricción, de quién podía y quién no podía acceder a los montones de la basura que llegaba de mejores lugares; pues, era esa la manera en que controlaban a la población.

Con el designio del líder mayor sobre quiénes podían recolectar la mejor basura, se garantizaba la participación de todos conforme a sus reglas, las cuales imponía para su propio beneficio. Sin que nadie nunca se quejara abiertamente.

Para mantenerlos un poco contentos el líder los rotaba en turnos, para que los que pagaban la cuota requerida recolectaran en los mejores montones de basura. Los mantenía con algo de esperanza para que siguieran queriendo salir de su desgracia imaginaria, pero sin los medios suficientes como para que crecieran espiritualmente.

Todo lo material está al alcance de las manos del hombre para saciar su ego y su vanidad, pero para su espíritu no se le ha dejado el tiempo suficiente, en el tiempo que se le ha impuesto sobre sus obligaciones, en el modelo que esta sociedad exige a todos los que la conforman.

Los medios que facilitan a los hombres su crecimiento espiritual se desvanecen en las mentiras de los líderes, las cuales han sido sugeridas por una fuerza antigua, la cual los controla sin que tengan remedio sus causas personales. Son de cierta manera esclavos también, ya que el poder otorgado por la mano del más alto de su círculo los controla con placeres maléficos de promesas eternas. Algunos no saben nada, son títeres de otros más grandes que pertenecen a un círculo superior, al cual solo se les permite ascender por designio.

La falta de voluntad por parte de la mayoría en el basurero para apelar a las reglas injustas que se les imponían llenaba a Elida de gran preocupación, por eso lo comentaba muy a menudo en sus debates nocturnos con Felipe. En una ocasión, Felipe le dijo:

—Costumbres que la gente adopta por miedo e ignorancia. Siempre ha sido así.

—No tienen opción, ni una oportunidad digna. Por eso se mueren sus esperanzas —le contestó Elida.

Felipe se le quedó viendo orgulloso de escucharle decir eso, por la pasión con que ella se preocupaba por los niños, y por la manera en que ella comprendía la situación. Con una gran hambre de justicia por aquellos a quienes la sociedad condenaba a lo más bajo.

Elida se dio cuenta de que los niños no iban a ninguna escuela, pues nunca había existido una en ese lugar olvidado por la mano de Dios.

Los papás no tenían tiempo para enseñarles a leer y a escribir a sus hijos, por pasar todo el día reciclando y tratando de vender lo poco que podían encontrar entre los montones de basura; además, de que la mayoría no sabían ni leer ni escribir.

Qué podrían hacer los engañados y pobres, si lo único que podían conseguir era para comer ese día, o para algunos pocos días. Algunos se esforzaban en esconder las cosas que parecían tener algún valor, para que no se dieran cuenta los oficiales de los líderes. Estos eran sus compinches culeros, quienes siempre se aprovechaban de la gente, siendo déspotas y crueles, hipócritas de doble cara.

Estos engañados, cuando convivían con la gente sin el mando del líder, se mostraban cándidos, pero eran crueles bajo su mando. A ellos también los tenía controlados el líder con recompensas de bienes y placeres que podían gozar, como no hacer casi ningún trabajo, más que supervisar para que todo funcionara según sus órdenes. De esa manera el líder podría tener más cerca de todos el látigo amenazante para amedrentarlos, el cual castigaría a cualquiera que intentara quebrantar la ley; pues, todos deberían cumplirla según su decreto mezquino, o de lo contrario sufrirían los castigos miserables por parte de los abusadores.

En una de esas noches, debatieron sobre la ley y la responsabilidad que tiene el hombre en cumplir ese acuerdo que ha aceptado cordialmente en el compromiso ante la sociedad, que abarca no solo lo terrenal, sino lo divino también. Elida sugería que cualquier ley dada a los hombres la corromperían de cualquier manera, si es que dicha ley limita sus intereses terrenales.

—Mira que lo ha dicho el más grande de todo, pues que el amarse a uno mismo es lo primero, luego a vuestro prójimo —le dijo Elida.

Felipe se le quedó viendo con una gran satisfacción, sintiendo un gran orgullo por la forma en que Elida percibía la realidad. Para contribuir a su epifanía personal, Felipe le agregó un poco diciendo:

—Tal vez, esa es la única ley que ay que cumplir, y despúes no es necesario ninguna ley, porque el amor es el que rige, y el amor no hiere.

Ella se le quedó viendo de la misma manera que él lo hacía con ella, con una gran admiración, por lo cual, Elida le contestó:

—La libertad del alma: Amor.

Sus rostros se enrojecieron sin saber qué decir después, porque sentían que sus corazones se les salían del pecho, y se les cortaba la respiración. Él se levantó de donde estaba sentado por no aguantar lo que sentía, y fue por algo de agua para huir del momento, mientras ella decía en voz baja, en el momento en que él se alejaba de ella: «No aguanto». Él se dio cuenta, pero lo calló y decidió no hacer alguna tontería al respecto, porque sentía que no era el momento. Al final se fueron a dormir, dejando que el destino trabajara sus indecisiones.

Algunos adultos les enseñaban a sus hijos algunas cosas, como algunos principios de las matemáticas, a leer y escribir, entre otras cosas más que mantenían en secreto solo entre la familia. Lo hacían por miedo a represalias de los líderes, o por algún credo familiar que habían heredado para protegerse de los abusadores.

Felipe no sabía muchas cosas que habían pasado en esa región, mucho tiempo antes de que él naciera, así como tampoco sabía sobre otros que supieran leer entre la comunidad del basurero. Felipe creía que era el único, pero había otros entre ellos que sus abuelos les habían enseñado algunas cosas que la gente comúnmente ignora. Estos son los que aprendieron de los Jesuitas, quienes alguna vez pasaron por ese lugar hace mucho tiempo atrás, cuando las más iluminadas mentes de la realeza se excusaban en la conquista, buscando insistentemente los vestigios de la verdad.

Poco a poco, Elida fue enterándose de las condiciones de salud en que los niños crecían, de su falta de educación sobre las buenas costumbres, por la nula posibilidad de oportunidades que la gente comúnmente tiene en los lugares más pobres de este planeta. Sentía que no había esperanza para los niños, porque nunca había existido una escuela en ese lugar. La más cercana estaba de entre tres y media, a cuatro horas a pie; además, era una escuela muy precaria, la cual no contaba con los servicios básicos para albergar a muchos alumnos. Tan solo eran algunos salones hechos de adobe, con techos de palos y carrizos con tierra encima. Solo contaba con un único maestro para los pocos niños de ese pueblo, quienes asistían a aprender la educación primaria. Esto la consternaba de gran manera, que en las tardes cuando Felipe observaba el atardecer al regresar de su rutina de búsqueda entre la basura, se sentaba a su lado, soñando una manera para ayudar a aquellos pobres inocentes, quienes tenían que empezar a recolectar al cumplir los seis años, al igual como lo habían hecho sus padres y sus abuelos desde que se había fundado el basurero.

Había dos vecinas que le habían tomado un gran cariño por su sencillez e inocencia, quienes siempre la procuraban después de que Felipe salía por las mañanas. Estas se volvieron sus alcahuetas y confidentes, en todo lo que tiene que ver en la vida de una mujer, y a quienes Elida llegó a verlas como su familia, por todo lo bueno que hacían por ella. Tenían la costumbre de hacerse trenzas en el pelo una a la otra, gracias a las revistas que tenía Felipe sobre diferentes tipos de peinados de diferentes países, con detalles ilustrados paso a paso. Se pintaban el pelo con cosméticos que encontraban entre la basura, sin pensar en los efectos secundarios con tal de verse atractivas.

Sus alcahuetas le regalaron ropa limpia y unas sábanas rojas en un paquete nuevo, para que las estrenara en la noche cuando su hombre regresara de su jornada, según las insinuaciones de sus alcahuetas. Para que así, de alguna manera, entendiera el encuentro natural entre el hombre y la mujer, cediendo a lo que el destino ya había indicado. Ella lo sabía, pero no encontraba el momento adecuado para demostrárselo. De alguna manera lo hacía ayudándole cuando él salía, en los quehaceres del jacal, además de ayudarle con el sistema de recolección de agua de lluvia, el cual le tomó varios días para ajustarle algunas cosas y agregarle algunas otras con ideas más innovadoras. Esa era la manera que ella demostraba su gratitud, pero su corazón quería decirle otra cosa, la cual le llenaba el pecho con calor y el vientre con pasión. Con una gran admiración y respeto, pero con las ganas que se sienten cuando el ser que amamos está cerca de nosotros. Tan cerca como cuando la piel llega a estorbar a las carisias, las cuales insisten en buscar apasionadamente dentro del cuerpo, un Maná exquisito que los mantenga en ese momento para siempre. Ella lo amaba.

La insistencia de sus alcahuetas la ponía a pensar en cómo demostrarle lo que su corazón sentía al verlo llegar, pues en ese momento sentía que le faltaba el aire, y se ponía muy nerviosa, sin saber qué decir ni qué hacer. No sabía si quedarse parada, o lanzársele encima para recibirle con un gran beso, y llevarlo a la cama para hacerle el amor. Tenía que tomar aire varias veces para no sufrir un paro cardiaco por la emoción que sentía con su sola presencia. Por ese calor en su pecho queriendo escapar por sus pezones, por la pasión en su vientre al verle a los ojos; por mil razones más que su corazón sentía.

Muchas noches se aguantó lo más que pudo para no decirle lo que sentía e invitarle a que subiera a la cama con ella, y que dejara la hamaca, porque ella se había dado cuenta de que le estaba causando molestias en la espalda, pero Felipe no quería decir nada para no incomodarla, porque siempre se hacía el fuerte para que ella no se diera cuenta.

Que tonto sería creer que las engañamos, pues ellas se dan cuenta de todo lo que nos pasa; así, ella se daba cuenta de su incomodidad, y quería que Felipe no sufriera más por su culpa, por eso quería que durmiera en la cama con ella. Claro que era porque Elida lo deseaba al igual que Felipe la deseaba a ella.

Un día le preguntó si quería intercambiar la hamaca por la cama por unos días para que descansara, pero Felipe no quiso, y le dijo que no se preocupara, porque él ya se había acostumbrado a dormir en esa red de pesca hecha hamaca. Que no insistiera, porque ella la necesitaba más que él. Elida no le insistió sabiendo que no cambiaría de parecer, pues no había manera de convencerlo, era un tipo muy seguro de sus decisiones.

Dentro del corazón de Felipe había solo la intención de ayudar, sin tomar ventaja a su favor en ninguna circunstancia, por eso ella lo admiraba y respetaba por su firme convicción sobre el respeto ajeno.

De alguna manera en sus charlas nocturnas se las ingenió para acercarse cada vez más a él, un poco más cerca a la vez. Con la delicadeza femenil que las caracteriza, como cuando nos golpean en el brazo, y luego nos soban con gran ternura para sedarnos con sus encantos; los cuales, ablandan hasta a el más rudo de los hombres.

Al sobarle el brazo, Elida le levantó la camisa a la altura del hombro. Con delicadeza y con gran decisión, se le acercó besándole el hombro muy tiernamente, con la dulzura sensual que caracteriza al beso de una mujer enamorada.

Felipe sintió un escalofrío desde la punta de los pies hasta los pelos de la cabeza, por lo que empezó a temblar sin control. No podía respirar, pero luego se sintió despierto de una manera que nunca había sentido antes, por lo que en ese momento perdió todo miedo y noción del mundo exterior, quedando confinado en el momento y el lugar, como si el tiempo no pasara para ellos. Mirándose uno al otro, tan cerca como para respirar sus propios alientos, el cual parecía un viento con sabor de amor, se perdieron en la mirada de uno en el otro, tan profundamente que casi llegaron a verse internamente el alma detrás de los ojos. Estaban enamorados. Se perdieron en el tiempo y el espacio con un beso que duró muchos minutos, cargado de muchas ganas de sentir por ambos, por lo que no pretendían parar con su elíxir del amor. Es ahí donde perdemos el miedo al sufrimiento y nada más importa.

De alguna manera él había terminado sentado en la cama con ella encima de él, mientras se besaban por primera vez. Hicieron el amor con la pasión de los enamorados, dejándose llevar con todas sus ganas y sin ataduras de algún tipo, sin ningún pudor o vergüenza. Así consumaron la unión de sus almas y sus cuerpos con toda esa gran pasión de la juventud, pero con una madurez llena de mucho conocimiento, como para saber reconocer a las buenas personas al verlas, al sentirlas y al amarlas.

Por la mañana despertaron abrazados sin ninguna intención de levantarse para seguir con el quehacer que cada uno tomaba cada día. Felipe se despertó primero, y le llevó algo de comer a la cama de lo que había sobrado la noche anterior, pues no habían tenido tiempo de cenar lo que él había traído ese día. Era obvio que había preferido estar con ella, que comer, porque el amor es más importante que cualquier necesidad.

Ese domingo de luna nueva, fue uno de los pocos días en que no salieron para nada del jacal. Elida estaba a nueve días de haber terminado su periodo menstrual, estando en su nivel más fértil; además, estaba segura a pesar del riesgo. Al igual Felipe, no dudó cuando le asaltó a la mente la posibilidad de embarazarla. Ese es el encuentro que corrobora la inmortalidad del hombre, concedida por Dios sobre la descendencia. Porque al procrear, trascendemos en nuestra lección personal, y vamos dejando un poco de cada uno en un nuevo ser, para una nueva lección; que, en su momento, el universo por mandato divino guiará a unos, así como a los postreros, a pesar de la adversidad que esta *Bestia de Sociedad* crea para apartarnos del propósito primordial del espíritu mientras deambula en su momento con los vivos.

En los primeros días de primavera estaban en su luna de miel sobre el techo de un pequeño jacal que Felipe había construido, y el cual se encontraba como a treinta minutos a pie del basurero. En ese lugar se entregaron el uno al otro en la profundidad de la mirada, reconociendo el amor que se ve en los ojos de quienes te aman, en ellos mismos al perderse en sus miradas. Esa fuerza hechizante que nos empuja a seguir adelante sin importar la adversidad ni el ego, donde la vanidad se desvanece por el hecho de la gratitud y el respeto por el bien común, la cual no exige ni busca su propio interés, es la que nace del amor.

Este magnífico efecto del enamoramiento en Felipe, le hacía ver las cosas como si poseyeran una razón que las definía en su forma y esencia. Sentía que su vida tomaba sentido de una manera que él no esperaba que pasara, pero se sentía totalmente preparado para continuar descubriendo esa sensación que a muchos confunde en el dolor y la ignorancia. Cada uno debe examinarse por sí mismo, antes de buscar algo en otros que piense que le hace falta.

Toda esa mística sublime, la cual se experimenta en el amor, animó a Felipe a ir más allá del basurero por primera vez en su vida. Nada lo había motivado para dejar aquel lugar, en el cual había crecido, y el mismo en donde compartió con sus padres sus mejores momentos.

Esa era la razón por la cual siempre se mantenía en el mismo lugar, por el recuerdo que tenía y no quería perder sobre su familia. Con el paso del tiempo, eso se convirtió en su zona de comodidad, la cual no pretendía dejar por ninguna razón.

Elida le trajo nuevos retos que lo llenaron de fuerza de voluntad, para salir del basurero sin que el líder se diera cuenta. Fue el gran apoyo incondicional que Elida siempre le daba, lo que lo motivó a salir de la incapacidad que le causaba el sufrimiento de haber perdido a sus padres. «Ellos siempre están en mí corazón», pensó Felipe. Al estar a una distancia considerable del basurero, se detuvo por un instante en un lugar en el cual nunca había estado antes, pensando en todos los temores que había dejado atrás. Felipe comprendió ese día que el amor era más fuerte que la muerte carnal, o que cualquier creencia que pretenda explicar lo que pasa cuando morimos, o lo que hay después de la muerte. Felipe sabía que los amaba, a pesar de que habían muerto desde hace tiempo atrás, y sabía que no importaba el lugar ni los objetos, solo el recuerdo que se guarde de los momentos que nos toca vivir junto a ellos.

Con la insistencia de querer ver a Elida, Felipe regresaba como al medio día para llevarle algo de comer, luego salía de nuevo para buscar algo para la cena. El olor de su aliento lo hacía suspirar como un tonto, al recordar el palpitar del corazón de Elida en su pecho, y el calor quemante de su vientre de fuego. Eso lo hacía delirar mientras deambulaba entre las calles del pueblo cercano, a donde se aventuró para buscar algo de comer y poder llevarle a su amada.

Fue en uno de esos días cuando estaba perdido en el amor, cuando sin querer, se encontró con la obra de construcción en donde trabajaba Chendo, su compadre y amigo de toda la vida. Chendo lo reconoció de inmediato cuando Felipe se acercó para ver qué estaba pasando, pues le había parecido muy interesante la construcción, porque el estilo era algo innovador y convencional a la vez, el cual resaltaba de las demás construcciones.

Chendo, al verlo le dijo:

—Quiubo compadre —y le preguntó—, ¿qué haces por acá?

—Ya sabes —le dijo Felipe.

Chendo se sorprendió al verlo, porque sabía que Felipe no le gustaba salir muy lejos. Esa era la primera vez que él había visto a Felipe fuera del basurero, por eso se alegró mucho al verlo en la obra de construcción. Tuvieron tiempo para bromear y alardear un poco, tal como se hace con los buenos amigos.

Felipe había intentado enseñarle a leer y a escribir en varias ocasiones, pero Chendo nunca mostró el interés por aprender. Felipe no le insistió, al comprender que no le interesaba aprender, porque Chendo decía que eso no le traería ningún beneficio en la miseria en la que sobrevivían.

Al escuchar el alboroto entre bromas y carcajadas, el capataz del lugar llegó de pronto, reclamando a Chendo terminar la barda que le había pedido desde hace tres días. Que a qué se debía tanto relajo, que mejor se pusiera a trabajar. Le pidió a Felipe que se retirara, al verlo todo sucio y mal vestido. Chendo de inmediato trató de explicarle la razón de su alegría, diciéndole que era algo raro ver a Felipe fuera del basurero. Que la razón de haberse aventurado tan lejos era porque ya tenía pareja, por eso se burlaba de él, porque tendría que aventurarse más lejos para buscar el sustento de su nuevo hogar. Al capataz no le importó lo más mínimo la explicación de Chendo, por lo que le volvió a pedir a Felipe que se fuera, para que no les quitara más el tiempo a sus trabajadores. Chendo lo defendió, sugiriéndole al capataz que podría ayudarles en algo, a hacer los mandados o limpiar escombros en la obra. El capataz se quedó pensando por algunos segundos, si es que lo había juzgado mal, y recapacitó para darle la oportunidad de que hablara. Le pidió que le dijera seriamente si quería quedarse para ayudar en lo que fuera posible, y le pidió que fuera a la tienda por unos panes de dulce y unos refrescos, que cuando volviera hablarían al respecto.

No habían parado de trabajar desde que habían llegado ese día, debido a las exigencias del ingeniero de la obra de construcción, quien les pedía que terminaran antes de la fecha establecida, porque si no terminaban a tiempo no les pagaría. Por eso era por lo que se quedaban a trabajar hasta tarde, y sin descanso en algunos días, para avanzarle un poco más y terminar en la fecha establecida por el ingeniero.

Felipe no estaba muy seguro de quedarse a trabajar, por razones que solo él entendía en ese momento. Chendo tuvo que hablar con él para convencerlo de que fuera a la tienda, y le dijo que cuando regresara hablaban del trabajo. Pero al ver a Felipe sin muchas ganas de aceptar, le dijo:

—Mire compadre, acuérdese que ya tiene que chingale —le insistió Chendo— Ya no está solo. Felipe un poco indeciso aceptó.

El capataz le dio el dinero y le explicó donde es que se encontraba la única tiendita del pueblo, y la cual estaba cerca de la obra de construcción. Felipe se fue de inmediato, pensando en las cosas que podría comprarle a Elida para que ella pudiera sonreír, pues estaba dispuesto a lo que fuera con tal de verla feliz.

El capataz reconoció el esfuerzo de los trabajadores por tratar de ayudarle lo más que podían, sacrificando un descanso o dos para avanzar un poco más en lo que fuera posible. Además, lo estaban haciendo muy bien, a pesar del retraso en la barda, por eso dejó que tomaran un merecido descanso. Además de que ya era como las tres de la tarde, y no habían tomado ningún descanso desde que llegaron ese día a las seis de la mañana, tal como lo hacían casi todos los días, debido a las exigencias del ingeniero de la obra para que terminaran antes de lo previsto.

En su camino a la tienda Felipe sentía esa mirada de desprecio por parte de la gente, quienes lo mal juzgaban por su apariencia de mendigo sucio y mal oliente, al verlo pasar por la calle. No era que él fuera tal cosa, pero la gente lo etiquetaba de esa manera por todos esos prejuicios que adquirimos en los medios de divulgación sobre las ideas, las cuales se usan en nuestra contra, pero que la mayoría ignoramos. Por cosas que cada uno puede juzgar a su manera, lo condenaban a la miseria que recoge la basura de otros.

No le permitían estar mucho tiempo enfrente de sus casas, pues, mientras caminaba y se perdía en el sin fin de pensamientos de cosas que le preocupaban, disminuía el paso de vez en cuando, deteniéndose un poco para meditar dentro de sí al respecto, pero, en el momento, la gente lo corría diciéndole que siguiera caminando porque no había nada de limosnas para él en ese lugar.

Felipe decidió continuar para no tardarse en su misión de llevar el pan y los refrescos para los trabajadores de la obra de construcción, sin tomar en cuenta la ignorancia de valores con que la gente lo miraba.

Algunos de sus muchos pensamientos eran la desigualdad social, la ignorancia de quienes juzgan a los pobres por no tener lo que exige el modelo a seguir de la sociedad.

Felipe razonaba sobre el malentendido de las intenciones, y la hipocresía de los que pretenden ser buenos en su círculo, según el modelo que cada uno siga, o pretenda seguir. «¿Cómo es que nos atrevemos a juzgar a los demás, sin conocer nuestra propia condición?» Se preguntaba Felipe mientras caminaba.

A un par de cuadras de la tienda se dio cuenta de un gran alboroto de algunos niños que jugaban a las canicas al lado de la calle. Estaban discutiendo porque uno de ellos no quería dejar que un pequeño niño de seis años entrara en el juego.

Al Felipe llegar cerca de donde estaban los niños, y sin querer intervenir en lo más mínimo en el asunto, se paró al otro lado de la calle para contemplar aquella escena. Poniendo gran atención en lo que pasaba con el niño, quien le recordaba su propia niñez, cuando tenía que sufrir por las imponencias de los avariciosos al quitarle lo poco que encontraba en la basura. Se vio a sí mismo en aquel pequeño.

El pequeño les dijo:

—Les apuesto todas mis canicas.

Luego, uno de los chavales más grandes, y quien siempre se aprovechaba de todos, enfrentó al pequeño muy enojado:

—Cállese pinche chismoso, si no trae nada —con imponencia y furia en su rostro— quítese de aquí mocoso inútil.

El pequeño sacó su bolsita de canicas, dejando al chaval enfurecido por no saber qué decir.

Aprovechándose del momento, los demás se burlaron del chaval más grande, pero solo para aumentar más su furia. Este abusivo, de inmediato confrontó al pequeño cara a cara para intentar desquitarse con él, con los puños retándolo y queriéndolo golpear. El pequeño no bajó la cara, se le quedó mirando fijamente a los ojos serenamente sin decir una sola palabra, muy seguro de sí mismo.

Los demás niños empezaron a hacer borlote, como defendiendo al niño, y diciendo a aquel abusón que lo dejara jugar, ya que el niño si traía canicas. Que cuál era su pretexto ahora.

Un pequeñín de algunos tres años, sin ningún temor ni complejo alguno, con esa inocencia que caracteriza a los niños, dijo: «¿O tiene miedo tú? Chuyito si trae canicas». Con eso empezó a alentar a los demás, quienes lo siguieron al verlo seguro de sí mismo, apoyando y gritando todos por el pequeñín al mismo tiempo: «¡Que juegue, que juegue, que juegue!» El chaval más grande no tuvo más remedio que aceptar que jugara, junto con otros dos niños quienes también apoyaron para que el pequeño jugara.

Este chaval altanero e imponente, sentía que podría ganarles algunas canicas aprovechándose de ellos, al pensar que serían una presa fácil para él.

Era obvio que era uno de los pasatiempos favoritos de los chavales, en aquella calle llena de amargura.

Tenían un hoyo ya designado para el juego, cerca de una tapia de adobe casi derrumbada. Toda el área de juego estaba libre de cualquier piedra que les pudiera causar algún drama en el momento de tirar sus canicas, por lo que hasta tenían área designada para mirones. Además, la línea que usaban para hacer sus tiros estaba definida lo suficientemente profunda como para que no la borrara la lluvia tan fácilmente.

Todos se reunieron al rededor del área de juego, mientras los jugadores tomaban posición de tiro, de acuerdo con lo que les había impuesto el chaval más grande, quien siempre proclamaba el derecho de tirar primero, intentando tomar ventaja de los demás. Como ya era su costumbre.

Además de designar quien tiraría segundo y tercero, dejó al pequeño en el último turno. Nadie reclamó cosa alguna, porque el chaval se dio la vuelta retándolos, por si alguno se oponía a su decisión. Luego formó a los jugadores en la línea de tiro en donde él pensaba que no tendrían buena oportunidad de acertar alguna canica. Al sentirse satisfecho y confiado, se dispuso a tirar sus canicas en el hoyo.

Tratando de echar todas las canicas que pudiera, el abusivo tiró con gran precisión, dejando tan solo unas tres canicas fuera del hoyo, de diez canicas que cada jugador debería tirar en su turno. Esa había sido una regla más impuesta por el chaval más grande, para tomar ventaja de los demás, con su actitud de soberbia e imponencia. El segundo y el tercero no fueron muy precisos por la presión que el muchacho ejercía en ellos, fallando con una cantidad muy considerable de canicas fuera del hoyo, lo cual incitó la crítica del incómodo, diciéndoles que les faltaba carácter para enfrentarlo. Los niños solo se miraban uno al otro sin decir palabra alguna. El niño pequeño estaba en medio de la raya de tiro, cuando el chaval más grande lo quitó con un golpe en el hombro enérgicamente. «Quítate pendejo», le dijo. En el preciso momento en que el niño aventaba sus canicas al hoyo. Luego, este abusivo se dispuso a lanzar su tiro. Acertó a una canica.

Al golpear una canica en el primer intento te permitía seguir tirando hasta golpear todas las canicas posibles, pues cada que acertabas la podías echar en el hoyo. Si un tiro de un oponente era golpeado por cualquier jugador, quedaba descalificado del juego. Al no acertar en cualquier intento, se debía esperar para tirar de nuevo, según el orden de tiro. Empezando con el primero y sucesivamente. Golpeando todos los tiros de los jugadores, ganabas sin importar cuantas canicas restaran. El altanero siguió tirando por haber acertado en su primer intento, golpeando a cinco canicas más. Pero al apuntar a su séptima víctima, falló. Eso hizo que el chaval se enfureciera, debido a que se encontraba cerca de donde estaba parado el pequeño, a quien le gruñó muy enojado. El abusivo reclamaba que había fallado por su culpa, e intentó golpearlo en la cabeza. Pero no pudo, porque el pequeño metió las manos defendiéndose de la gran imponencia del abusivo. Los demás niños lo defendieron, reclamando que seguía otro en tirar, y juntos alzaron la voz apoyando al pequeño, así como a el segundo y a el tercero para que intentaran sus tiros. El segundo lanzó después de un gran alboroto, dándole a cuatro canicas, pero falló en su quinto intento, dejando al tercero con la posibilidad de pegarle al quedar entre el hoyo y la línea de tiro. El tercero apuntó lo más preciso que pudo, y lanzó su tiro con la intención de pegarle al segundo, estando algunas canicas más cerca de la línea de tiro. Aun así, no dudó en intentar sacarlo del juego.

Por la ansiedad de querer acertar utilizó más fuerza que precisión, por lo que falló por un pelito al tiro del segundo y cayó justo en el hoyo.

El chaval más grande, al ver que el tercero se había ahogado, se abalanzó para intentar sacar del juego al segundo. Los demás niños intervinieron diciendo que debería dejar tirar al más pequeño, porque ese era su turno en el juego, o qué acaso era que tenía miedo. Lo cual provocó el enojo de gran manera del chaval más grande, quien confrontó con los puños al pequeño. «Nomás que me des, y verás», le dijo. Como éste abusivo había quedado no muy lejos de la línea de tiro, había la posibilidad de ser descalificado por el pequeño. Se dio cuenta

68

cuando el pequeño le apuntó con su tiro, por lo que se enojó de gran manera, y se sacó de la manga la nueva regla de que no podía tirarle a él, porque estaba cerca de la línea de tiro. Que debería tirar por el área del hoyo primero, y que si no querían iba a hacer algo al respecto para que aceptaran. Con los puños encarando a todos, aventándolos con el pecho, los intimidó convenciéndoles sin ninguna objeción, pues todos tenían miedo de enfrentarlo, porque siempre golpeaba al que quería para quitarle cualquier cosa que fuera que envidiaba de ellos. El pequeño no tuvo más remedio que tirar cerca del hoyo en donde había más canicas, pero no pudo golpear ninguna porque el tirano se lo impidió, apuntándole hacia donde podía tirar. Este chaval altanero se paró enfrente de las canicas para estorbarle al niño, con una actitud altanera y grotesca, por lo que nadie se atrevía a enfrentársele.

Este chaval mal educado y abusivo, fue un niño muy mimado por su papá desde que era un bebé, hasta que se convirtió en el mismo retrato de su padre de abusador y altanero con los demás.

El padre lo dejaba hacer lo que él quería, le daba todo lo que le pedía, a pesar de que su madre intentó inculcarle algunas responsabilidades en el hogar, así como lo importante que es el respeto mutuo. Sin que el niño la tomara en cuenta en ninguna ocasión. Porque el machismo que el padre le inculcó desde pequeño, lo hizo degradar la postura de su madre, a tal manera que le gritaba y le aventaba las cosas si no hacía lo que él quería en ese momento. Tal como lo había aprendido con el ejemplo de su papá, a tal grado que el niño terminó perdiendo el respeto por su madre, gracias a las agresiones que el padre le daba, y la manera en que siempre la degradaba.

Todo eso la llevó a convertirse en un ser miserable sin esperanza alguna, sin ninguna consideración por parte de sus tres hijos que había tenido con aquel monstruo ignorante. Con el paso del tiempo se volvieron como él, los mismos ingratos desconsiderados que nunca le hacían caso en lo que ella les aconsejaba. Trataban a su madre como una sirvienta todo el tiempo, exigiéndole en vez de pedirle, con el argumento que su padre siempre les decía, de que ella no tenía ningún poder de palabra sobre ellos.

Ella se refugiaba en el único rincón de la casa, en donde pudo encontrar el momento adecuado para soltar el mar que formaron sus lágrimas, por todos esos años de sufrimiento que le causó la indiferencia de los que más amaba en la vida. Ingratos. «Pobres criaturas que sufren la crueldad familiar, pobres seres que se pierden por las enseñanzas malignas de otros torturados por la vida, nadie nunca les enseñó el amor», pensaba Felipe, al comprender a aquel chico mimado.

Al ver que el tiro del pequeño quedaba no muy lejos como para dejarlo fuera de la jugada, y sabiéndose de su turno, aventó a un niño que estaba en su paso fuera de su camino, apresuradamente para hacer su tiro, con un gozo malvado sin dejar de ver fijamente al tiro del pequeño.

En eso, se acordó del segundo que había quedado cerca de él, y se echó un poco hacia adelante, tomando ventaja para golpearlo más fuerte. «¡Ándele perro!», le dijo. Dejando así al chaval fuera de la jugada. Solo quedaban los dos, por lo que todos guardaron silencio. Pero de pronto uno gritó: «¡Si se ahoga pierde!» El muchacho más grande volteó para mirar quién había dicho eso, pero como todos estaban en silencio atentos a que tirara, volteó la mirada hacia el tiro del más pequeño, y preparándose para hacer su tiro.

El tiro del pequeño había quedado entre él y el hoyo, así que se tomó unos cuantos segundos antes de lanzar un tiro lento y suave, suficiente como para golpearlo sin caer en el hoyo.

Pero, por alguna extraña razón del destino, no logró pegarle, y cayó cerca del hoyo a merced del tiro del pequeño.

Todos se quedaron asombrados, inclusive Felipe, quien se acercó un poquito a mitad de la calle para poder ver mejor el drama que estaba sucediendo entre aquellos niños de la vida.

«Los niños de nuestro planeta». Así era como en muchas ocasiones Felipe se refería a ellos.

El muchacho más grande se enfureció de tal manera, por lo que apretó los puños con intensión de golpear al pequeño en la cara, pero solo se quedó mirándolo fijamente casi echándosele encima. El pequeño se quedó firme en su postura sin mostrar ningún temor, notándosele una seguridad en sí mismo, la cual se reflejaba en la cara de asustado que tenía el muchacho más grande.

Todos los niños alegaron por él, y rompiendo el silencio gritaron:

—¡Déjalo que tire, déjalo que tire!

Sin quitar la vista del pequeño accedió y dijo:

—Ta bien pues, pero si se ahoga pierde, y yo gano.

El pequeño se acomodó para hacer su tiro de una manera muy peculiar, apoyándose en su rodilla izquierda formando un ángulo recto con el suelo, extendió su pierna derecha para apoyarse un poco mejor, y apuntando al tirano se dispuso a marcar la historia en el momento.

Todos quedaron en silencio, que lo único que se escuchaba era la respiración del chaval más grande, enfurecido por saberse perdido en el juego. La presión en el dedo se ajustaba con la mirada fija en su objetivo, sin ninguna prisa o miedo alguno que lo afectara. De algún modo, el niño se sincronizó en todo plano de su ser, que hasta él mismo se sorprendió en un momento, pero continuó en la escena en donde estaba su cuerpo. Hubo un momento en que pudo ver como son las cosas en realidad, pero solo por un instante, en el cual sintió como si se saliera de su cuerpo.

El pequeño estaba por hacer una epifanía en su realización personal, de tal manera que su mente y espíritu se unieron en un solo objetivo para vencer al tirano abusador frente a todos y de una buena vez.

Con un suave y certero golpe echó al mentiroso al hoyo, quedando su tiro en el lugar en donde estaba el del más grande.

Entonces, el altanero abusador pateó al pequeño en la cara, y agarró con las dos manos todas las canicas que pudo. Los demás, al ver lo que sucedía se echaron sobre las canicas que sobraron, pasando en cima del pequeño sin importarles un carajo. Después de saquear, se echaron todos a correr.

El pequeño quedó tirado en el suelo sin poder respirar y sin poder moverse. Al recuperar algo de voluntad, pudo estirarse un poco para tratar de agarrar alguna canica que hubiera sobrado del saqueo, pero no pudo rescatar ni una sola.

En ese momento lo comprendió todo, y perdonó a sus agresores estando aún tirado en el suelo estirando la mano, en su aberración por intentar salvar alguna canica.

Desistió del conflicto por un instante, mientras recuperaba la respiración y su cuerpo se mantenía en la vida. «¿Quién pierde, o quién gana de mi sufrimiento?» Pensó aquel pequeño ser.

Felipe al ver que lo agredían se echó sobre ellos, por lo que corrieron todos despavoridos, dejando al niño en paz. Esos saqueadores lo hubieran lastimado aún más de lo que lo dejaron, sin ninguna consideración por sus bienes ni por su vida.

Gracias a la intervención de Felipe, fue que los indiferentes se fugaron fanfarroneando su botín entre ellos.

Verum

Después de algunos cuantos segundos de que Felipe se acercó a socorrer al pequeño, se escuchó un amargo quejido que provenía del otro lado de la calle, en donde estaba una casona echa por los conquistadores, quienes cruzaron por esos lugares mucho tiempo atrás.

Los exploradores habían construido encima de unas ruinas antiguas una casona, pero el paso del tiempo se encargó de destruir sus arquetipos conspirativos por encubrir la verdad, y solo quedaban las ruinas con muy poco de lo que habían hecho *los cruzados* por ocultar su rastro, así como su propósito.

La Anciana del pelo Blanco, quien vivía en esas ruinas, había sido la que se quejaba de lo que había pasado ante sus ojos, pues al igual que Felipe, ella presenció todo el drama de las canicas, y la aberración del hombre por lo menos relevante para su crecimiento espiritual.

La anciana estaba en lo más alto de las ruinas alzando su lanza hacia el cielo, y gritó: «¡En qué se ha venido a convertir el hombre, que solo maldad hereda!» Felipe la ignoró un poco por socorrer al pequeño, pero pensando en cuanta razón tenía aquella anciana misteriosa, al reconocer la oscuridad con que los hombres han contaminado su corazón.

Felipe recordó en el momento su encargo, por lo que se apresuró para cumplir la diligencia que le había encargado el capataz de la obra de construcción, después de dejar al niño un poco mejor. La arquitectura de las ruinas había captado su interés, por alguna razón misteriosa que aún estaba por descubrir, por eso no dejaba de ver lo que podía. Pero por ir apresurado a la tienda no le pudo echar un vistazo como él hubiera querido, quedándose con la espinita de volver para averiguar más de aquel lugar que le parecía fascinante.

La anciana lo miraba desde lo más alto de las ruinas al pasar de regreso, pero Felipe tratando de ver lo más que podía no le prestó mucha atención a la anciana. Al verla de reojo pensó: «Dios y sus misterios».

Regresó lo más rápido que pudo, sin dejar de pensar en lo que había pasado con los niños, y en el misterio que guardaban aquellas ruinas. Había algo que lo atraía a ellas de una manera subliminal, lo cual lo incomodaba, pero aun así estaba dispuesto a averiguar de qué se trataba.

Al verlo llegar algunos le gritaban de cosas, mientras otros lo bendecían de una manera muy cándida, por lo contentos que se pusieron al saber que por fin comerían algo, después de muchas horas de trabajo.

Después de que la preocupación se relajó con la comida, el capataz le preguntó si quería trabajar con ellos haciendo trabajos de mandadero, o ayudando a los maestros albañiles en lo que hiciera falta. Felipe se quedó pensando un poco primero antes de responderle, porque aún seguía pensando en aquellas ruinas, y a la vez trataba de comprender lo que había sucedido con el misterio de las canicas, pues no lograba precisar aún la lección de todo lo que había pasado en ese momento.

Tendría que vivir mucho más para que se diera cuenta de la realidad sobre su destino, así como del misterio que le guardaban las ruinas.

—Está recién casado, mi Uicho —le dijo Chendo. Con tal picardía, que todos se rieron.

—Con más ganas —le contestó el capataz.

Felipe pensaba que no tendría el tiempo para ver a Elida más seguido, y eso le preocupaba, además de que nunca había trabajado fuera del basurero, o en ningún otro lugar.

No estaba acostumbrado a las responsabilidades sociales, ni a su necedad por medir el tiempo nombrando a los días por nombres y a las horas con números. Todo eso era nuevo para él, por eso tuvo mucho que pensar antes de aceptar que no la vería si no asta salir de trabajar por las tardes.

Al no querer ser parte del modelo a seguir en la sociedad, se mantenía aislado de la filosofía que todos tomamos a la hora de querer ser alguien. Pero, de alguna manera, seguía siendo parte de la sociedad sin remediarlo de ningún modo, por eso aceptó ese nuevo reto en su vida, sabiendo que le traería nuevas experiencias, y que aprendería mucho más de lo que ya sabía. Aunque le faltaba un poco la práctica de muchas de sus habilidades de conocimiento y destreza, las aplicaría de una manera inesperada.

El capataz le dijo que lo recogería por la mañana y lo llevaría de regreso todos los días, que por eso no se preocupara. Además de que Chendo le avisaría a qué hora saldrían del basurero, para que estuviera listo. Que le cobraría un centavo por semana, y le daría cinco pesos de salario. Felipe aceptó un poco sorprendido porque no sabía exactamente el valor del dinero, pero pensó que con eso podría llevarle algo de comer todos los días a su amada.

Comúnmente salían a las cinco de la tarde todos los días, pero el capataz le pidió que se quedara a ayudar a Chendo con una mezcla de estuco, lo cual Felipe hizo el resto de la tarde. Al terminar lo que le habían asignado, se apresuró a irse en seguida para ver si podría echarle un vistazo más a las ruinas, pero el capataz le dijo que no se fuera, porque él lo llevaría en un rato más, cuando terminara con un pequeño asunto respecto a los planos de la construcción. «Sí compadre, esperecé, ya es tarde pa irse a pie», le dijo Chendo. Felipe no tuvo más que aceptar el ofrecimiento que Uicho humildemente le había hecho, al ofrecerle llevarlo de regreso. Uicho ya le había dicho que lo llevaría a diario, pero Felipe tenía otras cosas en la cabeza, las cuales lo hicieron olvidar lo que le había dicho. En él había muy buena educación, la cual había aprendido de sus padres, en el suficiente tiempo que estuvieron a su lado, por eso aceptó. Además, sabía que llegaría más pronto para ver a Elida.

A pesar de que Felipe pasaba su tiempo tratando de descifrar su destino, en cada momento de sus experiencias, pensaba en ella como se piensa de quien se ama, con la pasión del enamorado y el respeto con que se vive cerca de ellos; con la conciencia de la presencia del otro, en el momento en el cual comparten juntos su tiempo. «Valla coincidencia del destino», decía Felipe, al referirse a la suerte que tenemos al conocer a quienes viven en nuestro tiempo.

_jema_sid

Capítulo 4

Vestigios del pasado

El capataz los llevaba todos los días después del trabajo a la orilla del basurero, y los recogía por las mañanas en el mismo lugar en su Apache de mil novecientos treinta. «Era una belleza de chatarra», decía Felipe, cuando se refería a aquel camión al cual llamaban El Zorro.

Tenían que darle cuerda con una palanca en frente del motor para echarlo a andar. Era una proeza diaria el rito que habían formado para ejecutar dicha tarea, que hasta se formaban en turnos cuando no lograban encenderla tan fácilmente.

Había dos jóvenes que trabajaban en la obra de construcción, aparte de Chendo, y quienes vivían en el basurero también. Habían llegado recientemente sin que nadie se diera cuenta de cómo ni cuándo.

Había también un joven muy peculiar que le llamaban El Santo, quien era sobrino del capataz supuestamente. Tenía una manera de hablar muy cadenciosa, con una paz que te relajaba cuando lo escuchabas, y parecía en ocasiones que te la transmitía con su sola presencia.

El Santo contaba con un sin fin de detalles que a Felipe le parecieron algo extraño y misteriosos todo el tiempo. Como si hubiera algo más detrás de ese personaje, de tal manera que lo presentía como un ser de paz, de luz armoniosa que acoge al hombre en su frecuencia, en su armonía espiritual. Fue por ese presentimiento, por lo que Felipe se atrevió a entablar una conversación con él en el camino de regreso al basurero, porque El Santo se ofreció a irse con ellos afuera. Había cedido su lugar en la cabina del camión a otro de los ayudantes, y el único con quien platicaba más que con cualquier otro.

Se presentaron muy cordialmente, que hasta provocaron las burlas cándidas de Chendo y el otro ayudante, quienes los emularon presentándose mutuamente entre ellos. Con un relajo, que no dejaban de reírse al arremedar la cadencia respetuosa de su introducción. Pero ellos los ignoraron por ser de la manera que la vida los había formado, pues eran la conciencia punzante de los divinos en el plano material, según sus designios por el bien del espíritu de cada uno.

—Felipe —le dijo haciéndole una reverencia con la cabeza—, mucho gusto.

—Francesco —le dijo El Santo devolviéndole la reverencia—, el gusto es mío.

—¿Qué opinas de la desigualdad social? —le preguntó Felipe.

Dejando a los graciosos callados en expectativa de lo que respondería.

—Es una falta de respeto —le respondió El Santo.

Ningún burlón desaprobaría tal respuesta, ni podría argumentar algún pretexto que desmintiera al joven aprendiz de albañil, por cierto. Porque la nobleza no tiene prejuicios, y Francesco la reflejaba en la sencillez de su ser armonizado con todo su sentir.

Su respuesta fue tan concreta, por lo que nadie pudo decir nada al respecto, ni si quiera Felipe se atrevió a contribuir con el tema, porque lo había descifrado de una manera clara y real. El Santo dirigía la mirada hacia dentro de la cabina del camión mientras decía su respuesta.

Observaba al otro joven misterioso que viajaba con Uicho en la cabina, el mismo a quien le había cedido su lugar para viajar con los demás en la parte de atrás del camión.

Felipe estaba con la vista perdida en el horizonte, imaginando los detalles que aquel joven tendría que haber vivido, como para descifrarlo tan concretamente y sin tapujos;

además, que le llamaba la atención el misterio que había entre aquel hombre en la cabina del camión y Francesco. Y así, el ámbar del atardecer lo hizo viajar al mundo donde nuestra mente se confunde buscando respuesta a todo.

—¿Cuál es tu historia? —le preguntó Felipe.

—Estudié psicología lo suficiente como para no querer ser un psicólogo, por razones espirituales —tomó una pausa, y dijo— En el seminario busqué la respuesta que me definiera, pero solo estuve lo suficiente como para no querer ser un cura. Ahora, estoy aquí ayudando y aprendiendo de lo que me toca vivir, compartiendo el momento cerca de otros en la obra de construcción, para seguir aprendiendo de mi destino y mis obligaciones como espíritu —respondió El Santo, con su peculiar cadencia y fluidez en la seguridad de sus palabras, las cuales dejaron a todos pensando en sus propias razones.

Felipe pensaba que sería muy difícil trabajar sin esperar ninguna remuneración, porque el goce de bienes y servicios requiere un bono que represente un valor por tal. Pero, para Felipe eso era normal, por eso no le costó mucho trabajo comprenderlo, pues El Santo también mencionó que no lo hacía por dinero, solo por la comida que pudieran darle.

El Santo mencionó algo sobre el amor y la pérdida de los sueños, lo cual le ocasionó un nudo en la garganta a Felipe y a Chendo, a quienes hasta los ojos se les humedecieron, al tal grado que casi se descaraban llorando. Pero se aguantaron las ganas, tragando su dolor por las razones que la vida les había enseñado.

—¿Te enamoraste? —le preguntó Felipe.

Chendo le preguntó también en ese momento:

—¿Cuantas veces se enamoró?, mi Santo. El Santo se le quedó mirando fijamente con gran ternura y le respondió:

—Una sola vez se enamora en la vida, si no es de verdad, entonces no es —y muy seguro en sus palabras continuó—: Cuando te pase, será una sola vez y para siempre.

En eso, Chendo lo interrumpió de nuevo con una pregunta que intrigó a Felipe, quién volteó a ver al Santo en el momento:

—¿Y si se muere uno?, mi Santo —sonrió un poco incrédulo —, ¿qué pasa luego?

El santo, muy sereno, y volteando a ver a Felipe a los ojos, les dijo:

—El amor no muere con el cuerpo, pues no dejamos de amar a los que han muerto. Ellos ya cumplieron su parte, y es muy posible que ascenderán a otro plano, pero ellos nunca dejarán de amarnos, aunque sigamos vivos.

Las luces del pueblo se perdieron detrás de montículos de tierra que había entre el pueblo y el basurero.

Casi cayendo la noche llegaron a la orilla donde el capataz y El Santo los dejaron, y acordaron el recogerlos por la mañana temprano. «No se apure oiga, aquí nos vemos pues», le contestó Chendo, en el momento en que El Santo se despedía del joven que iba en la cabina del camión.

Aquel joven le puso la mano en la cabeza a El Santo, y oró por él. De igual manera, El Santo le bendijo y le puso la mano en el pecho.

Se despidieron como cada día hacían, de ese par de jóvenes misteriosos, y cada uno tomó su camino a su respectivo jacal.

Los jacales de Chendo y de Felipe estaban relativamente cerca, por eso se fueron juntos caminando, y platicando los detalles del trabajo y las obligaciones que Felipe debía afrontar. Felipe lo interrumpió para preguntarle por los dos ayudantes, pues los vio caminar juntos hacia el mismo jacal, el cual estaba cerca del viejo eucalipto que había plantado su abuelo.

Felipe pudo ver que entraban en ese jacal, el cual estaba en la parte trasera del basurero.

Chendo se dio cuenta de que Felipe no sabía mucho sobre aquellos jóvenes, por lo cual le dijo que era un jacal nuevo, y el cual habían hecho unos misioneros bautistas meces atrás.

«Claro, aparecieron después de la tormenta», pensó Felipe. Después de ponerse de acuerdo en la hora que debían estar listos por la mañana, para esperar a el capataz y a El santo a que los recogieran para ir a trabajar, se despidieron como siempre lo hacían desde que eran unos niños:

—Te lo acomodas panzón —le dijo Felipe bromeando.

—Te lo guardo monje —sonriendo le contestó Chendo.

—Esa no es ofensa, maje —le dijo Felipe.

—A bueno pues, buenas noches —dijo Chendo.

—Tú también, descansa —le contestó Felipe con la misma sonrisa.

Felipe estaba un poco preocupado por no saber cómo le explicaría a Elida el hecho de que ya no pasaría más tiempo con ella, y que ahora tendría que arreglárselas sola en algunas cosas. Tal vez Felipe no le valoraba aún como la mujer independiente y dedicada que ella era, o será que se preocupaba por ella porque la amaba. Claro, él estaba enamorado.

Elida estaba preparando algo de cenar, para cuando Felipe llegara poder comer junto con él, con esa intuición femenina que presiente las cosas sin querer, pues todo estaba listo en el momento en que Felipe llegó. Corrió para abrazarlo al verlo entrar, y después de besarle apasionadamente le dijo:

—Vale, que te he extrañado un montón, ¿dónde te habías metido?, ya era la hora de que llegaras, ingrato.

Felipe la tomó en sus brazos con gran gozo, mirándola fijamente a los ojos, reconociendo el amor en su mirada y la sinceridad en sus palabras, entonces le dijo:

—Conseguí trabajo.

Elida se le echó encima en un salto de alegría, besándole por todos lados.

Esa noche remplazaron sus debates nocturnos por una charla seria, sobre algunos asuntos que ella sabía eran importantes para él. Esos asuntos que debería enfrentar con su filosofía sobre su concepto respecto a el dinero, el lucro de los bienes y servicios. Tal vez, por temor al destino que ya presentía, además por otras cosas las cuales aprendió por la manera en que él había sido criado. Y como ella le conocía de esa manera, le preguntó si estaba listo para enfrentar el reto que la sociedad exige en su modelo.

Felipe le aseguró que su alma no se contaminaba del ego, pero sabía que se necesitarían bienes para poder vivir dignamente, si es que pretendían formar una familia. Felipe le dijo que se sentía listo para aprender lo más que pudiera en esta vida, para salir adelante juntos. «Pues que sois mi Quijote, valiente y loco de remate», le dijo Elida, mientras estaba mirándolo con gran ternura, por lo que Felipe no tuvo más remedio que besarla. Luego, desnudaron sus nombres y se amaron sin importar el mañana, o el ayer, tan solo su intimidad lo más cerca posible el uno del otro. En el momento que toda pareja sabe, donde se introduce la intención dentro del templo de fuego, que hasta los cuerpos parecen estorbar al intentar tocar sus almas.

A las cinco de la mañana, Elida le preparó seis tacos de frijoles con chile y le echó un poco de agua de mango en una cantinflora vieja, a la cual le tuvo que arreglar algunos listones para que Felipe se la pudiera colgar en el hombro. Felipe se la colgó muy orgulloso porque Elida le había confeccionado algo que él había planeado hacerle desde hace mucho tiempo atrás. Felipe la guardaba en el baúl que su padre le había heredado, en el cual Elida había encontrado el diario de la madre de Felipe. Fue así como él se dio cuenta de que ella había abierto el baúl, pero no dijo nada, se quedó callado pensando que el tiempo había llegado para abrir sus complejos, y sacarlos del baúl, para que no impidan el avance del espíritu y su aprendizaje en esta vida.

Se despidió de ella con un beso, pero ella lo prolongó por un par de minutos más antes de dejarlo ir.

—Andad mi Quijote —le dijo Elida—, ve confiado, que ya estoy ansiosa por que me contáis como os fue. Felipe se detuvo antes de salir para verla una vez más. Después de besarla una vez más con la intención de no irse jamás, se fue para encontrarse con Chendo a la orilla del basurero, para platicar un rato antes de que llegara el capataz. Aquellos dos jóvenes misteriosos estaban esperando a que ellos llegaran.

—Buen día —dijeron Felipe y Chendo al mismo tiempo.

—Son buenos días —dijo uno de ellos, el otro solo asintió con la cabeza.

En ese momento llegó el capataz, gritándoles en forma de relajo para que se apuraran, por lo que todos muy contentos salieron casi corriendo para subir al Zorro.

El Santo no venía con Uicho ese día, por lo que Chendo aprovechó y se fue con el capataz en la cabina del camión, mientras que los otros dos se fueron con Felipe en la parte de atrás. No mencionaron ninguna palabra en la mayor parte del camino, hasta que llegaron cerca del pueblo en donde se encontraba la obra de construcción.

Felipe estaba estirando la cabeza por encima de las redilas del Zorro, intentando ver algo de la casona donde vivía aquella anciana, porque le llamaba la atención el diseño arquitectónico con que habían sido construidas las ruinas que estaban debajo. Se sintió algo ansioso en ese momento, por no saber cuándo podría tener la oportunidad para investigar un poco más, sobre el misterio de *La Anciana del pelo Blanco*, y aquel trabajo maestro que había sido hecho por alguna civilización perdida.

El tiempo mismo se encargó de resurgir lo enterrado debajo de aquella vieja casona hecha por los Jesuitas, quienes pasaron por ese lugar protegiendo y cuidando de los objetos santos, tocados por los divinos. «Uno lo siente, ¿verdad?», dijo uno de los ayudantes, mientras Felipe estiraba la cabeza, pues su espíritu le llamaba hacia su destino. Felipe no dijo cosa alguna al escuchar lo que aquel mendigo había dicho, por estar tratando de ver las ruinas que lo habían cautivado con gran interés, pero pensó al respecto e intentó preguntarle al joven sobre eso. Por alguna extraña razón no podía decirle ni una palabra, tan solo le podía mirar por un instante a los ojos, porque había algo muy fuerte en ese joven que Felipe presentía en él, y por no sentirse con el privilegio de poder hablarle, no pudo decir una sola palabra. No sabía por qué, pero eso era lo que Felipe sentía.

El capataz delegó las obligaciones como siempre lo hacía cada día para que cada uno se ocupara de su parte, para que así intentaran construir lo más que pudieran.

El ingeniero había amenazado a Uicho en algunas ocasiones, con no pagarle ni un centavo si no terminaba en la fecha que ya le había establecido.

Le dejó bien claro quién era el jefe, y le advirtió que mejor se apresuraran a terminar lo más pronto posible, y que no quería ninguna objeción; porque de ser así, lo despediría junto con sus mendigos. Así fue como le dijo el ingeniero a Uicho ese día, cuando pasó por la obra de construcción.

El ingeniero venía acompañado de tres individuos, quienes tomaban datos de lo que él les decía al ir enseñándoles la construcción.

Al final del recorrido fue que el ingeniero habló con Uicho, el capataz:

—Sí ingeniero, como uste diga. Ta bueno, yo le cumplo. Uste va a ver —le contestaba Uicho, a todo lo que le iba diciendo el ingeniero.

El ingeniero se dio la media vuelta, y susurró algo que dejó a Uicho pensando, en todos esos años en los cuales había trabajado para él: «Ignorante».

Uicho lo escuchó, pero no dijo nada, porque sentía que tenía una responsabilidad que cumplir con sus muchachos, quienes siempre le fueron fieles. Tenía una responsabilidad con su familia, sobre todo. Qué podría hacer él, si tenía seis hijos que mantener.

—Más le vale mi Uicho —le dijo el ingeniero, en el momento que subía a su auto para marcharse junto con sus compinches.

Uicho solo asintió con la cabeza, y de inmediato se fue a apresurar a los trabajadores un poco más de lo habitual, que hasta algunos se sorprendieron al verlo muy serio, como si algo del ingeniero siguiera en él.

Uicho era una persona muy alegre y complacida en su trabajo, quien siempre gustaba bromear con todos. Promovía la alegría para que sobrepasara la insatisfacción de algunas obligaciones, porque creía que así se podrían hacer más fácil y rápido las cosas. Por eso intentaba siempre poner el ejemplo con la buena disposición, y disfrutando el momento de la tarea, que hasta transmitía la buena vibra a sus compañeros con su alegría. A pesar de ser el encargado de la obra de construcción, él siempre fue muy buen trabajador, porque siempre le echaba muchas ganas para que las cosas salieran bien. La nobleza de su manera de ser, lo representaba como un gran ejemplo para muchos, sobre todo, para los que había enseñado a trabajar como artesanos en la construcción. Debido al apuro sobre el cuello del capataz, fue que tomaron la hora de descanso hasta las tres de la tarde, pues estaban tan cansados y hambrientos que se compadeció de ellos. Les dijo que podían tomar un descanso para comer algo, pues él estaba trabajando a marchas forzadas también, con el mismo cansancio y hambre que ellos sentían. Ellos, al verlo apurado lo apoyaban sin decir nada, pero trabajando al mismo ritmo que él. «Tanto por tan poco», dijo Uicho. El joven que lo acompañaba en la cabina el día anterior estaba lo suficientemente cerca como para escucharlo, por lo que se le acercó mansamente para tocar a Uicho en el hombro, al reconocer su bondad interior. El joven le sonrió muy complacido, al ver que sus intenciones eran buenas.

—Váyanse a comer, ya es tarde —le dijo Uicho. El joven se dio la vuelta llevándose a los otros tres que estaban trabajando junto con ellos.

—Vamos, vamos muchachos, vallamos por algo de comer —les dijo aquel joven a los demás, con una carisma muy peculiar en su persona, lo cual causó la sonrisa del capataz.

Algunos trabajadores se juntaban todos los días a la hora de descanso para compartir sus alimentos. A Felipe le llamó la atención cuando uno de los jóvenes que vivía en el basurero, los interrumpió preguntándoles si podía bendecir la comida primero, por lo que todos aceptaron de muy buena gana, y muy agradecidos. Chendo le dijo a Felipe que ellos siempre comían junto con los demás, desde que habían llegado a la obra de construcción; además, de que siempre les hablaban de cosas raras que a él no le importaban, pues siempre tenía que trabajar para llevar algo de comer a su familia, y no tenía tiempo para esas necedades.

Felipe pudo ver al capataz y a El Santo compartir sus alimentos, mientras hablaban algunas cosas personales. Sintió una sensación extraña en su vientre, como si quisiera ir a preguntarle algo a aquel joven Santo, pero no sabía qué cosa era eso que quería preguntarle.

Eso le creó un conflicto entre sus pensamientos, como si hubiera algo que le atraía y lo alejaba de aquel joven Santo, lo cual no podía aclarar en su mente. La verdad, era que él quería ir a ver las ruinas, y a investigar el misterio que sentía lo había traído hasta donde estaba.

—¿A dónde vas?, monje —le preguntó Chendo.

—Se dice maje. —le contestó Felipe, casi a punto de agarrar camino hacia a aquel lugar—. El tendero me debe una soda por haberle ayudado con unos bultos.

Felipe se alejaba casi corriendo, en camino hacia las ruinas para averiguar más sobre su destino, el cual dejaba sus indicios deliberadamente entre sus sueños.

Como ellos eran muy buenos amigos desde que eran niños, se burlaban del uno y del otro en todo lo que hacían, pero también se apoyaban en cualquier apuro, a tal grado que Felipe llegó a quererlo como a un hermano.

Al llegar a la esquina en donde se encontraba aquel lugar, Felipe se dio cuenta de que los vestigios de las ruinas originales abarcaban toda la cuadra, pues estaba llena de protuberancias de edificios enterrados por el tiempo. Al menos, era eso lo que Felipe intuía al contemplar tan grandiosa obra. Pensaba que aquellos hombres tuvieron que haber hecho un gran esfuerzo en su trabajo, al haber construido semejante lugar. Él estaba seguro de que se trataba de más edificaciones debajo de esos montículos de tierra.

Había casas que la gente había construido alrededor de la parte principal, cerca de estos montículos de tierra que sobresalían alrededor de la construcción. Algunos construyeron sus casas encima de estos montículos sin saber de lo que estaba bajo sus pies. Así fue como se dio cuenta que la casona había sido construida encima de uno de estos montículos, pues al acercarse descubrió en la ladera signos de deterioro por la lluvia y el tiempo, los cuales no dejan nada oculto.

Pudo ver vestigios arquitectónicos de una construcción antigua debajo del montículo, donde se había erguido la casona por los conquistadores.

Llegó hasta la entrada de la casona con el ritmo cardiaco un poco alto, debido a algún designio que el destino ya le había anunciado en alguno de sus sueños, porque Felipe ya presentía de alguna manera lo que estaba por pasar.

La anciana estaba sentada encima de una piedra azul, la cual estaba en medio del zaguán de la casona deteriorada por los siglos. Intentando sostener el temor a raya, Felipe entró cautelosamente hasta donde estaba la anciana.

—Te estaba esperando —le dijo *La Anciana del pelo Blanco*.

Sintió que no podía respirar cuando vio a la anciana no mover los labios al decirle aquello, porque él la había escuchado perfectamente dentro de su cabeza.

—¿Cómo es eso posible? —le preguntó Felipe.

—Siéntate —le pidió la anciana.

Se sintió un poco más confiado al ver que habían sido sus labios los que pronunciaron aquellas palabras, pues de alguna manera había aprendido a diferenciar cuando escuchó con sus oídos y lo que había escuchado dentro de su cabeza. Felipe era demasiado cuerdo como para fantasía, aunque no se cerraba a ninguna posibilidad, y en esta ocasión no desperdiciaría la oportunidad.

—¿Quién construyó las ruinas? —le preguntó Felipe, mientras se sentaba en frente de ella.

—Hubo otros hombres antes que tú, quienes también tuvieron sueños, pero sucumbieron a sus miedos —le respondió la anciana.

Felipe no comprendía muy bien lo que la anciana le decía, porque para él no tenía ningún sentido lo de los miedos y los sueños. Aunque intuía un poco porque de alguna manera se imaginó lo que posiblemente pudo haber pasado con estos hombres, tomando en cuenta lo que pasaba en ese momento por todos lados en el mundo, porque encontraba una gran similitud con los que habían vivido antes. La anciana le había mencionado la idea indirectamente, pero Felipe intuyó muy bien acertando en su juicio, al comparar nuestros miedos con los miedos que hicieron sucumbir los sueños de los que vivieron antes que todos nosotros.

Felipe había leído de historia, pero no recordaba haber visto esta parte sobre los sueños perdidos por los miedos. Ese tema era algo nuevo para él. Centró su atención hacia todo lo que la anciana le contaba, sobre la historia del pueblo original que había construido aquella ciudad olvidada por los hombres, de todo lo que tuvo que pasar. Esperando a que le diera un indicio de las razones por las cuales habían perdido sus sueños, aquellos que de igual manera lo habían intentado, tal como lo hacemos nosotros hoy en día, Felipe no tuvo más remedio que concentrarse en lo que ella le decía.

La Anciana del pelo Blanco, le contó que ya siendo ruinas aquel lugar, fue descubierto por los Jesuitas, quienes construyeron un templo encima de aquellas ruinas intentando ocultarlas de alguna manera, por razones que él estaba por descubrir aún.

—¿Qué ocultaban?, ¿qué es este lugar en verdad? —le preguntó Felipe. Ella solo lo miró y sonrió un poco.

88

—La verdad es mucho más grande que cualquier cosa en tu vida. Si deseas saber más, debes ser paciente —le dijo la anciana.

Felipe se quedó pensando sobre lo que la anciana le había dicho, pero en eso recordó que debía volver a trabajar a la obra de construcción, por lo que se paró en seguida y caminó rápidamente hacia la entrada.

Ella lo detuvo diciéndole:

—Todo tiene un principio, y este es tu tiempo para que inicies tu camino hacia la verdad. Ven —le hizo una seña con la mano.

Felipe se acercó de inmediato casi sin pensarlo y se arrodilló frente a ella.

—Junta las manos en tu pecho —le pidió la anciana; luego le puso la lanza sobre el hombro al momento que le decía— Si has de buscarla, al igual debes comprometerte en protegerla.

Felipe levantó la cabeza y le respondió:

—Lo haré.

Ella lo abofeteó con la mano izquierda.

—Así no lo olvidarás —le dijo la anciana.

Felipe se levantó sobándose la mandíbula y viendo a la anciana de reojo, luego se fue casi corriendo de regreso a la obra de construcción, pues había sentido que había pasado mucho tiempo, y temía que lo regañarían por llegar tarde a su trabajo.

No había obtenido las respuestas que quería, y se había ido con más incógnitas que con las que había llegado, por todo aquello que la anciana le había iniciado con el encargo de proteger la verdad. Su concepto y percepción de la realidad, así como su educación, no le permitían aceptar totalmente lo que había pasado, pero sabía que no estaba loco, él no había imaginado todo eso.

Al regresar a la obra de construcción, encontró a el capataz y al Santo observando con atención los planos. Se notaban algo confundidos. Se acercó un poco a ellos sin preguntar alguna cosa, mientras Chendo se acercaba también para ver lo que pasaba

El plano tenía el diseño de una entrada con nueve pilares de cada lado, con una longitud de veintisiete metros, una altura de tres punto tres metros y tres punto quince metros de ancho; con una casona que cubría todo vestigio de ruinas alrededor. Había tres montículos de tierra en medio de donde se supone se construiría la casa, uno de seis metros de altura, y los otros dos de cuatro metros de alto.

El ingeniero había mandado quitar los montículos de tierra para llevar a cabo su obra, pero al excavar se encontraron que eran construcciones arquitectónicas muy antiguas, y que lo que sobre salía de la tierra era solo la punta de esas construcciones.

El Santo presintió que Felipe se acercaba por detrás de ellos, por lo que volteó para verle en el momento. Felipe le hizo una reverencia con la cabeza, en el momento que El Santo le extendió la mano llamándolo para que se acercara.

Felipe tenía todo tipo de conocimientos gracias a los libros que su padre le había heredado, además de los que se había encontrado en la basura, y por todo lo que su madre le había enseñado. Leer planos era uno de esos conocimientos que casi nadie sabía que tenía, a excepción de Elida y su vecino Chendo, quienes eran sus más cercanos como para conocerlo lo suficientemente. Sabían de su gran talento para servir y ayudar sin esperar algo a cambio, de su destreza de componer todo tipo de aparatos y cosas raras que casi todos ignoramos cómo funcionan. Un arregla-todo, quien se gozaba ayudando a todo el mundo.

El capataz no se opuso a que El Santo invitara a Felipe a ver el plano, aun sin saber que este podría leerlo muy bien, solo se quedó callado, y hasta se hizo a un lado para que Felipe pudiera verlo mejor. Felipe se dio cuenta que los valores en las dimensiones del arco no concordaban con las dimensiones de la base de los pilares, los cuales se supone lo sostendrían.

Además, la casa quedaría encima de las ruinas que habían desenterrado, lo cual sería un sacrilegio tal canallada.

Felipe sabía que el ingeniero les había dicho que quitaran todas esas piedras, porque Chendo le dijo que había escuchado al ingeniero decírselo al capataz, ese día en el cual había pasado por la obra de construcción.

Felipe se dio cuenta de que el plano se había integrado en tres fases distintas, resaltando el estilo de cada uno de los diseños de cada fase. Además, las dimensiones de cada fase no se habían integrado adecuadamente entre ellas. Había secciones en todas las fases que se habían borrado, no muy exitosamente porque aún se podían ver un poco las líneas.

El diseño de la parte central de la casa, la cual medía seis metros de alto, por quince de ancho y quince metros de largo, quedaba encima de la punta que sobre salía de la pirámide.

Contaba con dos cuartos a cada lado de tres metros de alto, por seis metros de ancho y nueve metros de largo; con un pequeño cuarto en la parte de atrás de la bodega central.

La entrada con los pilares había sido diseñada de manera recta, sin tomar en cuenta la pendiente de la pequeña colina en donde pretendían construirla.

—Ahora hasta lee planos —dijo el capataz.

—Le dije que era raro oiga —le contestó Chendo, mientras El Santo solo sonrió un poco, y en seguida le preguntó a Felipe si es que había algo más en el plano que estuviera mal, o fuera de lugar.

—Parece como si personas diferentes hubieran diseñado este plano, mi Santo —le contestó Felipe.

El capataz tomó el plano para ver por él mismo, pidiendo a Felipe que le mostrara los detalles en donde él creía que había errores.

No estaba muy convencido de la experiencia de aquel mendigo, pero tenía razón, y el capataz lo sabía por su propia experiencia, solo que Felipe se había dado cuenta de más errores de los que él mismo había visto, por eso concordó con

Felipe en todos los errores dimensiónales. Se quedó asombrado observando a Felipe, quien le sugería ideas para integrar todo en un diseño mucho mejor y más práctico, con tan solo unos cuantos ajustes al plano, junto con lo que ya habían construido hasta ese momento.

El capataz, al recordar las amenazas del ingeniero se encontró entre la espada y la pared, sin saber qué hacer ni qué decir en ese momento, solo se quedó muy consternado con las manos encima del plano que estaba extendido sobre la mesa.

El Santo le tomó por el hombro muy suavemente y le dijo:
—Ya es tiempo de enfrentar tus miedos.

Felipe sintió que el corazón se le salía al escuchar al Santo decirle a Uicho aquellas palabras.

Una avalancha de pensamientos lo invadió en el momento, los cuales se conectaban con *La Anciana del pelo Blanco*.

—Váyanse a trabajar allá atrás Chendo —dijo Uicho muy serenamente.

—Ve con él —le pidió El Santo a Felipe, quien entendiendo la situación se fue con Chendo para seguir trabajando en una parte que parecía no tenía ningún problema.

El ingeniero había sido muy claro en sus amenazas, cuando le dijo a Uicho que no quería más pretextos ni retrasos respecto a la obra, que sí no cumplía con sus mandatos lo despediría sin volver a contratarlo de nuevo en ninguno de sus proyectos.

Le había dado a más tardar un mes de plazo para que terminaran la entrada y la fachada de la casa, ni más ni menos. Eso era lo único que se le venía a la mente al capataz en ese momento, cuando El Santo intentaba hacerlo entrar en equilibrio.

Los reclamos y amenazas del ingeniero le habían causado una crisis nerviosa, por no saber qué hacer. Se quedó inmóvil, pensando por un buen rato cómo hacerle para avisarle al ingeniero sobre el problema que habían detectado en el plano, de la entrada y la pendiente, así como el fallo de integración del arco con los pilares.

El capataz había trabajado con el ingeniero por muchos años en muchos proyectos, y siempre le cumplió a tiempo en las entregas de las obras de construcción.

De su parte el ingeniero no tenía ningún pretexto para quejarse del trabajo esmerado y honesto, el cual Uicho siempre prestó con su equipo de ayudantes, quienes siempre lo apoyaron en todo.

El ingeniero siempre lo amenazaba para que terminara en la fecha que él quería, porque de lo contrario no le pagaría por su trabajo, lo que era poco más que una miseria lo que les daba por lo que hacían los artesanos.

Sabiendo que tenía una familia de muchos hijos que mantener, el ingeniero lo usaba de chantaje diciéndole: «Piense en la familia, Uicho, piense en la familia». Dejándolo sin más opciones que aceptar lo que le demandaba el ingeniero.

Todos esos años de abusos y humillaciones que degradaban su persona a un simple sirviente, sin ningún derecho ni respeto por el humilde trabajo que realizaba, construyendo las casas de los ricos y poderosos, le causaban a Uicho una ansiedad estresante, la cual no lo dejaba dormir. Sentía que no podría resistir más la crueldad despiadada del acosador, y buscaba la manera de liberarse de todo eso. «Dios mío, dame fuerzas», pensaba Uicho en esos momentos de insomnio.

Una hora después de confrontar sus miedos se decidió a ir a llamar al ingeniero para avisarle de lo que habían descubierto, pues pensaba que el ingeniero debería de comprenderlo mejor que él, y podría decirle qué hacer al respecto. Pero para eso tendría que ir hasta la oficina del correo, la cual estaba en el pueblo donde él vivía, para así poder llamarle al ingeniero, por ser ese el único lugar en el municipio que contaba con un teléfono. Después de pensar muy bien todo lo que involucraba el hablarle para informarle lo que pasaba con el plano, se decidió a tomar al toro por los cuernos, al detener la obra de construcción en ese momento.

Les dijo a todos que se podían retirar a sus casas, por lo que todos reaccionaron celebrando muy contentos, recogiendo sus pertrechos y herramientas de trabajo para guardarlas rápidamente, y así poder irse lo más pronto posible.

Felipe y Chendo tomaron sus cosas para abordar al Zorro. Excepto El Santo y uno de los jóvenes que vivían en el basurero.

—¿Y estos? —le preguntó Felipe a Chendo.

—Sepa Dios. Vámonos maje, ándale apúrate —le dijo—. Vámonos, que de esto no hay todos los días.

Felipe subió al Zorro con un misterio más en su ocupada mente, por lo que no le preguntó más por seguir pensando en lo del plano, y de cómo hacerle para integrar todo en un solo estilo de diseño, porque eso era un reto que le emocionaba tomar. Se imaginaba diseñando su propia casa a su manera, por eso pensó en hacer un plano nuevo con un diseño diferente para la entada y la fachada de la construcción.

Por el apuro del capataz por ir a avisarle al ingeniero, llegaron al basurero más pronto de lo acostumbrado, que casi tuvieron que saltar del Zorro para bajar lo más pronto posible. «Apúrense, los veo mañana», les dijo el capataz. Luego arrancó rápidamente, por lo que Felipe, Chendo y el otro joven misterioso tuvieron que caminar rápido para poder salir de la polvareda y el humo que había dejado el camión.

—Que pasen una buena tarde —les dijo el otro joven, quien se fue en seguida hacia su jacal.

—Igualmente —le dijo Chendo.

—Te cuidas —le dijo Felipe.

De camino hacia sus jacales, Felipe no se aguantó las ganas de preguntarle sobre lo que pasaba con El Santo y el otro joven.

—Ya sabes como son los religiosos, con sus cultos y esas cosas —le dijo Chendo— ¿Porqué o qué?

94

—He sentido algunas cosas raras —le dijo Felipe serenamente.

—Tú y tus presentimientos, como siempre. Me voy a llevar a los chamacos a ver si divisamos, aunque una rata, pa aprovechar antes que caiga la nochi. Mejor anda a hacer algo al jacal y deja de instar pensando in lo que hagan otros.

Felipe lo miró por un instante pensando en cuanta razón tenía aquel querido amigo.

—Vas progresando cachetón. Quién lo dijera de ti, que eres bastante chistosito —le dijo Felipe.

—Ti veo cuando regrese, maje —le Dijo Chendo, yéndose hacia su jacal muy emocionado por ver qué dirían los niños.

Ya hacía tiempo de que no iban de cacería por estar siempre trabajando en la obra de construcción, por lo cual los niños se alegraron cuando vieron que había llegado temprano al jacal, e intuyeron que les diría que irían de cacería el resto de la tarde.

Felipe pudo escuchar la alegría de los pequeños al ver a su padre llegar a su hogar, porque pasarían algún tiempo con él. Un sin fin de emociones invadieron su pecho, recordando cuando su padre regresaba cada día de su jornada y lo llevaba de cacería por las tardes, que casi estuvo a punto de llorar. Calmó su emoción con un gran suspiro, y se apuró a ir hacia su jacal para ver a su amada; además, de que tenía una misión personal que cumplir con ese plano, en el cual podría practicar sus habilidades de diseño, aun sabiendo que eso sería un gran reto para él, pero el cual no desperdiciaría; por eso, pensaba pasar el resto de la tarde haciendo su gran obra maestra. Después de todo, quién le impide soñar.

Al llegar al jacal Felipe encontró a Elida y dos de sus compinchas arreglando un tipo de tragaluz en el techo. Entre un gran escándalo, tal como se hace entre grandes amigos.

Se podía ver que estaban muy bien organizadas, pues mientras una le sujetaba el contenedor que Elida había usado para subirse, la otra le pasaba un martillo, para que clavara una tabla que sujetaba la mica plástica que habían encontrado entre la basura. «Pues qué no escucháis maja, que os he dicho que un clavo además del martillo. Y tú no le hagáis esa cosa tuya de estarle meneando, que vais a hacer que me piche la mano. Luego, ¿cómo queréis que atienda a mi macho?, Majas», les decía Elida.

Las tres se carcajeaban de lo que ella había dicho, en el momento en que Felipe entraba en el jacal. «Virgen de la Candelaria, ¿cómo es que habéis llegado temprano?, poeta. Se los dije majas, pero que son mulas reacias como las de mi abuelo», les dijo.

Se quedó inmóvil por un instante, porque en ese momento pudo recordar algo de su pasado. Se quedó sin decir nada y un poco desconcertada, que todos se dieron cuenta. Felipe le ayudó a bajar del contenedor en donde estaba parada, preguntándole si estaba bien.

—He recordado algo.

—Dime corazón, ¿qué pasa? —le dijo Felipe, y tomándole el rostro con sus manos.

Mientras, las otras dos alcahuetas se despedían de ellos con algo de picardía, diciendo que mejor los dejaban solos por aquello de ser recién casados. Así era como les llamaban aquellas alcahuetas cuando los veían juntos, los recién casados. La verdad es que ellas fueron siempre sus protectoras, y entendían mucho más que Felipe algunas cosas que le pasaban. «A dejar de ser mal tercio pues», dijo Carmela, llevándose a Inés con ella, quien suspiraba al verlos abrazados mientras caminaban fuera del jacal, que hasta Carmela tuvo que jalarla un poco para que se apurara. «Ándale atarantada», le decía, mientras salían. Inés solo gritó un poco sin tanto alboroto, más bien con algo de picardía y exageración, típico de los buenos amigos.

—No estoy segura —le dijo Elida a Felipe, un poco confundida, mientras Felipe le insistía que confiara en él—. Vale, que estoy de lo más cuerda, ¿pues que no vais a contarme cómo os ha ido? Que habéis de tener un buen de cosas, mi Quijote.

Felipe no tuvo más remedio que respetar su silencio sobre lo que había recordado, dejando que ella tomara la decisión en el momento adecuado, para que le contara esa parte de la vida que él ignoraba sobre ella.

De principio a fin, Felipe le contó a Elida sobre lo que le había pasado en el trabajo, sobre los problemas del plano y cosas que los demás hacían, del misterio que sospechaba de algunos por intuición, lo cual le hacía sentir una pista de lo que el destino jugaba con sus indicios.

Elida lo escuchaba detenidamente, solo interrumpiéndole en algunas ocasiones con complementos sobre las ideas que Felipe parecía comprender, respecto a lo que pasaba en el mundo diariamente, y la manera en que repercutía en el espíritu de los individuos.

—¿Tú qué piensas que es la verdad? —le preguntó Felipe, mientras ella estaba sirviendo algo de agua, y escuchando lo que él decía, además de que ella trataba de aclarar en su mente lo que había recordado, en el momento en que Felipe le había preguntado.

—La verdad no la sé —le contestó Elida—, pero el amor se le parece mucho.

Elida había recordado muchas cosas de su niñez, de sus padres y abuelos, quienes le habían enseñado esa parte de la verdad que está abierta para todos, pero que todos confundimos con aberraciones por malentendidos.

El resto de la tarde Felipe se encomendó en hacer un nuevo diseño para la entrada y la fachada de la construcción. Tuvo que discutirlo con ella primero, pero Elida no se negó ni dudó de que él tenía lo necesario para hacerlo, pues le conocía ese talento de hacer un sin fin de cosas raras; por eso, apoyándolo en su entusiasmo, Elida le puso una pequeña mesa que había hecho, justo debajo del tragaluz, el cual ella y sus compinchas habían inventado ese día. Junto con papel y un lápiz. Le abrió las ventanas, las cuales eran solo unos agujeros en las paredes del jacal. Le puso algo de beber cerca, y se acostó en la hamaca a verle toda la tarde trabajar en aquel diseño, el cual Felipe soñaba que se construiría algún día.

La verdad, quién aceptaría su proyecto, si era un mendigo desarrapado. Felipe sabía que el ingeniero de la obra nunca permitiría que su diseño fuera remplazado. De igual manera lo hizo con gran entusiasmo y destreza como cualquier profesional en la materia, convencido de que era capaz de llevar a cabo tal tarea.

—Vuestra gracia me cautiva —le dijo Elida, mientras caía el sol sobre su espalda por uno de los hoyos del jacal, apreciándose el ámbar del atardecer.

Se detenía en ocasiones para escribir algo en su pequeña libreta de apuntes, en la cual escribía sus pensamientos sobre lo que iba descubriendo cada día, poesía y pequeñas fabulas que se inventaba de repente en sus ratos libres.

—Te amo, mi poeta. Tan loco como el Quijote, ese andariego de mil sorpresas —le decía Elida al verlo trabajar en su sueño, luego le aventó un beso con la mano.

—Tú eres mi musa, mi amor —le respondió él.

Luego, Felipe volvió su atención a lo que estaba haciendo, pues era algo importante para él, y no podría perder mucho tiempo.

Elida se había quedado dormida en la hamaca por estar esperando a que Felipe terminara. Se despertó a las cinco de la mañana, justo a la hora que él le había pedido que lo despertara para alistarse para ir a trabajar, en caso de quedarse dormido. Él siempre se levantaba a esa hora de la mañana, pero esa noche se quedó muy tarde tratando de terminar su diseño, por lo que se quedó dormido encima de la mesa.

Ella tenía esa intuición femenina bien favorecida, por lo que se apuró a despertarlo temiendo que Felipe no hubiera terminado el plano, después de tanto esfuerzo y entusiasmo que le había puesto. Fue y lo movió un poco del hombro, por lo que Felipe despertó en seguida un poco confundido, pero se recuperó muy contento por haber terminado su gran sueño.

—¡Lo tengo, flaca! —le dijo Felipe.

—¡Santa Virgen de la Candelaria! —exclamó Elida con gran alivio, que hasta Felipe le preguntó si es que estaba bien, pero ella le dijo que no era nada, que mejor se apuraba en prepararle algo de comer para que no se le hiciera tarde para ir a trabajar.

Seis tacos de frijoles con chile jalapeño fue lo que le puso de lonche, y un poco de agua en su cantinflora. Cosa que a Felipe le parecía un manjar. Después de agradecerle a Elida con un gran beso, tomó el plano y lo guardó en su morral, junto con la comida. Se marchó para verse con Chendo y los otros dos jóvenes, para esperar al capataz y al Santo a que los recogiesen en la orilla del basurero.

El capataz llegó muy callado y pensativo. El Santo no venía con él, así como tampoco el otro joven que vivía en el basurero salió ese día. Ni Chendo, ni Felipe se atrevieron a preguntarle al otro joven por su compañero, tampoco quisieron interrumpir al capataz para preguntarle por El Santo, solo se subieron muy serios al Zorro al ver la cara de preocupado del capataz. Como Chendo le conocía muy bien, le extrañó verlo así tan pensativo y callado.

A Felipe le pareció extraño el silencio que guardaba Uicho, el cual le hacía pensar en lo que el ingeniero pudiera haber dicho sobre el plano y su mala integración. Abrazó su morral presintiendo algo, temiendo que su trabajo fuera en vano, lo cual le provocaba una sensación molesta dentro de su vientre, amargando las esperanzas de reconocimiento por su destreza. No dijo ni una palabra en todo el camino, ni siquiera Chendo, quien era más bromista que simple dijo una sola palabra. Ni se diga del otro joven, pues en ocasiones se sentía como si ni siquiera estuviera ahí, como si solo observara sin intervenir, al menos solo en lo necesario. Felipe se dio cuenta de la presencia casi sublime de aquellos jóvenes extraños, pero no comentaba nada con nadie, pues sentía que nadie le tomaría en cuenta sus especulaciones sobre lo que realmente pasaba alrededor de todos; por eso se guardaba el misterio, para estar seguro de lo que él creía antes de decirle a alguien más. Y en ocasiones ni siquiera a Elida le comentaba algunas cosas.

Muchos pierden la credibilidad ante la sociedad al tocar temas que no son relevantes para los intereses íntimos de las personas, quienes ya están arraigadas al sistema de vida en esta sociedad moderna, en todos los niveles económicos o culturales. Los que se iluminan o liberan de dicho sistema, son los que trascienden más en la verdad personal, los que sacrifican la vanidad por la libertad; los que rompen las ataduras que esclavizan los sueños de todo hombre en este modelo moderno.

Al llegar a la obra de construcción, el capataz les pidió que fueran a trabajar en la fachada de la casa, con una cara seria y sin convicción en lo que decía. No se le miraba muy bien, pues estaba muy nervioso y preocupado, que mandó a todos a lugares donde no habitualmente trabajaban. Todos al verlo como estaba no dijeron nada, y se dispusieron a trabajar. Hubo susurros entre algunos de ellos, pero él no los tomó en cuenta por estar pensando en lo que el ingeniero tenía que decirle, después de que ayer le comunicara los problemas con el plano. El capataz había tenido que regresar a su pueblo el día anterior, para poder llamar al ingeniero, lo cual intentó hacer toda la tarde sin ninguna fortuna, porque el ingeniero estaba en una junta con el Arquitecto. Este le atendió ya casi al anochecer, solo para gritarle que era un pendejo, quien se dejaba manipular por un ignorante, y que esta era la última vez que se lo advertía, y que pasaría por la obra para hablar con él en persona. Por eso era por lo que estaba angustiado, tenía miedo de perder su trabajo, y el de aquellos de quienes siempre le ayudaron durante muchos años, y quienes ya le habían tomado un gran cariño, por lo buena persona que siempre fue con ellos. Uicho a su vez, los apreciaba de gran manera, por lo que siempre los vio como amigos y compañeros, más que como un jefe. Eso se los demostró siempre con el ejemplo que ponía al trabajar muy alegremente y con dedicación.

Pensaba en su familia primero que todo, en lo que pasaría si perdía su trabajo, pues eran muchos hijos los que tenía, por eso no podía permitirse quedarse sin trabajo.

Uicho sabía por su experiencia que algo no estaba del todo correcto con el plano, pero no tenía argumentos contra el ingeniero que le dieran credibilidad; al menos, no tenía la valentía de enfrentarlo solo con el cuento de Felipe y su habilidad de leer los planos. Eso lo dejó casi al punto de una crisis nerviosa sin saber qué hacer.

Felipe se puso un poco decepcionado de que el capataz no le comentó nada sobre lo del plano, pues solo lo vio por un segundo al pedirle que ayudara a Chendo en la fachada, y él no se atrevió a preguntarle, solo se fue en seguida a cumplir su tarea.

Felipe pensaba un sin fin de cosas posibles, mientras trabajaba con Chendo con algunas piedras que debían de colocar en la fachada del edificio central, según las indicaciones del capataz. Qué más podría hacer él, más que ocupar su lugar y cumplir con los requisitos que exige la responsabilidad.

En ocasiones perdía la autoestima pensando cosas absurdas sobre sí mismo, no creyéndose capaz de hacer algo que fuera reconocido o admirado. Así era como lo visualizaba en algunas ocasiones, cuando el pensamiento lo llevaba de nuevo a los vicios del mundo indiferente, del cual se quejaba por su falta de sensatez, haciéndolo caer sin pensar en lo que intentaba señalar en otros.

Chendo lo tenía que interrumpir con más mezcla, porque se quedaba pensando medio atolondrado, casi hablando lo que pensaba con las muecas que hacía.

—Apúrate maje, que ya llegó el Ingeniero —le advirtió Chendo a Felipe, en el momento en que el ingeniero se bajaba de su automóvil, junto con otros tres tipos quienes le siguieron hasta donde estaba Uicho. Desde donde estaban se podía escuchar todo lo que le gritaba el ingeniero a Uicho, con un tono muy exagerado. Uicho solo cerraba los ojos y apretaba la boca, se tomaba las manos y las frotaba en su vientre, sin poder decir alguna palabra.

El ingeniero le recordaba que si no hacía lo que él decía se podría ir cuando le diera la gana, y que no le pagaría ni un centavo por lo que había hecho, que hasta lo amenazó con golpearlo si es que no le terminaba la obra en el tiempo que él le había establecido. «Sí oiga, como uste diga», le decía Uicho. El ingeniero se lo llevó a empujones para dentro de uno de los cuartos de atrás del edificio principal, el cual Uicho usaba como su oficina, y en el cual solo se le miraba al comenzar el día de trabajo y al terminar la jornada, pues siempre estaba afuera trabajando con los demás. La habitación la usaba para guardar las herramientas de trabajo, junto con el plano y otras cosas más.

Después de algunos minutos los gritos cedieron en un silencio que de alguna manera intrigaba a Felipe, quien empezó a tener alucinaciones relacionadas con lo que estaba pasando dentro del cuarto, pudiendo ver y escuchar todo lo que pasaba en pequeños destellos dentro de su cabeza.

Empezó a convulsionarse mientras le pasaban las visiones, pues cuando cerraba los ojos los destellos se le venían a la mente, y al abrirlos volvía en sí. Chendo, en seguida lo tomó por los hombros hablándole y moviéndolo un poco para que reaccionara. Se asustó al verle los ojos desorbitados, pero Felipe volvió por un instante al abrir los ojos, y trató de decirle algo. No pudo decirle alguna palabra cuerda, porque se perdía en la visión de nuevo al cerrar los ojos, empezando a decir lo que el capataz y el ingeniero estaban hablando.

Chendo lo soltó de inmediato, le echó un poco de agua en la cabeza para ver si reaccionaba, pero Felipe continúo hablando lo que decían, casi emulando el tono de voz de cada uno; por lo cual, Chendo se asustó de gran manera, por eso lo estrujó un poco más fuerte para que reaccionara. En eso, Felipe abrió los ojos de nuevo.

—¿Qué traes tú?, ¿qué te pasa? Vuelve, vuelve Felipe —le decía Chendo muy agitado por el susto.

—Uicho les pagaba a todos con su dinero —le dijo Felipe muy sereno, como tratando de comprender qué había pasado, no por lo de sus visiones, sino con lo que pasaba con el capataz y el ingeniero.

Porque de acuerdo con lo que vio y escuchó, el ingeniero le debía dos meses de trabajo a Uicho, en los cuales Uicho tuvo que pagar de su bolsa a los trabajadores, sin que ellos supieran. Porque Uicho siempre mostró una buena cara con ellos, y cada día era el mismo, sin mostrar ningún problema, pues siempre se mostró con el optimismo que lo caracterizaba.

—Lo enfrentó —le dijo Felipe mirándolo a los ojos.

Chendo sonrió y se sintió un poco mejor, pues al ser su mejor amigo, le conocía muy bien lo de los ataques repentinos que le pasaban desde niño, y al verlo más calmado se le pasó el susto.

De alguna parte Uicho había sacado las fuerzas necesarias para enfrentar al ingeniero de una vez por todas, sin importarle lo que le podría pasar. Lo interrumpió mientras le gritaba que tendrían que terminar en el tiempo que él le había dicho, porque estaba en juego su pellejo. Uicho le pidió que le pagara lo que le debía hasta entonces, que ya no trabajaría más si es así como él quería.

El ingeniero se quedó en silencio por algunos segundos al escucharlo tan seguro de sí mismo, porque Uicho siempre accedía a todo lo que el ingeniero le exigía, y al ver su reacción, no supo qué decir. De un instante a al otro el semblante del ingeniero cambió, de ofenderlo a alabarlo por haberle ayudado tanto tiempo, pero aun así tratando de convencerle para terminar el trabajo en el tiempo que él le estaba exigiendo.

—Pos si quere que le acabe, me paga todo de una vez —le dijo Uicho con una postura seria y firme.

El ingeniero tragó saliva sin tener nada que decir por algunos segundos.

—A ver, a ver mi Uicho. Aquí tiene lo de sus dos meces que le debo, y si me termina en tres meces le doy dos meces de adelanto, y el resto cuando termine —le dijo, con una actitud muy persuasiva, la cual denotaba que algo más estaba detrás de todo eso.

Mientras el ingeniero subía al auto, Uicho llegaba donde estaban Chendo y Felipe, muy serio, y sin la sonrisa que siempre tenía.

—Dejen esa madre y váyanse a comer —les dijo Uicho.

—¡A huevo! —gritaron algunos que estaban cerca, y muy alegres se fueron en seguida.

Chendo y Felipe se quedaron con Uicho por unos minutos tratando de consolarle. Él les dijo que no se preocuparan porque él sabía lo que hacía, y que terminarían la obra tal como el ingeniero lo había planeado, que no había nada qué hacer.

—Acuérdate de la esa que dice el maje este, mi Uicho —le dijo Chendo a Uicho.

Uicho se le quedó mirando a Felipe a los ojos y le dijo que no podía hacer nada porque al final de cuentas el ingeniero era el jefe, y que además ya había pagado por terminar tal como estaba en el plano, en un plazo de tres meces. Felipe solo asintió con la cabeza, tomó su morral despidiéndose de Chendo, y se fue enseguida dirigiéndose hacia la casona de *La Anciana del pelo Blanco* en busca de respuestas.

Capítulo 5

La llave y el paraíso perdido

Al llegar a la pirámide la anciana lo esperaba sentada frente al altar como siempre lo hacía, en cada vez que Felipe tenía tiempo para visitarla.

Felipe entró hasta el altar sin darse cuenta de que ella estaba sentada en la piedra azul, la cual parecía que tenía una luz por dentro que cambiaba entre un violeta intenso a un azul muy traslucido. De pronto la anciana movió su lanza lo suficiente como para que Felipe se diera cuenta del movimiento que ella había hecho, pudiendo verla claramente sentada sobre la piedra. Se sentó enfrente de ella mientras ella le apuntaba con la lanza. *La Anciana del pelo Blanco* vestía una túnica extraña que parecía como si se trasluciera con el viento, haciendo que Felipe se sintiera un poco raro.

—¿Qué es? —le preguntó Felipe, refiriéndose a la piedra azul.

—No te comes los higos verdes, ni tampoco cortas el trigo antes de tiempo —le contestó la anciana.

Felipe se quedó pensando, intentando comprender lo que ella le había dicho, y pensó que debería esperar a que las cosas le llegaran de otra manera, en vez de preguntar por las respuestas a alguien más; pues, nadie te enseñará como es tu pensamiento, ni como debes enfrentar los retos que la vida te pone en el camino. Eres tú mismo quien tiene el acceso al universo interno, el cual guarda el conocimiento de todo lo que interfiere con la razón del existir de cada uno. A pesar de que entendía lo que la anciana le decía, tenía la inquietud de saber quiénes habían construido la pirámide y para qué propósito, porque Felipe quería saber lo que había pasado con ellos. Sintió un escalofrío al pensar en todos esos sueños hechos polvo por el tiempo, el cual no le importa lo grande que pueda ser el esfuerzo, o la dedicación con que nos afanemos en la vida, pues siempre lo cambia todo.

En eso, Felipe notó una luz blanca que se intensificaba cada vez más, la cual salía de encima de la cabeza de la anciana. Sintió una descarga electroestática alrededor que lo hizo sentirse un poco desorbitado, mientras la anciana lo miraba fijamente a los ojos.

Felipe escuchó la risa de la anciana dentro de su cabeza, por lo que se asustó un poco. Se preguntaba si estaba loco imaginando todo eso, o qué era lo que realmente pasaba, porque nunca había conocido a alguien como ella, ni había visto ninguna piedra irradiar alguna luz como en la que ella se sentaba, mucho menos escuchar los pensamientos de otra persona.

La Anciana del pelo Blanco le apuntó con la lanza justo en la frente, por lo que Felipe empezó a tener visiones sobre tres pirámides blancas con puntas plateadas, las cuales irradiaban una gran energía al rededor del mundo. Había gente y animales que convivían entre una gran ciudad llena de jardines y palacios, con figuras en sus fachadas, las cuales representaban el camino que el espíritu cursa en la vida carnal.

Ellos habían descubierto un gran poder dentro de sí mismos, pero muchos lo usaron para el mal, y no midieron las consecuencias, perdiendo el control de lo que consumían, y deseando más poder para dominar al mundo, en vez de ayudarlo. Además, guardaron la llave de la sabiduría interna para que no se supiera la verdad. Otorgaron el privilegio a un círculo malicioso, el cual usaba la sabiduría para controlar la atención de todos, y el cual es el mismo control de desinformación que existe en esta era. Pudo ver con la claridad de su mente, una luz intensa en el horizonte que se propagó por todo el planeta, luego una gran inundación pasó cubriendo todas las ciudades, muriendo millones de seres vivientes al instante.

Muy pocos lugares quedaron sin ser tocados por la luz y el alud de destrucción, que algunos seres que sobrevivieron se refugiaron en esos lugares sin más que sus propias almas. Felipe miró en el lugar que no había sido tocado por la destrucción, a un hombre con un pectoral de oro y un libro en su mano derecha, otro tenía una corona con piedras preciosas, uno con una lanza y otro con un medallón en el cuello. Entre otras cosas más que no pudo reconocer. Felipe reconoció en seguida la lanza, la cual era la misma que tenía la anciana, además del medallón, el cual era el que tenía el viejo Suzeo en el cuello.

La Anciana del pelo Blanco retiró la lanza de la frente de Felipe, haciendo que abriera los ojos por un instante. Entonces, Felipe cayó de rodillas con las manos tocando su vientre, porque sentía un gran dolor después de haber despertado.

—¿Quién podría formar las palabras, que describiesen lo que acabas de ver con tu propio ser?

—Nadie —le contestó Felipe muy desanimado.

Felipe lloró intensamente al recordar los rostros de dolor de aquellos seres, quienes habían perdido la vida en aquel designio divino, el cual había terminado con los sueños de muchos inocentes, por culpa de los insolentes descuidados de la razón por el bien común.

Se perdieron sus esperanzas por culpa de la insensatez de sus líderes mezquinos, quienes siempre buscaron distraerlos, en lugar de atenderlos en su apertura interna.

Les dieron el fruto prohibido abusando de su susceptibilidad; pues, estos, como ovejas descarriadas se comieron el trigo, y dejaron que la maleza se propagara por todos lados, la cual contaminaba la tierra que los alimentaba, y los ríos y mares que les daban de beber. Lo peor de todo, la maleza creció tanto que llegó al corazón de todos con orgullo y gran egolatría, por el gran poder que habían alcanzado en su tecnología y sabiduría sobre el universo.

Felipe no soportaba el dolor, ni la angustia en su vientre por la pérdida de aquellas pobres almas, porque no aprobó en su espíritu tal atrocidad en contra de la creación, de esos seres que construían sus ideas equívocas acorde a las intenciones del más alto, quien, a su vez, había decidido extinguir cualquier rastro de necedad. «Dios no puede ser tan cruel», dijo Felipe bañado en lágrimas.

Se puso de pie como pudo, secándose las lágrimas con sus trapos sucios y maltratados, lloriqueando, tratando de tomar un poco de aire, pues el sentimiento le había embargado el corazón de una manera, que no dejaba de llorar al pensar que eso podría pasarle a los que amaba.

La anciana le puso la mano en el pecho, haciendo que Felipe recuperara un poco de cordura.

En su pensamiento comprendió algunas cosas que se le revelaban, como si de alguna manera dentro de él se reflejara la respuesta que los divinos habían tomado en contra de la necedad de los insensatos indiferentes por el bien común; pero, solo por un instante, porque luego perdió la idea en el mar del pensamiento.

—Cuida bien qué desea tu corazón. Tu eres capaz como cualquier otro hombre —le dijo la anciana, mientras Felipe se alejaba para ir de regreso a su trabajo, pues de pronto recordó que debería regresar porque tal vez ya era algo tarde.

Él quería averiguar qué había pasado con respecto al plano, y las irregularidades de integración con el terreno en donde se pretendía construir tal diseño. Queriendo regresar lo más pronto posible a la obra de construcción, el mar del pensamiento lo hacía olvidar algunos detalles que serían importantes en su lección personal.

La peculiaridad del momento cubría con más preguntas su mente, sin saber qué era lo que su espíritu realmente necesitaba para trascender en el ideal que defendía con su filosofía de vida.

Al volver se encontró con el capataz parado en frente del edificio principal, el cual era donde supuestamente terminaría la entrada con los pilares.

Sin saber qué hacer, Uicho estaba parado viendo la pendiente donde se construirían los pilares para la entrada, tratando de descifrar la manera de acomodarlo lo mejor que pudiera para que no se fuera a derrumbar.

Felipe se acercó a Chendo para preguntarle qué era lo que le pasaba a Uicho. Chendo le dijo que Uicho tenía toda la hora de la comida ahí parado sin moverse, que mejor se pusiera a ayudarle con la mezcla para terminar de colocar las piedras de la fachada. Felipe no se aguantó las ganas de saber qué era lo que pasaba por la mente de Uicho, por lo que caminó hacia él sin dudar un momento de su propia capacidad de crear cualquier cosa, como cualquier hombre.

Felipe se paró a lado derecho de Uicho, quien de inmediato se percató de la presencia de Felipe, pero no dijo una sola palabra, solo lo siguió con la mirada, mientras Felipe caminaba bajando la pendiente, y quien inequívocamente le advirtió:

—Se va a caer.

Uicho asintió con la cabeza en señal de aprobación.

—Haremos lo que dijo el ingeniero, cumplamos nuestra parte, y a ver que chingados pasa —le contestó Uicho.

Felipe no tuvo más remedio que aceptar lo que el capataz le decía, pues tenía razón en que el ingeniero era el jefe de la obra de construcción. Y que ellos, debiendo cumplir con sus obligaciones deberían acatar sus órdenes.

Prefirió callar su inquietud, al no tener más remedio que tragar su orgullo, al someterse al lugar que le correspondía como el ayudante del albañil

No mencionó cosa alguna en toda la tarde, y ni siquiera de regreso al basurero dijo una sola palabra. Regresó a su jacal muy serio, y sin siquiera despedirse de los demás. Elida lo recibió con cierta serenidad, porque había intuido lo que había pasado, por lo que lo abrazó besándolo muy apasionadamente como de costumbre, y llevándolo a la cama para estar con él. Felipe se dejó llevar por su desapego a las circunstancias, y le correspondió la intención. «Lo que os hace falta es amor», le dijo Elida.

En los días siguientes se ocuparon en hacer la fundación de la entrada, para que en unas semanas pudieran terminar toda esa parte de la construcción. Mientras, Felipe visitaba a *La Anciana del pelo Blanco* en busca de más respuestas, en el tiempo que le era posible.

Los sábados trabajaban supuestamente hasta el mediodía, pero con la carga de trabajo salían no antes de las seis de la tarde, por intentar terminar lo más pronto posible. Los domingos solo quería estar con su amada, para poder ayudarle en cosas que las mujeres no pueden hacer. Según él. Ella le gustaba ser muy independiente, por lo que siempre se la pasaba arreglando y moviendo cosas en el jacal para que fuera más acogedor.

Elida se tomaba el tiempo para mejorar todos los aspectos posibles del jacal, sin caer en aspectos ostentosos. Más bien, era muy práctica y sencilla su idea, la cual se reflejaba en su persona, transformando todo lo que tocaba en algo vivo, útil y practico. La idea de la recolección del agua pasándola por filtros de carbón era algo innovador para ese tiempo, entre otras cosas más que hacía por sus alcahuetas. En general lo hacía siempre a quien se lo pidiese, y siempre andaba arreglando cosas en otros jacales junto con sus amigas del alma.

Felipe se sorprendía al ver como cambiaba la vista del lugar de una manera que todo se llenaba de luz, con ventilaciones por todos lados, las cuales controlaba con unas cuerdas, junto con algunas latas de frijoles que usaba como poleas para abrir y cerrar unas pequeñas puertecillas, las cuales le había inventado con restos de basura.

Había cosas aún que Felipe ignoraba de ella, pero con el paso del tiempo fue descubriendo todo por lo cual siempre la amó, lo mejor que ella pudo ser, ella misma. Esa era la razón por lo que la amaba, por ser ella misma en todo momento. Fiel a su ser, sin dudar en el amor de su corazón, a pesar de las muchas pruebas que le tocaron vivir. Felipe la amaba, y estaba dispuesto a dar la vida por ellos, por ella y por el nuevo ser que habían gestado con su amor desnudo, sin prejuicios ni condiciones, abiertamente en mutuo acuerdo.

En ocasiones le angustiaba la idea de heredarle el mundo que tenía a ese ser inocente, pero no se refería al mundo de la pobreza, pues es ahí en donde la sencillez toma sentido. Se refería a la injusticia social, a la desigualdad de género, al machismo, tanto como al feminismo, y a todos los malentendidos que llevan a todos a caer en el conflicto con los demás.

Felipe sabía que no podría cambiar el mundo entero para poder dejar uno mejor para su descendencia. Nunca podría con los poderosos y sus medios de arrastre, los cuales todos aceptamos confortablemente y sin dudar.

Qué podría hacer un pobre mendigo contra el poder mundial y su sistema de entretenimiento, cómo podría llamar la atención de todos para convencerles de algo que hacen mal, si todos han caído ya en la creencia de la mentira. Nadie escucharía a un pobre mendigo señalando las faltas que se cometen en la sociedad, porque habría prejuicios que impedirían tomar conciencia en los individuos de sus propias faltas; y de esa manera, condenarían la idea de Felipe a una etiqueta más. Tal como la que la sociedad usa en sus estereotipos para referirse a las ideas que no caben en lo convencional, a la condena del soñador idealista.

Todas estas olas del mar del pensamiento le cansaban la conciencia a Felipe, dándole un ataque de ansiedad siempre que pensaba al respecto. Pero bien sabía cómo aclarar la confusión, pues sin importar en qué lugar estuviera se apartaba un momento de todos para poder meditar un poco la tortura que la mente crea por el miedo. Es casi imposible que un hombre pueda salvar al mundo, porque la avaricia y la indiferencia ciegan a los hombres la verdad sobre la humildad, y los aparta de la compasión que se transforma con el servicio a los demás, junto con muchas cosas más que impiden el despertar interno de la conciencia. Ya tuvimos ejemplos de maestros que intentaron enseñarnos las herramientas para descubrirnos internamente, para luego volver como un ser distinto al exterior. Siendo así, una manera confiable para los malentendidos, los cuales generan el conflicto entre los individuos, pero la mayoría solo toma las ideas que conviene a sus intereses.

Son muchas las razones por las cuales los hombres no nos interesamos en aclarar los malentendidos, no solo con los demás, sino con nosotros mismos.

Felipe recordaba las palabras de *La Anciana del pelo Blanco*, sobre la justicia social, el respeto mutuo y el respeto por uno mismo. Felipe creía que con amor todo se solucionaría en el mundo, porque en el amor verdadero no existe la envidia, ni las dudas, mucho menos la avaricia; pues, en el amor se vive por los demás, para servir de la manera que nos gustaría que nos sirvieran, con el mismo respeto y compasión sin esperar algo a cambio; porque si no, eso sería vanidad también.

Toda esa filosofía de amor y libertad que la anciana trataba de transmitirle en cada sesión que pudo Felipe asistir, coincidía con sus convicciones sobre la vida en general, tanto terrenal como espiritual.

Tal vez aún no estaba listo para entender la condición que heredó de su padre, la cual lo hacía ser de una manera noble y merecedora del galardón de la verdad, el cual todo hombre deseoso de poder quisiera tener, para sacar provecho a su favor. Tal como pasa en esta era.

Con el apuro de terminar lo más pronto posible, el capataz no les permitió tomar descanso más de una hora. Debían tomar solo media hora y quedarse cerca de la construcción, para que pudieran regresar a trabajar lo más pronto posible. Pero ya cansado de la situación, la cual le hacía pensar que construían una necedad que se derrumbaría, tal vez encima de ellos mismos, los dejó ir al medio día.

—¡Basta! —gritó Uicho, tirando al suelo las herramientas que tenía en la mano, y volteando a ver a Chendo le pidió que se fuera, al igual que a todos los demás—. Dele mi Chendo. Váyanse muchachos, tómense una hora, se lo merecen.

Todos se fueron muy contentos a sus lugares, los cuales ya habían acondicionado para compartir su comida. Había ocasiones en las que hasta sobraba comida para más tarde; pues, el compartir multiplica todo lo que el corazón quiera dar. Da, y se multiplicará, sirve y serás servido con el mismo respeto; ama, pero no esperes nada a cambio.

Felipe no quiso desaprovechar el momento para visitar a la anciana, y averiguar más sobre aquel lugar que le parecía fascinante. Quería saber el misterio de la piedra azul, la cual emitía esa luz sublime que lo hacía sentir atraído hacia ella. Quería saber el misterio de la lanza y el medallón, y lo que representaron para la civilización que había sido aniquilada por su propio creador; pero, sobre todo, quería saber qué papel podrían desempeñar el día de hoy.

Felipe pensó algo que lo hizo sentir incómodo, un poco arrogante y vicioso, pensando que tal vez servirían para someter a los insensatos malvados, para que se den cuenta de su ingratitud con todo lo bueno y sagrado del planeta; pues, todas las almas son sagradas, la ignorancia es la que los ciega. Quiso liberarse del tormento que su propia mente le estaba causando, por aferrarse a una idea que tal vez él mismo no entendía, por eso se apuró a llegar lo más pronto posible, para intentar sacarle algo de información a *La Anciana del pelo Blanco*.

Era claro que Felipe no sabía manejar sus ímpetus de coraje de la mejor manera, para que su mente no se llenara del infierno sugestivo que formaban sus miedos, su impotencia por no poder dejar un mundo mejor para su descendencia. Por eso pensaba que aquellos objetos misteriosos le ayudarían con el propósito que en su corazón le había nacido al enterarse que sería papá.

Felipe llegó un poco agitado por lo apurado que iba, y se paró en la entrada para tomar un poco de aire. Ella lo esperaba sentada en la piedra como siempre lo hacía, pero esta vez la piedra no irradiaba ninguna luz, lo cual le pareció extraño a Felipe. No preguntó nada y se sentó en seguida en frente de ella, mientras la anciana le apuntaba con la lanza justo en el pecho.

—¿Por qué quieres cambiar el mundo? —le preguntó la anciana.

—Si todos intentaran cambiar algunas cosas —le respondió Felipe.

En eso, la anciana lo interrumpió diciendo:

—¿Para que sean como tú?

Se quedó callado sin saber cómo explicarle a la anciana lo que realmente quería, pero ella sabía lo que su corazón sufría al no recibir el reconocimiento a su labor, el prestigio que recibe cualquier noble, por su educación o desempeño en el servicio que Felipe se imaginaba en ocasiones para él. La anciana le calmó un poco la ansiedad tocándolo en la frente con la mano izquierda.

Felipe se sintió confiado para preguntarle a la anciana sobre la lanza, pero la anciana lo interrumpió con una historia, sobre una puerta que se encuentra en un lugar desconocido para la ignorancia, pues está más cerca de lo que se cree. Para abrirla se necesitaría la llave, la cual solo el elegido posee, para poder intervenir en el momento preciso.

—Al entrar entenderás en quien hay que intervenir —le dijo la anciana, al terminar de relatarle la historia sobre la puerta.

Felipe quería saber para qué servían aquellos artefactos misteriosos, y ahora la anciana le daba otro de sus laberintos para pensar. ¿O es acaso que, lo ponía en alerta sobre algo que debía contemplar entre sus inquietudes por querer saber más sobre cosas que Felipe no estaba preparado aún, como para manejar el poder que genera el entendimiento de la puerta y *Las herramientas del orden?*

—Debes vencer la codicia antes de avanzar a tu próximo paso —le dijo la anciana.

—Nada tengo, y no me interesan las riquezas. El capitalismo es el que margina y priva —le contestó Felipe.

En eso, la anciana se le acercó llevando un tazón en la mano, en el cual había un polvo de color amarillo, y el cual sopló a Felipe en la cara. Felipe empezó a toser, casi ahogándose. Creyendo que moriría, cayó de rodillas en frente de la anciana, viéndola fijamente a los ojos, mientras se le venían a la mente imágenes de ciertas situaciones que podrían pasar en su vida. No pudo darse cuenta de los detalles porque los destellos pasaban muy rápidamente, y tenía que lidiar con tratar de respirar para salvar su vida.

En eso *La Anciana del pelo Blanco* le puso la lanza en el pecho, y este dejó de toser, pudiendo respirar normalmente. Se puso de pie en seguida, y comprendiendo dentro de sí algunas cosas, pero aún seguía con la intención de querer saber más. Cuando Felipe caminaba para marcharse de regreso a la obra de construcción, la anciana le dijo:

—La avaricia es un veneno que contamina el alma de los hombres. No lo olvides.

Felipe no comprendía qué papel jugaban en su vida las palabras de la anciana, por lo que se dio la media vuelta y se fue de regreso a sus labores.

Al regresar a la obra de construcción, Felipe buscó de inmediato al Santo para averiguar si podía ayudarle con algunas de sus inquietudes, pero no pudo encontrarlo por ningún lado. Se dio cuenta de que Raziel, el otro joven que vivía en el basurero tampoco se encontraba por ahí. Se fue a preguntarle a Chendo si lo había visto, por lo que Chendo le dijo que ellos se habían ido a su sesión privada. A Felipe le pareció algo gracioso el tono con el que Chendo se había referido respecto a la sesión privada, pues como él era siempre muy bromista, lo había dicho de una manera muy cándida.

—¿Y eso qué es?

Chendo le dijo que ellos se iban cada mes en esa fecha a la capilla del pueblo vecino donde vivía el capataz, para una lectura de un libro. Le dijo que Uicho los había llevado, por lo que regresaría más tarde, y que ya había dejado instrucciones de terminar con la fachada.

Felipe aún seguía algo confuso por el efecto de los polvos misteriosos, por lo que no supo qué hacer en ese momento. Se quedó pensando en las palabras que la anciana le había dicho; además, del misterio de la puerta y su llave misteriosa.

—Ándale maje. Dijo que venía paca pa tras en dos horas y nos íbamos pa la casa —le dijo Chendo.

Felipe no tuvo más remedio que ocuparse en lo que le correspondía, yendo a ayudarle con la fachada para avanzarle lo más que pudieran, antes de que regresara el capataz. Aun así, había cosas que le inquietaban, y las debatía en el pensamiento mientras trabajaba, intentando comprender las cosas con lo que ya sabía. Había leído sobre la piedra filosofal, y otros objetos que los hombres codiciaban para tomar el poder que ejercían, y se negaba a creer en lo sobrenatural, a pesar de lo que ya había experimentado. Le pareció absurdo que existieran tales objetos con poderes sobre los hombres. Aunque la idea le parecía algo tentadora, la de poseer tales objetos para suprimir la injusticia de los necios y avaros, y poder darles un mundo mejor a sus amados.

Felipe hacía mucho tiempo que había perdido la fe en la religión, y dudaba sobre el Dios que había exterminado a su propia creación. Eso lo hacía sentir un resentimiento, al pensar en los sueños perdidos de aquellas almas en la agonía de sus vidas, al no encontrar respuesta al llamado de piedad. Felipe pensaba, que tal vez, la lección que el maestro intentaba dar a su creación no fue del todo exitosa, debido a la falta de aproximación del maestro para enseñarles la verdad a los ignorantes. Que por eso el alumno no era culpable, porque el maestro había fallado en la manera de acercarse al alumno, dejándolo a la deriva en las delicias de la carne. Y que el creador, en un ataque de ira por no ponerle atención, decidió aniquilarlos.

Felipe se esmeró en aprender lo más que pudo en toda materia posible para buscar llenar el hueco que dejan los divinos en el momento que deciden que vivamos; el cual, de alguna manera, es el silencio que pactaron entre ellos sobre nuestro destino. El Dios que el hombre intenta hacer para sí mismo, exige sumisión, es celoso y amenaza no solo con la muerte carnal, la muerte espiritual también. Condenando a los malos alumnos a el castigo perpetuo de acorde a su falta, como un vicio mezquino que castiga y galardona a otros a la vez, y sin remordimiento alguno.

El capataz había regresado más pronto de lo que ellos habían previsto.

Felipe, al estar pensando sobre sus reproches, olvidó algunas piedras que Chendo le había pedido para ponerlas en la fachada, por eso no pudieron terminar a tiempo. Uicho se dio cuenta de eso, pero sin el ánimo de reclamarles algo los llamó para que se fueran a su casa con un grito; por lo cual, todos sorprendidos al escucharlo solo se le quedaron viendo sin hacer nada por un instante. Tuvo que gritarles de nuevo para que todos se apuraran en guardar las herramientas, en el cuarto que Uicho usaba como oficina para guardar el plano.

El pueblo se perdía de vista en el horizonte en el momento en que Felipe intentaba dejar atrás los pensamientos de su misterio, para acoger el deseo de ver a su amada. Pensaba en cómo hacer para que ella tuviera las cosas más fáciles mientras él se iba a trabajar.

—La llave —dijo el otro joven misterioso en voz baja, pero suficiente como para que Felipe lo escuchara, quien de inmediato volteó a ver al joven directamente a los ojos, algo confundido por lo que había escuchado.

—Voy. ¿Uste también mi estimado? —le dijo Chendo, moviendo la cabeza de un lado a otro.

El otro joven compañero de Raziel, lo miró con una sonrisa que casi se le salía del rostro. Igual Chendo, y al mismo tiempo soltaron una carcajada. Felipe solo hizo una pequeña mueca, como una sonrisa fingida, pues lo que había dicho aquel joven le parecía de lo más extraño, por lo que se le quedó viendo al joven mientras hablaba con Chendo. Pensando qué tan probable era que aquel joven supiera de la llave, o que la mencionara en ese preciso momento.

Vaya coincidencia tan descarada que el destino jugaba con su mente, al indagar las posibles respuestas por las que aquel joven había mencionado la llave.

En una de sus tantas insistencias por acomodar tal mención, Felipe se acordó de Elida y de sus besos pasionales, por lo que olvidó de pronto todo lo demás. En ese momento, el joven lo miró a los ojos. Chendo continuaba como si estuviera hablando con aquel joven, pero el joven miraba a Felipe en el momento que suspiraba por Elida. «El amor», pensó Felipe.

No pudo aguantarse las ganas de contarle a Elida sobre *La Anciana del pelo Blanco*, y sus polvos mágicos que casi lo mataban, de lo que había pasado con el capataz, el misterio de Raziel y El Santo. Además de muchas otras cosas más que se habían sobrepasado abundantemente en su pensamiento, de tal manera que no dejaba de hablar. Elida estaba preparando una gallina, ayudada por sus alcahuetas, pero al ver a Felipe entrar se marcharon en seguida. Pues Carmela al verlo llegar pensó que su marido había llegado también. Inés se derretía al verlos juntos, tal vez era porque envidiaba de buena manera el amor que irradiaban, que hasta se quedaba como hechizada sin querer moverse. Carmela tuvo que jalarla de la mano para salir del jacal, como ya era costumbre.

Elida lo miraba muy atentamente mientras desplumaba a la gallina, por lo que solo lo dejaba de ver por un instante para asegurarse de no quemarse con el agua caliente al jalarle las plumas. Hay momentos en que necesitamos soltar algunas cosas que nos acontecen, para liberar cualquier duda respecto a la experiencia, por eso Felipe intentaba sacar un poco de lo que su mente constantemente se sobrepasaba. Ella dejó la gallina por un instante dentro de la vasija, para ir a darle un beso, siendo la única manera de que parara de hablar. Felipe solo se le quedó mirando a los ojos fijamente en silencio. Luego, ella regresó para jalar las últimas plumas de la gallina, antes de que se enfriara el agua y fuera más difícil tirar de ellas.

—Pues que he pensao hace una paella pa mi Quijote andante, y éste a llegao algo temprano que de costumbre. ¿Por qué no andas a hace algo por ahí? Decid a Inés y a Mamá Chayo que vengan, pues aún ay cosas que hacer, que dejáis de estar de alcahuetas porque esto no se prepara solo. Anda ve, y no llegues tarde —le dijo Elida, mientras Felipe solo la miraba con una gran sonrisa, la cual se le salía de la cara.

Entendiendo la situación y tomando su parte, se fue a buscar a Chendo para ver si iban de cacería con los niños. Al salir del jacal, se topó con Inés y Carmela, a quien llamaban Mamá Chayo, regresando al jacal para seguir ayudando a Elida. Felipe solo las saludó al pasar. La señora tuvo que jalar a Inés para entrar al jacal.

Chendo y los niños ya estaban casi partiendo para irse de cacería, junto con el otro joven quien trabajaba con ellos en la obra de construcción. En el momento en que Felipe se acercaba llenaban sus cantinfloras con algo de agua; guardaban en sus morrales un poco de pimienta y sal, por si tenían suerte en la cacería, las cuales casi siempre eran algunas ratas de campo o conejos de la pradera. «Vamos maje», le dijo Chendo al verlo. Felipe se regresó a tomar un arco de flechas que su padre le había dejado, el cual guardaba en uno de sus baúles secretos, junto con algunas flechas con puntas negras, con las plumitas que se usan para darle estabilidad aerodinámica de color morado. Un morral de cuero junto con su cantinflora de agua se cargó, y se fueron los seis a formar recuerdos en los niños, lecciones para los adultos y vida para todos.

Tenían que caminar más de media hora para llegar al lugar donde Chendo los llevaba de cacería, porque él decía que en ese lugar aún no llegaba la voracidad de algunas personas, quienes consistentemente alimentan la destrucción desconsiderada de los bosques, el mar y la tierra fértil. Chendo de alguna manera diferente lo daba a entender a sus hijos, mientras caminaban por una vereda rumbo hacia unos pequeños cerros.

Felipe y el otro joven se retrasaron un poco caminando detrás de ellos, mientras el más grande de los tres niños le preguntaba a su padre, sobre cosas que había hecho antes de que los otros dos nacieran.

—¿Verda apá que usted mató un venao una vez?

—Ei, era grande —contestó Chendo.

—Les dije —les dijo el niño a sus dos hermanos.

Ellos se quedaron muy asombrados al escucharlo, por lo que se sintieron muy orgullosos de su padre, por eso le rogaron en seguida que les contara como había pasado.

Felipe trataba de encontrar la razón de por qué su destino le mostraba aquel ejemplo de un hombre común con sus hijos, enseñándoles lo bueno que se puede obtener sin que se perjudique cualquier ecosistema. Al menos, así era como él lo entendía.

Mientras Chendo les relataba aquella gran proeza, Felipe le preguntaba por su nombre al otro joven.

—¿Cómo te llamas? —le preguntó Felipe un poco apenado.

—Por la mañana al salir el sol, ¿qué es lo primero que haces, Felipe? —le dijo el joven antes de responder su nombre.

Felipe se le quedó viendo a los ojos, pudiendo ver una luz extraña en ellos que se iluminaba al preguntarle aquello. El otro joven se le quedó viendo también.

—Gabriel —dijo el joven.

—Mucho gusto —le dijo Felipe.

Platicaron por un buen rato en el camino hasta que pasaron los pequeños cerros, y llegaron a un valle en donde había mucha vegetación, con todo tipo de frutas y animales, los cuales ni Felipe ni los niños habían visto antes. Había aves de todo tipo volando sobre sus cabezas.

Chendo se paró repentinamente, quedando algo asombrado, pues no era el lugar que él había visitado antes, por lo que de inmediato volteó a ver a Gabriel, pues ellos habían ido juntos de cacería con los niños por ese rumbo unos días atrás. Pero luego pensó que tal vez se habían desviado por otra vereda antes de pasar los cerros, porque no se explicaba cómo era que no se había dado cuenta de aquel lugar, después de tantas veces de ir por ese rumbo.

Por ese mismo lugar es que Felipe conocía una cueva donde su padre lo llevaba cuando era niño, para contarle historias que su abuelo le había contado. Por eso era por lo que Felipe no se mostraba sorprendido de haber llegado hasta ese lugar místico.

Chendo no alcanzaba a ver el horizonte por tanta vegetación, por lo que tuvo que subir a una piedra para poder ver qué tan grande era el lugar. Para su sorpresa, era más grande de lo que se imaginaba, y eso lo sorprendía más, pues no era posible que ese lugar estuviera al otro lado de los cerros, porque se podría ver de cualquier lugar sin tener que pasar los cerros, de acuerdo con la dimensión que aquel lugar tenía. Pero no era así, pues antes de pasar los cerros no se podía ver nada, era solo al pasar los cerros que se podía entrar a ese pequeño páramo del paraíso.

Al adentrarse un poco llegaron a donde estaba un pequeño arroyo de agua cristalina, en donde se podía ver a los peces nadar tranquilamente.

Al ver aquel arroyo todos se echaron a correr para meterse. Al darse cuenta de que los peces no huían de ellos, se asustaron un poco, pero en seguida se sintieron muy confiados y alegres, por lo que empezaron a jugar entre ellos como si el tiempo no pasara.

Gabriel entró lentamente en el arroyo con las manos extendidas hasta poder tocar el agua con la punta de sus dedos. Entonces los peces empezaron a circular alrededor de él. Los niños no dejaban de decir que ellos también querían, por lo cual, Gabriel les señaló con la cabeza para que lo intentaran. Al poner los niños sus manos en el agua, los peces empezaron a circular alrededor de ellos también. Felipe y Chendo al ver lo que pasaba, no tardaron en intentarlo, pero los peces no circularon alrededor de ellos. En vez de eso, tres peces de pronto aparecieron en frente de cada uno de ellos, como ofreciéndose en sacrificio, los cuales tomaron y sacaron del agua para llevárselos.

Al momento que se preparaban para volver, después de que los niños lograron salir del agua, porque fue algo difícil convencerlos de dejar aquella alegría que sentían al jugar con Gabriel y los peces en el arroyo, Gabriel les pidió que se quedaran un poco más para poder cocinar tres de los seis peces que se habían ofrecido en sacrificio. Entonces, Felipe recordó que Elida estaba preparando la gallina para la cena, por lo que sugirió que mejor se los llevaran de regreso. Gabriel insistió una vez más, esta vez tocando el hombro de Felipe con su mano, quien de inmediato sintió una gran paz dentro de sí, la cual lo hizo olvidar toda preocupación sobre lo que pasaba al otro lado de los cerros.

Felipe ayudaba a Gabriel a encender el fuego frotando un palo contra otro, hasta formar una pequeña brasa para echarla en la candela, la cual ya habían preparado, mientras los niños buscaban algunas ramas para contribuir.

Chendo preparaba los peces quitándole las vísceras y las escamas, y ensartándolos en un palo para poder darles vuelta fácilmente. Se reunieron alrededor de la fogata contando historias mientras los peces se cocinaban en el fuego lentamente. Parecía como si el tiempo no pasara, y tenían una sensación de no querer ir a ningún lugar, solo estar ahí en ese hermoso paraíso, el cual les brindaba de comer sin resistencia. Después de un buen rato de que terminaran de comer, y de que los niños jugaran al rededor, Felipe se quedó pensando con la mirada perdida, como si tratara de recordar algo que debía hacer. Mirando las brasas que habían quedado, recordó que Elida le había dicho que no tardara para la cena, así que llamó a todos de inmediato para volver, y en seguida todos se reunieron alrededor de Gabriel, intuyendo que él sabía el camino para que los guiara de regreso.

En el momento que Gabriel empezó a caminar, les pidió que recogieran algunas legumbres para llevar a sus casas, lo cual todos hicieron echando solo lo que les cabía en sus morrales. Lechugas y zanahorias que crecían al lado del camino, además de muchas más legumbres que no reconocían. De una manera ordenada y respetuosa, tomaban cada uno lo que le gustaba sin dañar las plantas que estaban a lado. A pesar de que parecía ser un jardín, no tenía ningún orden lineal o específico que indicara algún surco hecho por alguien, pues todas las legumbres estaban revueltas entre ellas, pero con una posición racional que las dividía entre especies. Las que requerían más humedad crecían al lado del arroyo, mientras que las que requerían cierto nivel de humedad o drenaje, en posiciones idóneas donde la tierra se acomodaba para su enraizamiento; y así, cada planta en el lugar exacto para crecer en una manera harmoniosa, en un ecosistema autosustentable. Al menos, eso le parecía a Felipe al observar tanto orden en donde cualquiera pensaría que es un caos. Tal como en los bosques, así de ordenado era ese lugar, pero de una manera más elevada, con más hermosura y propósito. También, pudo ver unos pequeños montículos que sobresalían por todos lados, con plantas de sandías en cada uno de ellos, en los cuales se podían ver de a dos o tres sandías por planta.

Felipe se dio cuenta de que había insectos que solo comían plantas específicas, los cuales no dañaban los tubérculos ni las hojas de ninguna de las legumbres comestibles para los hombres. Le parecía un sueño hecho realidad, de esos que siempre idealizaba, pero que la realidad impedía por muchas razones que no podía vencer.

De lo emocionado que estaba, al ir avanzando hasta la entrada del lugar olvidaba poner atención del camino, dejando pasar algunos detalles que le podrían servir luego si es que pretendía volver en otra ocasión con Elida, para poder mostrarle aquel hermoso lugar de ensueño, el cual se encontraba muy cerca del basurero en donde vivían. Casi como una ironía más de la cual no llegamos a comprender plenamente en su esencia, ni en el propósito de la razón por la cual vivimos tan cerca del paraíso sin darnos cuenta de ello. Porque preferimos luchar por un propósito que se nos ha inculcado, un sueño que se ha sugerido, de acuerdo con el modelo que se ha impuesto en cada época.

Cierto desarrollo tecnológico nos hace olvidar sobre quién realmente somos, manteniéndonos ocupados en una distracción maquinada específicamente, acorde a la susceptibilidad de cada uno de todos los que vivimos en esta realidad.

Felipe no se dio cuenta de que habían salido de entre los cerros, debido a ciertas plantas que le bloqueaban la vista al lado del camino, pero que poco a poco fueron cediendo. Al alejarse un poco más, solo quedaban algunos pequeños arbustos, en ese páramo desolado, al que después de unos minutos fue reconociendo. Pudo ver a lo lejos el hoyo en donde se encontraba el basurero.

En frente de Felipe iba Chendo abrazando a sus hijos, cantando y riendo muy alegremente, sin mostrarse preocupados de cualquier cosa. Gabriel caminaba detrás de ellos. Felipe no se aguantó las ganas de voltear hacia atrás, para poder recordar el camino de regreso al paraíso. Tratando de localizar la entrada entre los cerros, no pudo reconocer ningún detalle, lo cual le pareció extraño porque parecían como si no fueran los mismos cerros. Ni tampoco pudo asegurar con certeza dónde quedaba la entrada, pues ningún vestigio de la vegetación pudo ver por ningún lado. No estando tan lejos aún de haber salido de esa área. Se suponía que fuera posible verse tan espléndido lugar a esa distancia, debido a la magnitud que se apreciaba desde adentro. Aunque Felipe sabía que nunca lo había visto antes, pues visitaba la cueva por ese rumbo, pero nunca llegó hasta ese lugar escondido ante los ojos de todos. No comprendía muy bien cómo era que no lo pudo ver antes. Además, su padre nunca le había mencionado entre sus historias aquel lugar tan espléndido, como para pasarlo desapercibido, y estando tan cerca del basurero.

—Busca en tu corazón —le dijo Gabriel, mientras Felipe trataba de ver a dónde posiblemente había quedado la entrada.

De inmediato dirigió toda su atención en Gabriel, al escucharlo decir eso, por lo que se detuvo sintiendo unas ganas tremendas de llorar al verle a los ojos, al sentir lo profundo de su mensaje. En ese momento, se tocó el pecho con su mano derecha. Gabriel lo alcanzó y lo abrazó para consolarle, por lo cual Felipe se sintió mejor, algo contento, y despreocupado de lo que había pasado. Luego, se fueron los dos caminando detrás de Chendo y los niños, quienes iban haciendo cánticos de alabanzas al todo poderoso en lo alto del cielo, con un éxtasis incontrolable.

Todos esos temas que Felipe platicó con Gabriel mientras caminaban por la vereda de regreso al basurero, Felipe dijo que eran cosas que cada uno tiene que vivir para poder saberlas. Porque nadie podría enseñarte mejor que tú lo que te hace falta, lo que sientes o sueñas; pues nadie sabe cómo se pierde tu mente en el mar profundo del pensamiento, ni cómo se ahogan tus sueños en la desesperanza, o que tanto duele la herida. Que los detalles correspondían a cada uno, en el tiempo que les tocase vivir en esta realidad. Siendo menester indispensable el aprovechar la lección que dichos detalles nos enseñan en la vida, para poder encontrar las razones de muchas de nuestras dudas, así como la llave para vencer al miedo, el cual evita el crecimiento espiritual en cada uno de todos nosotros; y para poder avanzar en el reencuentro con la verdad, la cual yace dentro de cada uno.

Al acercarse al basurero la vereda se agrandaba hasta formar un camino de tierra con algunas piedras que sobresalían por todos lados, haciendo que Felipe se sintiera más familiarizado con el lugar, al reconocer el terreno.

Entonces los temores se le fueron del pensamiento, sintiéndose algo despreocupado por querer regresar a aquel lugar, pues su pensamiento se ocupó en seguida de su realidad al reconocer el regreso al basurero. De alguna manera volvía a su realidad mental, de tal manera que el mar del pensamiento empezó a trabajar en la paella que Elida estaba preparando, además de que se moría de ganas de verla.

A pesar de que se le desvanecía la emoción, aun así, trataba de rescatar lo que podía al ver la alegría de los niños jugando y cantando alabanzas con su padre, sin que pareciera que pararían el éxtasis que habían descubierto en ellos en algún momento. Felipe los observaba detrás de ellos, caminando con Gabriel con el ámbar del atardecer sobre sus espaldas. De esa manera regresaban al basurero persiguiendo sus sombras al terminar su aventura de cacería.

Capítulo 6

El pájaro prieto

Al llegar al basurero cada uno se despidió a su manera al momento de llegar a donde se encontraban sus respectivos jacales. Felipe fue el último en llegar a su jacal por haberse tomado un momento para pensar algunas cosas. Pues a algunos pasos antes de llegar al jacal, alcanzó a ver a Chendo y a los niños entrar en su jacal, con el mismo entusiasmo que tenían en el camino. Escuchó a Mamá Chayo gritarles que dejaran tanto escándalo y se fueran a lavar las manos porque la cena ya estaba lista. Se preguntaba qué tenía de especial aquella escena en su vida, y si sería de utilidad en su camino personal. Sin encontrar la razón de lo que era testigo, se dio la vuelta y se fue a su jacal.

Felipe llegó con el entusiasmo de contarle a Elida sobre algunas cosas que habían pasado, pero ella lo interrumpió diciéndole que fuera a lavarse las manos porque la cena estaba lista. Felipe al escucharle no tuvo ninguna objeción, haciendo tal como ella le había indicado. Él trataba de decirle algo antes de que se le olvidara, pero ella le insistía de tal manera que él no podía negársele, seguía cada cosa que ella le pedía, olvidando así por completo todo lo que había pasado; además, de lo contento que estaba por verla, que se perdió en el momento todo vestigio en su mente de aquel paraíso.

Mientras se lavaba las manos no dejaba de ver la sabrosa paella que estaba servida sobre la mesa, por lo que, al terminar de lavarse las manos, de inmediato corrió a sentarse como si tuviera mucha hambre, y felicitando a Elida por todo lo que había hecho, y admirando como se miraba toda la comida.

Felipe nunca había comido tanto en su vida, por eso se sentía complacido más que cualquier otra cosa. Elida se le quedó viendo mientras estaba parada al otro lado de la mesa, muy seria. Felipe enseguida reaccionó levantándose rápidamente a darle un beso, mientras la cargaba dándole una vuelta en el aire.

Felipe le preguntó que de dónde había sacado tantas cosas, que, si ella había hecho sola todo eso, y que, si ya había descansado lo suficiente en el día, por aquello de su embarazo, entre otras cosas. Elida tuvo que interrumpirlo diciéndole que era tiempo de compartir juntos el momento sin ninguna duda que pudiera arruinar la ocasión, pues ella había decidido en contarle sobre su pasado después de la cena.

—¿Qué tienes?, ¿qué te pasa flaca?

—Os contaré algo que he recordado —le contestó Elida.

Ella le insistió que disfrutaran de la comida y del momento, porque cada cosa viene en su tiempo, y sin forzar los acontecimientos. Felipe entendió a la perfección el porqué de su insistencia, y respetando su decisión se dejó llevar aprovechando el momento para disfrutar con ella la ocasión.

Ella le preguntó sobre cómo le había ido en el trabajo, mientras comían el manjar de paella que ella había preparado con mucho detalle y esmero durante toda la tarde. Felipe empezó a contarle lo que había pasado en el trabajo, del porqué habían salido temprano ese día.

En ese momento se acordó de los peces que traía en el morral, y enseguida se dispuso a ponerlos en una cubeta con agua. Se sorprendieron al ver que los peces nadaron dentro de la cubeta en cuanto los había echado, sin explicarse cómo era posible que siguieran vivos. Felipe se despreocupó de cualquier duda sabiendo que todo era posible a esas alturas de su vida, y se propuso hacer un pequeño pozo para echar los peces para que se reprodujeran; por lo cual, Elida lo abrazó y lo besó por toda la cara, muy contenta de que tendrían un recurso autosustentable, por eso estuvo de acuerdo en contribuir en el proyecto que Felipe había planeado. Felipe le dijo que no podía hacer esfuerzos debido a su embarazo, que mejor se preocupara en alimentarlos para que crecieran, que él se encargaría de lo más pesado.

Elida era una mujer muy independiente quien nunca esperaba que hicieran las cosas por ella, o que le dijeran que no podía hacer algo ella sola, porque no se sentía digna de consideración. Decía que eso era una falta de respeto para la gente, por eso siempre trataba de ayudar a los demás sin importarle que estaba embarazada. Elida estaba bien cuidada por sus alcahuetas, a quienes quería como si fueran de su propia familia; pues, de alguna manera, era lo único más cercano que tenía que ser pareciera al afecto que se siente en el hogar. Ellas siempre la cuidaron a pesar de que insistía que ella podía hacerlo sola estando embarazada, porque eso no era un pretexto para trabajar en lo que se pudiera, además de que sería un buen ejemplo para los bebés que la mamá sea proactiva y productiva.

Elida le dijo a Felipe que entre las tres se habían ayudado mutuamente para preparar la cena en cada uno de los tres jacales, ya que siempre se apoyaban la una a la otra cuando necesitaban algo, por lo que no debiera preocuparse tanto por cómo podría arreglárselas sola con el embarazo, porque ella era lo suficiente hembra como para saber cómo arreglárselas.

Le pidió que confiara en ella, y le dijo que no lo abandonaría jamás en ninguna circunstancia, por lo que Felipe se quedó muy serio pensando en las razones que ella pudiera tener para decir tal cosa, y solo se le quedó viendo un poco preocupado. Se paró enfrente del maderal que cubría la entrada, viendo fijamente hacia el orificio donde entraba la luz del equinoccio de invierno, recordando la noche aquella en que ella había llegado a su vida, con un tono melancólico en su rostro por el temor de perderlos, por algún motivo que los divinos pudieran tener por los espíritus de cada uno. Sin saber qué hacer en contra de tal decisión, su corazón se rompía imaginando la pérdida de los que amaba. Porque no comprendía la razón de tenerlos y luego perderlos, por una razón que no era participe en los planes de los vivos.

Elida, al ver el tono de angustia en su rostro, lo tomó de las manos y lo llevó a que se sentara con ella en la cama, viéndole fijamente a los ojos. Felipe al reconocer la mirada de sinceridad que él amaba en ella, se dejó llevar por un sentimiento de confianza que sentía cuando la miraba, olvidando los temores por un instante.

Elida le contó que su madre había nacido en una finca que se encontraba cerca de Pueblito Blanco, en Andalucía, España. Su abuelo los había traído a las Américas por causa de problemas políticos. Por la osadía de un individuo que se auto proclamaba 'Caudillo de España por la mano de Dios'. Le dijo que su abuelo difería con sus ideales, y que por eso tuvieron que huir de su hogar, al igual que muchos más en ese tiempo pero que tuvieron que callar por temor.

Su abuelo, además de ser ingeniero civil, era uno de los Arquitectos más reconocidos por todo el mundo, por eso fue por lo que en América lo recibieron con gran entusiasmo, pues el estilo de su trabajo sobresalía por como mezclaba el diseño con el ambiente natural del lugar, aprovechando los recursos naturales para la construcción. Dándole un sentido muy local, lo cual hacía que la gente se identificara con aquellos lugares, donde la naturaleza crecía en un sentido harmónico con la sociedad.

Su abuelo había contribuido con el diseño de muchos de los más hermosos edificios en algunas ciudades de Europa. Había sido por causa de la opresión por lo que tuvieron que dejar su casa y amigos, teniendo que salir huyendo con solo lo que tenían puesto ese día. La abuela lo siguió junto con sus tres hijos, la madre de Elida y dos pequeños niños, quienes crecieron en un ambiente de honestidad y gran opulencia, debido al éxito del abuelo, porque nunca les faltaba nada; además, su abuela era una gran mujer y pintora muy reconocida, con los suficientes recursos como para no

130

depender de nadie. A pesar de que en éste nuevo continente habían tenido igual o más éxito que en el viejo, siempre procuraron enseñar a sus hijos la humildad del servicio a los demás, así como el respeto por la naturaleza, la honestidad y la sinceridad de palabra.

Felipe escuchaba muy sorprendido todo lo que Elida le relataba sobre su familia, y de cómo sus abuelos habían enseñado a sus hijos los ideales que sentía propios en su corazón, que casi se le salían las lágrimas al saber que tal cosa era posible.

Elida le dijo que sus abuelos prestaban servicio a la comunidad en los pueblos cercanos a la ciudad en donde vivían, y ayudando a las parroquias de los poblados con comida y cosas para los necesitados. Ellos mismos hacían servicio sin que la gente supiera que eran ellos los que proveían las cosas. Se mezclaban como voluntarios para servir de comer y repartir ropa para la gente. Era la abuela la que se encargaba de repartir a las mujeres y a los niños.

Su abuela era una mujer muy pintoresca y despreocupada de lo que la gente pudiera pensar o decir de ella. Al hablar lo hacía de una manera muy alegre, con un gran entusiasmo, casi al punto de gritar mientras hablaba. Se probaba la ropa junto con las señoras y muchachas de los pueblos que visitaban, y les daba consejos de salud e higiene personal. Usaba pelo corto algo despeinado, con una diadema de color morado, y un vestido floreado de muchos colores cada vez que iban a prestar servicio a la comunidad. Al igual los niños, vestían lo más simple que los hiciera sentir a gusto con lo que hacían, para no hacer sentir mal a los demás con ropa elegante o cosas así. Ellos repartían las cosas a los niños, de quienes llegaron a tomar un gran cariño por muchos de ellos, y de quienes llegaron a ser muy buenos amigos.

Como los niños eran muy pequeños cuando llegaron de España, todo ese gran ejemplo se convirtió en su costumbre preferida, el ayudar con gozo y alegría del corazón. Al grado de esperar el fin de semana para salir a los pueblos, y poder visitar a los amigos que tanto querían, sin ningún prejuicio, sin ninguna ambición. Al ver la dedicación apasionada de sus padres en el servicio de ayudar a los demás, junto con el gran gozo que descubrieron al hacerlo ellos mismos, comprendieron que el servicio a los demás era algo que los llenaba de gran satisfacción en el corazón; pues, ni el dinero, ni la opulencia les atraía más como el servicio y el dar a los necesitados, así como la amistad y el agradecimiento de la gente.

Elida le contó que su abuelo había regalado un carretón con una mula a un señor que apreciaba mucho, a quien siempre procuró en todo el tiempo que le fue posible en su vida, y a quien llegó a querer como a un hermano.

Nunca fueron tratados con recelo ni discriminación alguna, tampoco nadie nunca se sintió menos que ninguno de ellos. Al contrario, toda la gente los quería como si fueran parte de su comunidad, y ellos siempre resaltaban que formaban parte de la misma comunidad, la comunidad humana,

El gran gozo de convivir con ellos les hacía olvidar en ocasiones que eran ricos, casi queriendo quedarse para siempre. Pero pertenecían a un nivel que la sociedad delimita, y en el cual tenían su hogar. Claro que se quedarían si fuera posible, como su abuela lo decía en ocasiones, pero cierto era que ella no dejaría a su familia por nada, porque seguiría a su marido por siempre sin dudarlo a donde quiera que él fuera. Elida se quedó pensando en las últimas palabras que había mencionado, con la mirada perdida en algún momento del pasado que había recordado. Felipe se dio cuenta de su melancolía, la cual casi se le convertía en llanto, por lo que la abrazó y le dijo que siempre estaría con ellos sin importar lo que pudiera pasar.

Mirándola a los ojos, tomó su rostro con las manos y le dijo que la amaba, que ella era su luna y su estrella, y el rocío del amanecer. Ambos tocaron la panza de Elida con gran ternura y amor, por lo que el producto de su amor saltó de repente, estirándose lo más que pudo, entonces pudieron ver claramente a uno de los pies del bebé empujar la panza de Elida casi a la altura del corazón. «Te amo», le dijeron los dos al mismo tiempo, luego se besaron mientras reían por haber coincidido en lo que sus corazones habían sentido. Por esa manera en que se sincronizan los sentidos y emociones, al vivir la misma intención en el despertar del ser interior, coincidiendo en el amor.

Al día siguiente, Felipe se levantó muy temprano recogiendo cosas al rededor del jacal, tratando de dejar lo menos posible en la parte que le correspondía según sus hábitos en el quehacer de su hogar, para que ella no se esforzara demasiado durante la jornada de trabajo, la cual lo mantenía ocupado lejos de ella y de su bebé que estaba en camino.

Para el domingo por la mañana, Elida se levantó muy temprano preparando algunos morrales con algo de comida, y llenando dos cantinfloras de agua. Felipe despertó por el ruido que ella hacía en la cocina, lo cual le pareció raro porque los domingos se despertaban tarde, por eso se levantó algo desconcertado.

En cuanto lo vio, Elida le pidió que la llevara a la capilla del pueblo más cercano, el cual era el mismo pueblo en donde vivía Uicho, el capataz de la obra de construcción.

—¿Para qué, o qué?"

—Quiero visitar a un amigo —le contestó Elida.

Felipe se le quedó viendo de pies a cabeza, detuvo la mirada por un instante en la panza de Elida, luego la miró a los ojos. Al no encontrar alguna malicia en su mirada, reconoció la emoción de sinceridad en ella, y le dijo:

—Sí flaca, déjame ver qué puedo hacer.

Se puso lo más decente que encontró entre sus trapos para salir a buscar a Chendo, porque era el único que tenía una carreta de mulas en el basurero, y quería preguntarle si los podía llevar de favor.

—Puede que —le dijo Chendo—, pues son más de dos horas.

Mamá Chayo había escuchado lo que platicaban, por lo que salió en seguida diciéndole a Chendo que los llevara, porque Elida tenía una diligencia que hacer muy importante para su vida en aquel pueblo.

Mamá Chayo no tuvo que rogarle mucho, porque Chendo apreciaba a Felipe de una muy buena manera, por lo que no dudó en llevarlos.

Los domingos cuando no estaban ayudando a sus mujeres, o desde que eran niños y no iban a recolectar entre los montones de basura, Chendo y Felipe se la pasaban siempre juntos para donde quiera que fueran. A excepción de cuando Chendo empezó a trabajar, y Felipe aún no sabía si aventurarse fuera de su zona de seguridad; o tal vez, no se atrevía a salir por la inseguridad que los miedos le habían causado, después de haber perdido un pedazo de su alma, con la muerte de sus padres.

Chendo tomó las riendas de la mula, Felipe lo acompañó en frente junto con el hijo mayor de Chendo, a quien sentaron en medio de los dos, tal como era su costumbre al pasear en la carreta con su padre. Elida y Mamá Chayo, llevaban a los otros dos pequeños con ellas en la parte de atrás, junto con los morrales que cada una se había preparado de ante mano, porque entre ellas ya se habían puesto de acuerdo, teniendo todo listo para el viaje.

De esa manera juntaron sus destinos en uno solo, por razones que ningún hombre mortal pudiera sospechar, pues algunos aún no logran comprender el significado de la unión.

—Sostenidos en tus brazos, viajamos juntos en el infinito, en este instante astral —dijo Felipe en voz baja, mientras las estrellas empezaban a desaparecer de vista, debido a la salida del sol, el cual opacaba con su luz a sus hermanas más lejanas.

—Ese estuvo bueno, maje —le dijo Chendo muy simpático.

El niño solo se le quedó viendo con una gran sonrisa, y asintió con la cabeza en señal de aprobación de lo que Felipe había dicho.

La transición de la madrugada duró lo suficiente como para que disfrutaran la salida del sol, cargada de rayos de luz sobre las nubes que se encontraban a lo lejos, dándoles forma y color, conforme se expandía la lluvia de energía que ponía claridad a todo rostro de la creación.

Ya entrados en el camino, los dos pequeños se habían quedado dormidos, porque Mamá Chayo los había despertado muy temprano para que se alistaran. El más grande de los tres tuvo que ayudarlos a que se vistieran, por lo medio dormidos que estaban. Por eso no tuvieron sus horas normales de sueño, y la salida del sol los arrulló aún más, por lo que se acurrucaron con Elida cada uno a cada lado de su panza.

Contando un sin fin de historias iban los tres al frente de la carreta, y en una de esas historias que Chendo contaba, el pequeño le jalaba el brazo con el que llevaba la rienda, como insinuándole que le preguntara a Felipe sobre lo que le había contado un día. «Apá, apá, dile», el niño le decía a su padre en voz baja, señalando con la cabeza hacia Felipe, quien volteó a ver a Chendo como preguntándole a qué se refería el pequeño. Chendo, sin soltar la rienda en ningún momento, rebuscó en su memoria a qué parte de la historia de Felipe se refería su hijo, por lo que no tardó en intuir la parte que el niño siempre le insistía que le contara una y otra vez.

—Lo del pájaro prieto ese pues —dijo Chendo, volteando a ver a Felipe.

Felipe se quedó un poco sorprendido de que al pequeño le llamara la atención el cuento del pájaro prieto, por lo que no tuvo más remedio que contarle lo que le había pasado aquella tarde de otoño.

Teniendo Felipe tres años o menos, un ave extraña se había parado afuera de la ventana del jacal donde dormía, mientras sus padres estaban del otro lado del jacal, buscando algunas cosas para cubrir los huecos lo más posible con materiales que habían encontrado entre la basura, ya que en el invierno se ponía un poco frío en esa parte del país.

Por intuición femenina, su madre sintió una presión en el pecho, la cual le alertaba en señal de que algo malo pasaba con su hijo, por lo que salió corriendo de inmediato, rodeando el jacal para averiguar de lo que se trataba.

Un ave negra de aspecto desconocido se posaba en el eucalipto afuera de la ventana donde dormía Felipe. La asustó de tal manera, que gritó aterrada de la impresión por el aspecto que la criatura tenía. Reaccionando de inmediato se metió por la ventana para tomar a su hijo en brazos, para que no lo fuera a lastimar aquella criatura extraña. Su padre llegó en seguida con un pedazo de madera en la mano, el cual había recogido en la carrera al escuchar los gritos, justo en el momento en que aquella ave extraña se abalanzaba sobre Felipe, en el mismo instante en que su madre saltaba sobre la ventana para impedírselo. Con un golpe certero sobre una de sus alas, el padre de Felipe la detuvo antes de que llegara a tocar a alguno de los dos, lo cual hizo que la criatura se quejara de una manera muy extraña. Asustando aún más a la mamá de Felipe, quien gritaba aterrada. Su madre lo despertó al tomarlo rápidamente entre sus brazos, y Felipe alcanzó a ver los ojos de aquella criatura que lo miraba fijamente, justo antes de que se fuera del lugar agitando sus alas con gran fuerza, lo cual tumbó al papá de Felipe al suelo, además de haber desgarrado las cortinas con la fuerza de su aleteo. Caído en el suelo, el papá de Felipe alcanzó a escuchar cómo se quejaba aquella criatura mientras se perdía entre las nubes.

Parecía como si fuera una persona la que gritaba en un lenguaje extraño, lo cual le puso la piel de gallina, aun así, salió corriendo para entrar al jacal, y ver si les había hecho algo aquella criatura extraña.

La mamá seguía en un ataque de histeria por la impresión, mirando para todos lados y gritando que los dejara en paz, sin

136

poder controlarse. El padre entró igual de asustado que la mamá, pero sintió un gran alivio al ver que no les había pasado nada, y corrió a abrazarlos en seguida, besando a ambos en la frente.

Eso sin duda había dejado secuelas difíciles de olvidar en todos ellos, pero más en Felipe, porque tuvo que vivir muchos años antes de dejar de tener pesadillas sobre los ojos de aquella criatura.

El niño estaba tan asustado que se le salían los ojos, y se aferraba al brazo de su padre sin dejar de ver a Felipe contar aquella historia, la cual, de alguna manera sirvió para distraerse en el camino, pues estaban por llegar al pueblo en el momento en que terminaba de decir: «Creo que nunca dejé de recordarlo, aún en algunas noches la sueño».

El ladrido de los perros despertó a los niños, y estos empezaron a preguntar qué es lo que estaba pasando, por lo que Carmela los contentó un poco diciéndoles que ya habían llegado. Los niños se pusieron muy contentos al recordar que estaban en esa aventura de visitar por primera vez otro pueblo.

A tres cuadras de la capilla a donde se dirigían, Felipe alcanzó a ver a El Zorro estacionado como a tres casas de la esquina. Al darse cuenta Chendo, le dijo que esa era la casa del capataz. Como él ya había ido muchas veces a ese pueblo desde que su abuelo le había heredado la carreta, ya sabía dónde vivía Uicho.

Los perros siguieron a la carreta hasta llegar a la capilla, junto con algunos niños quienes se sumaron de curiosos. Se preguntaban el nombre uno al otro, que de dónde venían, entre otras cosas más. Los pequeños estaban muy contentos por poder conocer a otros niños.

Cuando los niños del pueblo les preguntaron que a dónde se dirigían, el más grande de los tres les respondió que iban a la capilla.

Había gente que se asomaba por la ventana al escuchar los ladridos de los perros y los gritos de los niños; además, de dos ancianos que estaban a cada lado de la calle, postrados en el suelo en el momento que pasaban por el lugar. Se sorprendieron al verlos postrados, ignorando la razón por la cual hacían tal reverencia.

—A cada uno le toca su locura en esta vida —dijo Elida, mientras Felipe la volteaba a ver.

Ella lo miraba también sonriéndole con gran carisma, y le aventó un beso con la mano, el cual Felipe atrapó y lo puso en su corazón, justo en el momento que paraban. Luego, finalmente desembarcaron en frente de la capilla.

Felipe ayudó a bajar a Mamá Chayo junto con los niños, y Mamá Chayo con Felipe bajaron a Elida con cuidado de la carreta, mientras Chendo sostenía las riendas para que la mula no caminara. El más grande de los tres niños, como siempre, estaba al lado de su padre aprendiendo la maniobra, porque Chendo le enseñaba como debía jalar la rienda para que la mula no caminara mientras se bajaban los demás.

Elida, en el momento que pisó el suelo se apresuró a entrar en la capilla, por lo que de inmediato la siguieron Felipe, Mamá Chayo y los dos niños pequeños. Elida entró y caminó hacia el altar lentamente, en donde estaba el sacerdote de la parroquia mirando fijamente a aquel hombre clavado en la cruz. «Solo el hombre y su Dios», susurraba el sacerdote, mientras Elida se acercaba lo suficiente como para escucharlo.

—Padre Joaquín —le dijo Elida.

El padre se dio la media vuelta de inmediato al reconocer aquella voz, y se le quedó viendo por un instante muy sorprendido.

—¡Hija mía! —exclamó el padre.

—Tío Joaquín —le dijo Elida llorando desconsoladamente.

En seguida la abrazó fuertemente, preguntándole un montón de cosas sobre lo que le había pasado, qué donde había estado todo ese tiempo que había desaparecido. El padre Joaquín le dijo que todos pensaron que había muerto, después de haberla buscado por más de un año y medio por parte de las autoridades, gracias a la insistencia de la abuela, porque hubo un momento en que las autoridades no quisieron buscar más. La abuela tuvo que contratar a un investigador privado para que continuara su búsqueda.

El padre Joaquín jamás se imaginó encontrarla tan lejos del lugar de donde había desaparecido. Estaba tan emocionado que soltó el llanto al darse cuenta de que estaba embarazada, llenándola de besos y elogios como si fuera una niña. De inmediato insistió que deberían avisar a la familia, argumentando que la abuela estaba muy preocupada por no haber encontrado ningún rastro de ella todo ese tiempo, y les dijo que se pondría muy contenta de saber que estaba bien. Además, deberían avisar a las autoridades competentes sobre su paradero. Elida lo interrumpió en ese momento pidiéndole que fueran a un lugar más privado para contarle lo que le había pasado, y los motivos que tenía para que no dijera nada sobre donde estaba.

El padre Joaquín les pidió que lo acompañaran a la sacristía para que descansaran un poco del viaje. Llamando al sacristán con la mano, les dijo: «Vengan, vengan, que imagino que queréis algo de comer». Pidió al sacristán y a una señora, quien le cocinaba todos los días en la capilla, que trajeran pan con algo de queso, y una botella de vino francés que guardaba para una ocasión especial; por lo cual, la señora se le quedó viendo algo desconcertada, porque no sabía aún quién era aquella joven. Por lo que le preguntó al padre si es que estaba seguro de eso, pues ella sabía que el padre guardaba aquella botella con gran fervor. «Esta es una ocasión especial, una bendición del cielo, un milagro», le contestó el padre Joaquín. «Anda ve. No pongas peros Petra», le insistió el padre.

La señora se fue en seguida junto con Mamá Chayo y los niños, para darles algo de comer en la cocina. Chendo se había quedado sentado en una de las bancas de la capilla; Felipe entró junto con Elida y el padre a la sacristía para que Elida le contara lo que le había pasado. Elida le contó al padre Joaquín sobre cómo su padrastro había intentado asesinarla, para poder quedarse con el seguro de vida de su mamá, y el seguro de vida de ella también, al obligarla a firmar unos papeles a la fuerza. Al no acceder con lo que le demandaba, la golpeó en la cabeza dejándola inconsciente.

Ella estaba segura de que había sido el culpable de la muerte de su madre, para poder quedarse con el dinero del seguro de vida. Aquel canalla había intentado hacer lo mismo con ella, pero para su miserable suerte no lo había logrado.

La mamá de Elida había muerto al caerse de la azotea de un jardín de niños en donde trabajaba, sin que nadie fuera testigo de cómo había sido la casualidad, pues solo el director del jardín de niños estaba en el lugar. El mismo con el que se había casado después de enviudar del padre de Elida, y quien había intentado matarla.

Los padres de Elida se habían conocido en la facultad de derecho en la universidad de la ciudad donde vivían, y al graduarse al mismo tiempo de su especialidad en poco tiempo decidieron casarse, pues el amor les había sacudido los sentimientos, así como lo hace con todos. Siendo Elida el fruto de su amor.

Su mamá había trabajado en el jardín de niños por más de diez años, en los cuales siempre procuró el servicio a los demás, lo cual sus padres le habían enseñado desde que era una niña.

Siempre llevaba algo de comer para los niños de la escuela, porque decía que una panza llena era una mente abierta. Además de zapatos y ropa a los niños, sacrificando muchas veces lo que tenía para dárselo a ellos.

En ocasiones organizaba reuniones en el salón de clases, para hablar con los padres sobre lo importante que es la educación en la casa, la higiene y la alimentación adecuada para los niños.

Al igual que su madre, enseñaba a las mujeres sobre la salud personal dándoles cosas y medicamentos, o lo que más necesitaban. Sobre todo, les daba consejos sobre lo importante que era el respeto mutuo en el hogar. Que, en caso de abuso, deberían confiar en sus amigas para que no permitieran que ninguna fuera dañada, por no querer denunciar a la persona que las pudiera hacer sufrir.

Siempre ponía mucho énfasis en que tan importante era la educación en casa para los hijos, porque ellos reflejarían esos valores en su interacción con los demás fuera del hogar.

Pasaba horas visitando muchos de los hogares de los niños, sobre todo los más necesitados, o que tuvieran alguna señal de abuso infantil.

En una ocasión pasó días asistiendo a la casa de una familia que había perdido el respeto por la figura de la madre. Gracias a las degradaciones y maltratos del esposo, los niños aprendieron lo que su padre hacía desde que eran pequeños. Al grado de familiarizarse con los maltratos que a diario recibía la madre, por parte de aquel pobre ignorante quien no sabía cómo lidiar con él mismo, porque era un dependiente de la esposa en todo lo que necesitaba. No podía valerse por sí solo, y ni siquiera podía servir el agua en la mesa mientras ella preparaba la comida. Siempre tenía que ser ella la que hiciera todo el trabajo de limpiar y servir la mesa, así como lavar la ropa y plancharla al gusto del marido, para que no lo fueran a ver mal vestido al ir a fanfarronear con los amigos, o que la gente no lo fuera a ver mal al caminar por la calle.

La mamá de Elida se había dado cuenta de que la señora nunca asistía a las reuniones que realizaba cada quincena. En cada reunión preguntaba a las otras madres sobre la señora, pero ninguna le daba razón de cómo era su vida o de por qué era que nunca asistía a las reuniones. Solo por las mañanas la alcanzaba a ver en la puerta del jardín de niños, y en muchas ocasiones dejaba a su hijo en la esquina. Le pareció muy extraño que no quisiera acercarse, y pensaba que debería de haber alguna razón por la timidez de la señora. Por eso siempre insistía a las demás madres de familia para que le dijeran algo, pero ellas siempre callaban. Un día la intentó detener, llamándola para que regresara a hablar con ella respecto al niño, como un pretexto para averiguar qué le pasaba. Que hasta le gritó que se detuviera por un minuto, pero la señora salió muy apresurada tapándose la cara sin detenerse o voltear a ver. Fue entonces cuando decidió preguntar a una de las jóvenes madres que estaba por ahí, y quien además vivía por el mismo rumbo por donde vivía la señora, para que le contara la verdad. Insistiéndole lo importante que era para la salud de la señora, que como mujeres se deberían apoyar mutuamente. La joven accedió contándole algunas cosas que eran obvias en ese vecindario, pues todos sabían de lo groseros que los niños eran con la mamá. Sin importar en el lugar que estuvieran, siempre le hablaban sin ninguna consideración o respeto, que hasta groserías le gritaban en la calle si no accedía a lo que los niños le exigían en el momento. La misma figura del padre era lo que los pequeños querían imitar, porque ese era el ejemplo que habían recibido desde que habían nacido, un mundo cruel e injusto, falto de amor y cariño.

Ese mismo día por la tarde se fue a buscar a aquella pobre mujer, junto con dos oficiales municipales, quienes accedieron en acompañarla, después de escuchar los argumentos que tenía para denunciar al abusador. Los oficiales ya sabían algo de eso, pero no podían hacer nada sin una demanda de parte de la víctima, pero como tenían un gran respeto por la maestra, se fueron con ella para averiguar la verdad de una vez por todas.

Al abrir la puerta, la señora se asustó al ver a la maestra con los dos oficiales, por lo que de inmediato intentó cerrarla, pero los oficiales se lo impidieron. En eso, la mamá de Elida entró y la abrazó diciéndole que ella la comprendía, y la ayudaría en todo lo que necesitara. La señora no tardó en sentir el cariño, el cual por muchos años no tuvo por parte de su familia, en el abrazo sincero de la maestra, por lo que soltó el llanto rogándole que se la llevara lejos para que no la lastimaran más. La llevó a vivir a su casa por un tiempo, en donde

142

aprendió el afecto que los hijos heredan de sus padres, con el ejemplo sobre el respeto mutuo, y el servicio a los demás, tal como le enseñaban a Elida. Fue gracias a ese ambiente, por el cual su espíritu se llenó de bondad desmedida, por su caridad y servicio hacia los demás.

Fue gracias al apoyo de Elida y su madre, por lo que aquella mujer recuperó el amor por sus hijos, decidiendo volver por ellos y salvarlos de la amargura en donde estaban, porque el marido se los había llevado a una choza que tenía lejos del pueblo para que no se los quitaran. Pero los oficiales lo encontraron y le quitaron los niños, no sin antes tener que amarrarlo de las manos porque había peleado con ellos a golpes y garrotazos.

Los padres de Elida lograron que otras personas se sumaran a la causa para aquella familia, consiguiéndoles un lugar para vivir; junto con algunos muebles, ropa y zapatos que algunos de los vecinos cooperaron con gran gusto. Uno de los vecinos le ofreció trabajo en su casa para que le ayudara en la cocina, por lo cual la señora respondió con gran gusto bañada en lágrimas, llena de agradecimiento y bendiciones para con todos, por lo generosos que eran con ellos. Ella sentía la fuerza que ejercía el poder del bien en sus corazones, al ofrecerle la oportunidad de poder empezar una vida nueva.

Elida acompañó a sus padres en cada fin de semana al servicio comunitario, en la parroquia del pueblo donde estaba el jardín de niños. En sus vacaciones se iba con su mamá para ayudarla con las actividades de verano, hasta que se graduó de la preparatoria para asistir a la misma universidad a la cual habían asistido sus padres. El padre de Elida había muerto cuando ella tenía dieciséis años, en la capital del país, a manos de la policía militar, en una protesta estudiantil que propagandeaba el socialismo, la libertad, la ecuanimidad de bienes y servicios para todos por igual.

A los gobiernos no les gusta el ideal socialista con que las nuevas generaciones se valen para reclamar justicia social y respeto, a ellos les gusta el capitalismo, la bestia del poder. Siendo la sangre que nutre sus ramas, el valor monetario sobre las aspiraciones que decidimos tomar en la vida, acorde al modelo que se nos ha sido implantado a participar deliberadamente.

Muchas de las cosas que Elida contaba sobre su pasado, Felipe intuía que se las contaba a él. Pues, el padre siendo su tío, se suponía que sabía algo de la historia.

El padre Joaquín le tomaba las manos mientras ella miraba a Felipe llorar por lo que les contaba.

—¿Cómo es que aquel villano llegó a vuestras vidas?, ¿qué hizo con Josefa? —le preguntó el padre Joaquín.

Elida le dijo que dos años después de que su padre murió, y su madre había decidido casarse con el director del jardín de niños, ella había decidido irse de la casa debido a malos roses que había tenido con el nuevo marido de su madre. Porque en algunas ocasiones había llegado a acosarla sexualmente cuando estaban solos en la casa, por eso decidió irse. Pero antes de partir lo delató con su mamá, y ella le creyó por saber que en su corazón no había mentira, a pesar de que en un momento dudó por pensar que se trataba de alguna frustración por la muerte de su padre. Pues podría ser que, de alguna manera, Elida no quería que alguien más lo suplantara.

El corazón de madre reconoce la verdad en sus hijos, escucharle con atención, con paciencia para que sus corazones se abran con sinceridad, confianza y respeto. Confiando ciegamente en su hija, enfrentó al marido en ese mismo instante. El abusador salió huyendo al ver la decisión determinante que Josefa había tomado, al advertirle que lo denunciaría por la bajeza que había cometido, por lo miserable que era. Que no lo odiaba, pero esperaba que recibiera el castigo que se merecía.

Josefa no había denunciado los acosos de su marido a las autoridades, creyendo que este desaparecería de sus vidas después de eso, a pesar de que Elida le insistió que lo hiciera.

Mejor se tuvo que ir de la casa, porque pensaba que tal vez su madre quería volver con él, o algo así.

Después de unos meces de que empezara su carrera como ingeniero agrónomo en la universidad autónoma del país, Elida recibió la noticia de que su madre había muerto. Sintió que el mundo se le terminaba en ese instante, en el cual su vida perdía todo sentido y valor por las cosas, debido al dolor que su corazón sufría por haber perdido un pedazo de su alma. Más fue su dolor, al enterarse que la habían enterrado una semana antes. De inmediato regresó a la ciudad para averiguar lo que había pasado con su madre, porque no comprendía cómo es que había pasado tal desgracia, cómo era que había caído de la azotea del jardín de niños. En cuanto llegó quiso ir a ver dónde habían enterrado a su madre. En eso llegó el padrastro muy sereno sin mostrar ningún sentimiento. A Elida le pareció muy extraño su comportamiento, por lo que le preguntó enseguida el motivo por el cual se atrevía a presentarse en ese momento, pues ella presentía que aquel canalla tenía que ver en todo eso. El padrastro le dijo que le llevaba algunos papeles para que los firmara, pero ella lo ignoró yéndose a buscar la tumba de su madre. Unos vecinos la vieron salir de la casa llorando, ofreciéndole en seguida sus condolencias y pidiéndole que viniera con ellos, porque todos los vecinos se habían puesto de acuerdo en arreglar la tumba de su madre, ya que el padrastro la había enterrado muy rápidamente y sin aviso. Amigos y vecinos se unieron con Elida en oraciones por Josefa, la maestra que dedicó su vida a los niños y a la comunidad, sirviendo y procurando la justicia para los más necesitados.

Al volver a su casa, Elida encontró al padrastro dentro. En cuanto la vio se levantó de donde estaba sentado exigiéndole que firmara unos papeles sobre los gastos del funeral, según él. Pero Elida se rehusó en firmar, causando la furia del padrastro, quien la amenazó para que firmara. La tomó del cabello y la empujó sobre la mesa, le dio una pluma para que firmara, y gritándole que lo hiciera o la mataría también. El corazón se le salía del dolor a Elida, al escuchar que aquel infeliz había matado a su madre, por lo que tomó fuerzas de algún lugar y se soltó de entre las garras de aquella bestia, e intentó huir para avisar a las autoridades. Pero al intentar salir sintió un golpe en la nuca que la dejó inconsciente, y no despertó hasta tiempo después cerca del basurero. Aquel miserable había intentado deshacerse de ella en el basurero, después de darla por muerta.

El padre Joaquín les dijo que después de dos meces de que Elida desapareciera, y sin dejar rastro de lo que le había pasado, los vecinos buscaron ayuda con el padre de la iglesia local, para localizar a los familiares de Josefa. Fue el mismo padre de la parroquia local, quien le informó a el padre Joaquín sobre la muerte de su hermana y desaparición de su sobrina.

El corazón se le partía de dolor al padre Joaquín, al grado de renegar en contra de los designios de lo alto, para con todos los inocentes mortales que debemos soportar el dolor, el sufrimiento y la pena de perder a los que amamos.

El dar la noticia a su madre sobre la muerte de su hija y la desaparición de su nieta, le correspondía de alguna manera, no por ser sacerdote, sino por ser su hijo.

La abuela casi muere de un infarto al enterarse de la noticia, que hasta el padre Joaquín tuvo que ayudarle un poco para que despertara, junto con el mayordomo y la cocinera, quienes trajeron de inmediato un par de aspirinas con un poco de agua. Un mar de llanto formó el dolor de la desgracia, por lo que todos los que siempre la acompañaban se le unieron en un gran abrazo a su alrededor; para que así, como una familia sufrir juntos aquella pérdida tan dolorosa de los que amaban. La abuela pidió al padre Joaquín que la llevara de inmediato al lugar donde había ocurrido tal desgracia, para averiguar qué era lo que había pasado en verdad. Ella quería saber más de lo que el padre Joaquín le había contado, porque era obvio que existían muchas irregularidades, y coincidencias que la hacían sospechar lo que el padre Joaquín ya había intuido, desde el momento en que el sacerdote de la capilla del pueblo donde estaba el jardín de niños le había contado sobre los detalles. Junto con lo que los vecinos le habían contado sobre el padrastro de Elida.

Fueron a la casa que el papá de Elida había construido con sus propias manos, en la cual convivieron muchos cumpleaños juntos, y alguna que otra navidad cuando la abuela los visitaba. Porque en algunos años se dedicaban a repartir comida por las casas de familias con bajos recursos, que no tuvieran para celebrar en ese momento tan especial. En esas navidades en las cuales la abuela los visitaba, se iba con ellos para llevar cosas para dárselas a la gente que tanto apreciaba.

Los vecinos al reconocerla se le acercaron de inmediato para darle el pésame, y contarle lo que habían visto sobre el padrastro de Elida. Ese día por la tarde lo habían visto salir muy apresurado, el mismo día en que Elida estaba por ahí, pero que no habían visto salir a Elida, solo la habían visto entrar a la casa.

Al día siguiente se les hizo sospechoso no ver salir a Elida todo el día. Ya por la tarde se decidieron a ir a tocar la puerta, para llevarle algo de comer, y estar con ella un rato para que no se sintiera sola. Se acercaron intentando tocar, pero encontraron la puerta semi abierta, por lo que la llamaron repetidas veces, sin ninguna respuesta. Fue entonces que decidieron entrar para ver si algo le había pasado a Elida. No encontraron señal de ella por ningún lado, y no parecía que se había llevado sus cosas, porque estaban encima de la cama a medio empacar, por lo cual decidieron de inmediato avisar a las autoridades sobre lo que sospechaban.

La abuela se reunió con el juez de distrito que había llevado el caso, para ver si encontraba algo que la guiara al paradero de su nieta, y lo que le había pasado a su hija. El juez le dijo que el padrastro había desaparecido después de cobrar el seguro de vida de Josefa.

En el interrogatorio el juez le había preguntado a aquel canalla por Elida, pero este individuo le dijo que ella ya se había ido de regreso a la universidad, y que le había cedido todos los derechos del seguro a él. Había presentado toda la documentación para cobrar el seguro.

También le dijo que el agente del seguro estuvo presente, junto con su abogado para la firma del cheque.

El juez le había pedido que no se fuera de la ciudad, mientras continuaran las investigaciones de la muerte de su esposa; por lo cual, él le dijo que no tenía más motivos para quedarse en ese lugar, pero que se quedaría para demostrar que no tenía nada que temer. Ese mismo día se fugó por la tarde. Tratando de que nadie lo viera salir, dejó su carro a varias cuadras de la casa para salir por la puerta de atrás, sin llevar nada con él, más que su cobardía.

La abuela, después de haber escuchado lo que el juez le informó sobre los hechos, se sintió insatisfecha del servicio que el poder judicial ejerce al momento de hacer cumplir la ley y la justicia. Por eso fue por lo que se decidió a llevar la búsqueda de su nieta por su propia cuenta, y contrató a un investigador privado para que buscara el paradero de Elida, y al mismo tiempo buscara al infeliz ese que había huido cobardemente.

Al llegar al pueblo donde estaba el jardín de niños, la abuela y el padre Joaquín se dirigieron directamente a la capilla de la parroquia, para hablar con el sacerdote, quien les informó los mismos hechos que la gente decía. Solo se quedaron por unos minutos, solo porque la parroquia estaba en camino al cementerio, pues casi de inmediato se dirigieron hacia la tumba de Josefa.

Le llevaban su bolso preferido, el cual estaba hecho de pita de maguey, y el cual usaba cuando era niña para llevar cosas a sus amigos, cuando iba de servicio comunitario con sus padres, y el mismo que usaba para llevar comida para sus alumnos.

Mucha gente se le acercó a la abuela para darle el pésame, con cierto sentimiento encontrado por el gusto de verle, y la pena de la muerte de su hija. De cualquier manera, la gente había formado un gran respeto por la maestra Josefa, pues todo

148

el pueblo cooperó para construir una placa conmemorativa para ponerla en su tumba. La placa estaba lista, solo que ellos estaban esperando a que un familiar llegara para pedir su permiso.

La abuela se dio cuenta de cuanto la gente la quería y respetaba al ver como habían adornado la placa conmemorativa. Pero el dolor en su pecho la hizo perder las fuerzas de voluntad, el cual la hizo caer de rodillas frente a la tumba de su hija. Sí, es cierto que ella sentía que moría, y así lo deseaba, pero también sentía un gran orgullo en su espíritu, el cual le hacía sentir un gran respeto por el noble trabajo que Josefa había hecho en todos los días de su vida.

La abuela se levantó con la ayuda de algunas viejas amigas del pueblo, quienes la querían mucho desde que eran unas adolescentes; agradeciéndoles y abrazando a muchos al reconocerlos. Sintiendo un gran orgullo al ver a tanto joven hechos casi hombres, a quienes había ayudado durante muchos años, al ver que se habían convertido en jóvenes de bien.

La abuela se sintió complacida por el trabajo que su hija había continuado después de ella. Después de todo, sirvió el gran ejemplo que siempre le dio, con el servicio y la buena voluntad con que compartía.

De pronto la alegría vino a muchos, motivados por el padre Joaquín y el padre Gerardo, con el argumento de que a Josefa no le hubiera gustado que sufrieran pena. A pesar de sentir el dolor de su pérdida, ellos decían que a ella le gustaría verlos felices, así como ella siempre quiso. Todos empezaron a cantarle alabanzas y cánticos, los mismos que ella les había enseñado en el coro de la iglesia.

Y así, despidiendo a quien les había enseñado tanto en sus vidas, saborearon un poco de júbilo alrededor de la tumba de la maestra Josefa, solo porque la abuela los acompañó con un par de cánticos, para honrar el gran trabajo que su hija había hecho con la gente de ese pueblo, quienes la quisieron tanto como para despedirle cantando las alabanzas que les había enseñado. En ese momento, Elida abrazó al padre Joaquín con un gran sentimiento, al escuchar como el pueblo había despedido a su madre, con tanto cariño y respeto, por la labor que había dedicado en ellos todos los días de su vida.

A Felipe se le salían las lágrimas de orgullo al escuchar como el padre Joaquín les relataba lo que había sucedido aquella tarde alrededor de la tumba de la mamá de Elida, la maestra Josefa. Por el respeto que la gente le había tomado por su servicio desinteresado, y la manera en que la habían honrado con la placa conmemorativa por su trabajo. Gracias a la gran dedicación tan honorable que sus padres le habían inculcado desde que era una niña, lo cual procuró hacer hasta su muerte.

«Habrá que avisarle a tu abuela, ella debe saber que sigues con vida», le dijo el padre Joaquín muy entusiasmado a Elida.

Elida le insistió que no debería decir alguna palabra al respecto, porque temía que el asesino de su madre fuera a intentar hacerle daño a su abuela también. El padre Joaquín le insistió, diciéndole que lo haría de la manera más discretamente posible, que confiara en él.

Les comentó que estaba por salir a la arquidiócesis del estado para reportarse con el obispo, que después de entrevistarse con él, aprovecharía la ocasión para ir a ver a su madre, e informarle sobre el milagro que había sucedido.

El padre Joaquín les prometió regresar en un par de semanas para llevarlos con la abuela, lo cual a Felipe le pareció algo incomodo el pensar que iría con ellos.

Se sintió algo alienado a la vida que Elida tenía, pero la amaba tanto que estaba dispuesto a protegerla en cualquier lugar y con su propia vida, por eso no dudó en la posibilidad de abandonar el basurero si fuera necesario. Recordó que el padrastro quería matarla, y se quedó viendo la panza de Elida y sus siete meses de embarazo, sintiendo la necesidad de llevarlos de regreso.

En ese momento, Felipe se levantó de la silla, un poco ansioso sin saber qué decir. El padre Joaquín se dio cuenta de su incomodidad, al verlo preocupado sacándose la mugre de entre las uñas de las manos por la ansiedad que le causaba la incertidumbre sobre lo que les pudiera pasar en un futuro a sus seres queridos. De alguna manera, el padre lo comprendía, pues él mismo sentía la preocupación que Felipe tenía de no saber cómo proteger a su familia. El padre Joaquín le sugirió que no temiera cosa alguna, porque Dios protegería a los suyos en cualquier instante y en todo lugar. Les sugirió quedarse en la parroquia el tiempo en que regresaba de su cometido. Felipe se le quedó viendo a los ojos, al momento que le decía que él se ocuparía de su seguridad, pues ellos estarían más seguros en el basurero, porque nadie nunca podría encontrarlos ahí. El padre se mostró complacido.

Elida, al escuchar lo que Felipe había dicho, se paró de la silla y caminó hacia él, lo tomó del brazo y se recargó en su hombro. El padre Joaquín los miraba con una gran sonrisa, y en seguida se puso de pie para darles un abrazo, y diciéndoles que Dios los había unido con un propósito, por lo que no dejaran que nada los separara jamás.

Doña Petra interrumpió en el momento diciéndoles que era hora de comer, para que pasaran a la cocina. El padre Joaquín se ausentó por un rato mientras comían, para preparar las cosas que debería llevar para el viaje a la arquidiócesis, pero regresó a tiempo cuando terminaban de comer, para llevarse a Elida a caminar un poco por el jardín de la parroquia, pues el padre Joaquín no le había contado algunas cosas que su abuela había hecho con el jardín de niños del pueblo.

Felipe se quedó en la cocina con Chendo, Mamá Chayo y los niños al cuidado del sacristán, quien les sugería a cada rato si gustaban ir a rezar por un momento. Después de un buen rato, Mamá Chayo le atendió en una de sus tantas insistencias para que no sintiera que lo despreciaban, llevándose a Chendo y los niños con ellos.

Mientras estaba sentado aún en la mesa, mirando hacia la ventana que daba hacia el jardín, donde crecían un sin fin de flores de todo tipo y color, sintió una sensación extraña que lo hacía querer volver a la sacristía. Felipe empezó a revisar sus cosas para ver si se le había olvidado algo, pero todo en su morral parecía estar en su sitio.

No comprendía la naturaleza de dicha sensación, la cual le insistía en su pensamiento, ni por qué sentía la necesidad de volver a la sacristía, pero mientras veía por la ventana a Elida y a el padre Joaquín caminando por el jardín, se le vino una visión repentinamente sobre un hombre con un libro en sus manos, el cual se asemejaba al que había visto en una de sus visiones.

Felipe aprovechó el momento en que todos estaban ocupados haciendo algo, y se fue en seguida hacia la sacristía para saciar un poco la curiosidad de lo que pudiera estar llamándole la atención. Felipe entró sin mostrar no querer ser visto, pero de una forma muy respetuosa hasta el escritorio del padre Joaquín. Se quedó parado mirando el escritorio por unos segundos, sintiendo un gran nudo en la garganta y una presión en el pecho que lo hizo doblegarse un poco. Tuvo que recargarse con una mano en el escritorio para no caer al suelo. Y en ese momento, sintió un escalofrío encima de su cabeza, el cual le recorrió por la nuca hasta la altura de los hombros, al poder ver claramente el libro dentro del escritorio del padre Joaquín.

Doña Petra entró precisamente en el momento en que Felipe estaba por caerse al suelo, por lo que tuvo que correr para que Felipe no se golpeara en la cabeza con la silla, en la cual estaba sentado cuando platicaban con el padre Joaquín, sobre lo que había pasado después de que Elida había desaparecido.

Como pudo lo sentó en la silla hasta que Felipe pudo recobrar la lucidez, y le dio un poco del vino que el padre Joaquín tenía sobre el escritorio, para que pasara el nudo en la garganta.

Felipe tomó la copa con las manos temblorosas, y aún con las ganas de llorar, y bebió un par de tragos de ese vino que le hizo recobrar completamente la lucidez en esta realidad. «Algunos dicen que, de alguna manera, tu destino te llama», le dijo doña Petra, mientras le servía un poco más de vino en la copa.

Se lo llevó de vuelta a la cocina sin darle ninguna explicación, pero sin preguntarle nada de lo que le había pasado. Le dio un poco de pan con queso para que se lo pasara con el vino. Felipe lo tomó y saboreó cordialmente, y en ese momento olvidó todo indicio de conciencia sobre esta realidad, por dejarse llevar por el sabor del pan con queso, el cual se tornaba en Maná al pasarlo con el vino. De alguna manera, después de recuperar su conciencia comprendió que debería callar lo que le había pasado en la sacristía, porque no estaba seguro aún de lo que el destino intentaba mostrarle con sus indicios repentinos. «Diligentemente Felipe, diligentemente», le dijo doña Petra, mientras preparaba más pan con queso, para que se lo llevaran en su camino de regreso al basurero.

Más tarde varias personas del pueblo se reunieron para despedir al padre Joaquín en su camino a la arquidiócesis del estado. Chendo y Felipe, junto con el sacristán ayudaron a subir las cosas del padre al camión, el cual lo llevaría a la ciudad más cercana, en la cual el padre tomaría un avión para viajar a la capital del estado. Doña Petra le había dado un pequeño morral con algo de comer para el camino, lo mismo que le había dado a Felipe, el cual el padre Joaquín llevó con él al subirse al camión, para poder saborearlo luego que le atacara el hambre.

Al alejarse el camión que llevaría a el padre Joaquín hasta la ciudad, decidieron volver lo más pronto posible a sus jacales en el basurero. Mientras el sacristán y Chendo alistaban los detalles del regreso, Felipe estaba al lado de Elida despidiendo al padre Joaquín en su cometida. Junto con ellos estaba doña Petra tomando a Elida de la mano.

El sacristán le ayudaba a Chendo con la mula para ponerla en el carretón, junto con el mayor de los niños que siempre estaba al pendiente para aprender, ya que habían quitado a la pobre bestia del carretón para que descansara, cuando recién habían llegado a la capilla.

Doña petra, despidiéndose de Elida le dio una bendición en su pecho y en su panza, rezando en un lenguaje que ella nunca había escuchado. Elida pensó que se trataba del lenguaje natal de la señora, por eso no preguntó sobre lo que decía, creyendo en su corazón que era algo bueno para ellos, por lo cual no tenía por qué temer.

Abordaron la carreta muy contentos y se dirigieron de regreso a su hogar.

Al pasar por la esquina, se dieron cuenta de que los dos ancianos que los habían recibido con una reverencia cuando llegaron, estaban haciendo la misma reverencia cuando pasaron de regreso, por lo que todos le devolvieron la misma reverencia con la cabeza en señal de respeto.

En ese momento Felipe pensó en los indicios que el destino muestra en nuestro camino, para que nos demos cuenta de la importancia que tiene la lección que nos ayudará a crecer más como espíritus, rebelando un poco a la vez el misterio que envuelve el velo de la razón.

Felipe recordó las palabras de *La Anciana del pelo Blanco*, sobre el destino que él mismo había acordado, para llevar a cabo la misión que el más puro le había encomendado, para ayudar a sus hermanos en la vida carnal, a prepararse lo mejor posible mientras estaban en el cuerpo, para que así, pudieran trascender en el camino de purificación, hasta estar más cerca de Él.

Felipe aceptaba lo que entendía hasta entonces, de lo que Dios le había encomendado, pero seguía preocupado por no saber cómo hacer para que todos pudieran escuchar lo que tenía que decirles, porque él era un mendigo que vivía en un basurero, mal vestido y despreocupado de como lucia su cabello, el cual se dejaba crecer en cada invierno. En ocasiones se lo dejaba crecer hasta en verano, diciendo que era porque el cabello era una especie de antena, la cual le hacía captar vibraciones de energías, las cuales la gente ignora muy a menudo en su vida cotidiana.

El camino de regreso

Al principio nadie se atrevía a decir algo, porque cada uno seguía el mar de su pensar privadamente, por lo que solo se oían los baleros desgastados de la carreta y las pisadas de la mula al caminar.

Los niños rompieron el hielo al empezar a discutir temas que a la mayoría de la gente les incomoda, o que al menos tratan de evadir con el ego y la vanidad, al haber perdido la fe en lo que va más allá de esta realidad. Pensamientos van, pensamientos venían, así vendrán muchos más que nos mantendrán ocupados por un tiempo, hasta que nos libremos de las ataduras que nos unen al cuerpo, para que sigamos en el camino que hemos elegido desde antes de haber nacido en esta carne. Los pequeños discutían sobre la muerte y lo que posiblemente había después. Los mayores solo escuchaban la inocencia con que los pequeños trataban el tema, sin tomar en cuenta las vicisitudes que la vida les presentaría al crecer; por eso, solo los escuchaban sin interrumpir aquellas charlas tan ocurrentes que los niños solían tomar muy a menudo.

Felipe sentía dentro de su corazón, la diferencia entre lo bueno y lo malo que existe en el mundo.

En todo momento se dedicó a hacer el bien a todo ser que requirió su sincera y noble ayuda.

Él sabía que no podría ayudar a todo el mundo, por eso, cuando se enteraba de alguna desgracia que les ocurría a otras personas, lejos de donde el pudiera haberlos ayudado, Felipe deseaba de todo corazón que alguien los socorriera con un poco de paz y esperanza. Siempre deseaba de todo corazón que todos estuvieran bien por la zona donde la catástrofe había ocurrido, pero se sentía culpable de no poder ir a ayudarles, por no contar con los medios necesarios. Tal vez, todos debamos hacer una introspección dentro de sí, para discernir el motivo por el cual no tomamos partido para ayudar a quienes lo necesiten, por la razón que cada uno acepte en el reencuentro con su verdad.

Eran esas ocasiones en las que fallaba, las que lo hacían sentir que no estaba preparado aún para contrarrestar el orgullo, la vanidad y la tentación, las cuales se vierten dentro de sus debilidades como hombre terrenal, en todas y cada una de las ramas que utiliza éste hermoso puente psico-biológico, el cual la vida a formado para que el espíritu pueda influir en la materia.

Perdido en estos pensamientos, Felipe no ignoraba la discusión de los pequeños, quienes hablaban de cómo era que el cuerpo tomaba vida cuando nacía; por lo cual, el más pequeño dijo: «Desde antes, creo yo». Los niños voltearon a ver a su papá para ver si tenía algo que decir. Chendo muy sereno les señaló a Felipe sin decir una palabra, solo lo volteó a ver, y los niños voltearon a ver a Felipe también, quien les asintió con la cabeza que el pequeño tenía algo de razón, en las palabras inocentes con las cuales se había referido a la llegada del espíritu al cuerpo antes de nacer.

—Pero es un misterio que cada uno debe descubrir por sí mismo —les dijo—, no olviden aprender todo lo que puedan.

Los niños se sintieron complacidos con las palabras de Felipe, pues se podía ver el orgullo con que el más pequeño sonreía, al saber que lo que había dicho tenía algo de razón. Sin imaginar lo que la vida le tenía preparado, en el camino que debería descubrir por sí solo, sin que alguien más le apruebe o desapruebe su opinión sobre la verdad; pues, solo su verdad podrá descubrir, después sabrá que es una sola verdad para todos los espíritus sin excepción.

Elida y Mamá Chayo planeaban en la parte de atrás de la carreta lo que iban a hacer durante la semana, ignorando las charlas de los demás. Los niños estaban detrás de Chendo,

Felipe y el niño más grande, quien iba sentado en medio de los dos al frente de la carreta, para poder escuchar las historias que platicaban, y así no aburrirse en el camino de regreso al basurero.

Al estar cerca de llegar, pudieron apreciar el ámbar del atardecer sobre las nubes, al voltear todos en el momento en que el más pequeño les advirtió sobre aquella hermosa puesta de sol, la cual, iluminaba con esa luz mágica sus rostros. Se jactaban de poder apreciar tan hermoso atardecer. Además, sintieron la llegada de la frescura de la tarde, que al igual que la luz, acariciaba sus rostros complacidos, por el regalo que el creador había preparado ante ellos sin discriminación alguna.

La noche tardó en quitar los colores de las cosas, el mismo tiempo que les tomó en llegar al basurero, desatar la mula del carretón y bajar los morrales medio llenos de la comida que doña Petra les había dado para el camino.

Mamá Chayo y los niños entraron con Elida a su jacal por un rato, mientras terminaban de meter la mula al corral de Chendo.

Felipe buscaba respuestas entre las nubes, las cuales se decoloraban cuando la reina de los sueños las cubría con su manto eterio, esperando una señal que le indicara lo mejor que debía hacer para proteger a su familia. No solo del mundo y sus prejuicios, sino de la maldad con que se han contaminado los hombres, al grado de asesinar por celo o avaricia.

Felipe estaba ante el final del día con temores nuevos y angustias para soñar, preguntándose cómo era posible que los buenos siempre sufrieran y los tiranos se salían con la suya en la mayoría de los casos.

Parado sobre un montón de basura, mirando los últimos vestigios de la luz de ese día, comprendió la responsabilidad que significaba el proteger a su familia, lo cual era lo más útil que había descubierto hasta entonces para hacer en la vida. El mensaje que se descifraba en el embarazo de Elida, le hacía sentir la fuerza y la decisión de que no se detendría jamás ante nada ni nadie, para lograr asegurar un mundo mejor para ellos, aun sabiendo que sus sueños eran imposibles de realizar en este mundo. Sentía en su corazón que su destino lo llevaría hasta donde ningún hombre nunca imaginó, pues lo había visto antes en un sueño, pero que no recordaba muy bien porque era aún muy pequeño cuando había tenido aquella revelación, la cual había sido diluida deliberadamente en el polvo luminoso de sus sueños, por algún motivo que estaba dispuesto a descubrir. «¿Para qué tanto dolor?, ¿que acaso a nadie le importa?», pensaba Felipe, antes de bajar del montón de basura para dirigirse a su jacal. Sin ni siquiera despedirse de Chendo, quien alcanzó a ver a Felipe que casi se perdía en la oscuridad. Solo porque la luz de la lámpara de su jacal se salía por entre uno de los agujeros iluminándole el sendero. Chendo le gritó que le avisara a su mujer, para que les preparara la cena a los niños. Por lo cual Felipe se burló de él, diciéndole que era solo pretexto, porque él quería cenar. Chendo le contestó pidiéndole que lo hiciera, porque además ya era hora de que los niños se fueran a la cama.

Capítulo 7

El diseño soñado y el pectoral

En la mañana siguiente se le notaban las ojeras por no haber podido dormir durante toda la noche, debido a las visiones que había tenido en los lapsos de tiempo en que se quedaba dormido, pensando una y otra vez sobre cómo hacer para garantizar el bienestar de su familia.

Elida le preparó algo de comer como de costumbre, y se lo puso en el morral junto con algo de agua en su cantinflora. Le notó una preocupación en su mirada, y de inmediato se le acercó para abrazarle. Felipe la abrazó un poco más que de costumbre, muy fuerte contra su pecho.

—Te amo, flaca —le dijo Felipe.

Ella le contestó que no se preocupara, porque ella estaría bien. Le pidió que no descuidara el trabajo porque necesitarían recursos para llevar a cabo los planes que habían formado juntos.

Felipe se armó de valor pensando que pronto serían una familia de tres, por lo que ahora debería esforzarse el triple para procurar mejores oportunidades para el nuevo ser inocente que venía al mundo, y así no sufriera la misma suerte que él había tenido en su vida.

Se reunió con los demás a la orilla del basurero, quienes lo notaron algo distante, pero ninguno dijo alguna palabra que lo distrajera de sus preocupaciones, pues cada uno se ocupaba de sus propios asuntos.

La mañana iluminó un poco la razón en ese mar sublime del pensamiento, mientras esperaban a Uicho para que los recogiera con El Zorro, para llevarlos a trabajar a la obra de construcción. Felipe estaba muy callado y pensativo, en el momento en que el joven Raziel le decía:

—Debes preparar tu corazón para abandonarlo todo.

—Huy, mi estimado, no le pique a este maje con eso —le suplicó Chendo a Raziel.

El otro joven de nombre Gabriel, soltó la carcajada junto con Chendo al mismo tiempo. Luego se lo llevó cerca del árbol de eucalipto, dejando solos a Raziel y Felipe para que pudieran hablar. Chendo se fue con él sin si quiera darse cuenta de la verdadera intención, solo seguía riendo muy contento y hablando con Gabriel debajo de aquel viejo eucalipto, del cual se preguntaba cómo es que lucían sus flores, mientras Felipe escuchaba el consejo de aquel joven misterioso.

La mente navega entre este mar del pensamiento, en un flujo que no nos deja escuchar la voz interior, la cual nos advierte sobre los detalles que comúnmente no apreciamos, perdiéndose así la oportunidad que dichos detalles pudieran revelar en el camino a cada uno.

Todo este misterio que se desenvolvía en su pensamiento, durante el camino a la obra de construcción, sobre los consejos del joven Gabriel, lo irreal de *La Anciana del pelo Blanco*, y la obligación de proteger a su familia del padrastro malvado de Elida, además de la injusticia que había en el mundo, eran los indicios que el destino le mostraba entre ese inmenso mar del pensamiento, el cual lo mantenía ocupado deliberadamente. «La serenidad es un buen ejemplo de fortaleza al momento de contra arrestar la marea en el pensar», le dijo Raziel, mientras Felipe trataba de ver la casona de la anciana, al momento de entrar entre las calles del pueblo. Luego se volvió a recargar en las redilas del Zorro, tratando de encontrar un poco de paz en la tempestad de sus inquietudes.

En el trabajo se limitó solamente a un sí o un no a las preguntas que Chendo le hacía, mientras trabajaban en la fachada del edificio central. Chendo tuvo que preguntarle qué era lo que le pasaba, pero al conocerle bien, pensó que era uno de esos achaques que tenía en ocasiones, por eso ya no le preguntó nada más.

Al llegar la hora de la comida, Felipe salió casi corriendo para ir a ver si encontraba alguna respuesta o consejo con *La Anciana del pelo Blanco*, porque estaba seguro de que ella sabría lo que pasaba, y podría darle la ayuda que necesitaba para enfrentar la impotencia que sentía cuando el mundo lo defraudaba.

Felipe llegó más rápido que de costumbre por haber casi corrido hasta la casona, por lo que tuvo que detenerse por unos segundos en la entrada para tomar un poco de aire. Escuchó la voz sublime de la anciana, la cual le recordó las palabras del joven Raziel, y de inmediato entró hasta donde estaba la anciana sentada en la piedra azul, y se sentó al frente de ella.

—Una gran fortuna recibirías por la joya que traes en tu cuello —le dijo la anciana, mientras caminaba hacia un rincón, en donde había un montón de cosas raras, las cuales Felipe no lograba reconocer.

—¿Fortuna? Las riquezas trastornan el corazón del hombre con injusticias —le contestó Felipe.

Felipe traía puesto el medallón desde hace unos días, por una sensación que tuvo al despertar. La anciana lo interrumpió dándole un tazón con algo que le había preparado, y le pidió que bebiera un poco. Felipe lo tomó un poco indeciso. Ella le pidió que cerrara los ojos, al momento en que tomaba un sorbo del tazón.

—¿Qué es lo que más deseas en la vida? —le preguntó la anciana en el momento en que apuntaba la lanza al medallón.

Sin abrir los ojos, Felipe le contestó:

—Imposible.

Se quedó callado por algunos segundos, al pensar en todas aquellas almas inocentes que se habían perdido en el diluvio.

—¿Temes que pase lo mismo? —le preguntó la anciana, porque Felipe se angustió al pensar que podría perder a los que amaba por culpa de los insensatos e indiferentes por la justicia.

—Los hombres no entienden, no hacen caso. No ay manera de librarlos de la avaricia por el poder y el dinero —le respondió Felipe un poco enojado.

La anciana le pidió que bebiera un poco más. Felipe tomaba su segundo sorbo mientras la anciana le preguntaba:

—¿Por qué quieres salvarlos a todos, si muchos son malvados, quienes nunca harían nada por ti, ni por nadie?

—Hay algunos buenos —le contestó Felipe—, personas como Elida y su familia, El Santo, como usted y como yo.

La anciana le reveló lo que pasaba con las herramientas, pues, a lo largo de las diferentes eras desde que el hombre había sido creado en este mundo, habían existido medios para ayudarle en su reencuentro con la verdad. Esa que se pierde por el velo en la llegada a la vida carnal. Y le advirtió que los hombres se distraen en otras vicisitudes que no le son de gran ayuda para el espíritu, ni para sus vidas en el mundo material. De alguna manera él ya se había dado cuenta de la existencia de estas herramientas, las cuales ayudaban al hombre a defender la individualidad de su ser, para que trascendiera en la esperanza que asimila en su corazón, pero que muy pocos se atrevían a descubrir dentro de sí mismos.

—¿Qué debo hacer para advertirles? —le preguntó Felipe, después de meditar por algunos segundos lo que la anciana decía.

—¿Hay algo que debas hacer?

—No lo sé. Todos hablan sobre ayudar al pobre, pero muy pocos hacen algo —le dijo Felipe, mientras la anciana le pedía que bebiera un poco más del tazón.

Al tomar el tercer sorbo, Felipe se quedó pensando muy seriamente sobre lo que podría hacer, así como lo que no podría cambiar en los demás. Sabía que podría influir en los que estaban más cerca de él, con el ejemplo que siempre les brindó con sus buenas acciones.

—¿Que puedes hacer? —le preguntó la anciana, mientras Felipe abría los ojos.

—Si yo no cambio, nadie me escuchará.

La anciana retiró la lanza del medallón, y Felipe se sentó por un momento al frente de ella con la cabeza agachada y pensando en el villano que quería quitarle la vida a su familia. El codicioso quería desaparecer a Elida para cobrar el seguro de vida, con los papeles que le acreditaban como el único beneficiario, los cuales le había hecho firmar a la fuerza cuando había intentado matarla.

Felipe ya se había dado cuenta de que la familia de Elida era de un nivel social totalmente opuesto a donde vivía con él en el jacal, y le preocupaba que ella quisiera reclamar su posición, queriendo regresar con su abuela para estar más a gusto y con mejores servicios. Se sintió impotente ante lo que la familia de ella podría ofrecerle, que temió que lo abandonara. Pero luego recobró la razón pensando que no debería dejarse llevar por aquello porque ella lo amaba lo suficiente, y porque ella sentía que estaba con él porque lo amaba, no porque quería huir de su padrastro.

Felipe se puso de pie, regresándole el tazón a la anciana la miró a los ojos y le dijo que regresaría luego, cuando fuera necesario. «La llave está en tu corazón», le dijo la anciana, cuando Felipe estaba por salir del lugar. Se quedó pensando un poco sobre aquello que la anciana le había dicho, porque se le hacía muy familiar, pero que aún no había logrado entender completamente.

Con el apuro de regresar a la obra de construcción, perdió el hilo de su razonamiento con pensamientos nuevos, los cuales se relacionaban con la parte que le tocaba vivir en el trabajo.

Un poco más centrado, Felipe llegó a hablar con Chendo sobre unas técnicas que había aprendido en los libros, para aplicarlas en la fachada de la casa, y así poder terminar más pronto. Chendo, conociéndole bien, le siguió la corriente al darse cuenta de que era una buena idea, y de inmediato empezaron a trabajar en eso. Después de un buen rato, Felipe sintió una sensación extraña, la cual lo hizo pensar en Uicho, por lo que preguntó a Chendo si sabía dónde estaba. Chendo le dijo que estaba en la oficina, y que no había salido para nada.

—Achis, si nunca se la pasa ahí —dijo Felipe.

—Pos, quién sabe —le contestó Chendo.

Felipe hizo caso a su intuición, y se fue a buscar a Uicho, quien estaba en el pequeño cuarto de atrás de la construcción, el cual usaban para guardar las herramientas, además del plano. Llevó su morral con él, ya que en el guardaba aún el diseño que había hecho, esperando que el capataz pudiera echarle un vistazo. Uicho estaba viendo el plano en el momento en que Felipe entró, porque la puerta se había abierto en cuanto Felipe la había tocado. Entró lentamente hasta donde estaba Uicho, quien estaba buscando la manera de arreglar las irregularidades en el plano, para no hacer algo que luego se fuera a caer. Uicho volteó a ver en seguida al sentir que alguien había entrado.

—¿Qué crees que podamos hacer? —le preguntó Uicho.

—Tal vez yo pueda ayudarte, pero al fin de cuentas tu eres el jefe —e insistió Felipe viéndolo a los ojos— La decisión será tuya si lo hacemos o no.

Felipe sacó el plano de su morral y se lo dio a Uicho, quien lo tomó algo sorprendido de que Felipe le entregara un plano limpio y sin errores, que hasta se quedó revisándolo por un buen rato. Era la primera vez en su vida en la cual tenía la oportunidad de apreciar la harmonía con la que contaba aquel diseño, el cual lo hacía sentir un gozo distinto, pues había trabajado en muchas obras construyendo todo tipo de edificios con estilos diferentes, pero ninguno como el estilo que Felipe había usado en su diseño.

Felipe estaba convencido de las visiones que había tenido respecto a esa parte de su vida, porque sabía que las cosas se darían de cierta manera, para que aquel diseño que él había hecho en el jacal se hiciera realidad.

Felipe sentía como el ritmo cardiaco se le aceleraba al corroborar como las visiones se materializaban, por lo que empezó a sudar por todo el cuerpo, y sintiendo escalofríos que lo ponían a temblar sin control. Uicho le pidió que lo dejara solo para pensar seriamente sobre lo que decidiría hacer respecto a los cambios que le sugería. Felipe sabía que Uicho no arriesgaría su reputación construyendo cosas que se derrumbarían luego.

Estaba seguro de que ningún hombre sensato negaría que tenía razón sobre los errores del diseño anterior, y esta vez no era la excepción. Pues Uicho reconocía el talento que Felipe tenía al haber diseñado la entrada y la fachada de la construcción, siendo un pobre mendigo que vivía en el basurero. Uicho pensaba seriamente tomar en cuenta el diseño de Felipe, como una venganza hacia el ingeniero, quien lo había degradado y mal tratado en todos los años que había trabajado para él. Por eso Uicho pensaba tomar en serio a aquel mendigo ignorado por el mundo, y llevar a cabo el diseño que había hecho para la entrada; además, de unos retoques a la fachada de los edificios, para que se asimilara al estilo de la entrada con los pilares.

Uicho pasó toda la tarde observando con cuidado los detalles que Felipe había trazado. No recordaba haber construido algo que se le asemejara a tal diseño, con tan poco material para usar. Le parecía algo muy práctico y sencillo. Le gustó tanto, que sentía en su corazón un gozo que no había sentido antes en ninguna de las obras en las que trabajó para el ingeniero, pues ninguna tenía la sencillez y belleza como la que había hecho Felipe. Estaba dispuesto a hacer aquel diseño para demostrarle al ingeniero que se equivocaba al juzgar a los demás por su apariencia o posición social. Ya no le temía más. Montados en El Zorro, de regreso al basurero, y ya casi saliendo del pueblo, Felipe pensó en preguntarle a El Santo sobre la justicia social, y los derechos que todo hombre debería tener por naturaleza, entre otras cosas.

—El hombre tiene derecho a amar. Pero, el derecho por los bienes y servicios, los cuales se persiguen en el modelo que la sociedad ha formado, está ligado al apego material —le explicó El Santo—. Pues el hombre siendo pobre o rico, experimentará las mismas vicisitudes en la vida que todos los demás, pero solo en la naturaleza individual de su espíritu, es en donde se darán los detalles de su lección en la vida carnal.

Felipe se quedó pensando seriamente en lo que El Santo trataba de explicarle, pero seguía con una cierta inconformidad sobre el trato que muchos pobres recibían por parte de la sociedad que ellos mismos alimentaban con su trabajo.

—¿Qué acaso los pobres no tienen derecho a los bienes y servicios básicos que hay en la sociedad? —le preguntó Felipe algo disgustado.

El Santo se le quedó mirando fijamente a los ojos, le puso la mano derecha en su hombro y le dijo:

—Ellos escogieron su parte al aprobar el convenio que complacidos accedieron, para formar parte en la representación de sus nombres ante la sociedad. Cuando nos desprendamos de todo eso, aún de nuestro propio nombre, el cual se nos ha dado al nacer en esta vida, entonces empezaremos el camino hacia la libertad del espíritu, el cual concluiremos en la separación del cuerpo al morir.

Era clara la determinación que había en El Santo, sin ninguna codicia por lo material, lo cual a Felipe le llenaba de orgullo y gran satisfacción. Sobre todo, por contar con su consejo, al menos cuando le era posible atender a Felipe, porque siempre estaba en distintos lugares tratando asuntos necesarios para su camino espiritual. En el trabajo El Santo siempre pedía por todos los trabajadores, por sus familiares y amigos al momento de bendecir los alimentos. Nunca se le escuchó pedir algo para él mismo. Al contrario, se quitaba el pan de la boca para dárselo a los demás cuando compartían los alimentos a la hora de la comida. Siempre estaba dispuesto a ayudar a quien le pidiera una mano. Los conocía a todos por su nombre, y les preguntaba por sus hijos o familiares cuando le tocaba estar cerca de ellos, por eso era por lo que todos le tenían un gran respeto muy especial por la humildad de corazón con la que siempre se dirigía en sus palabras de aliento, para tratar de suavizar cualquier incomodidad que les estuviera causando el vivir.

Por extraño que parezca, Chendo no parecía escuchar lo que ellos habían estado hablando en todo el camino de regreso, pues estaba con la mirada perdida en algún sueño que alguna rara razón trabajaba en él para que no fuera partícipe del mensaje que Felipe recibía de parte de El Santo.

Gabriel y Raziel, estaban haciendo reverencia con la cabeza, al mismo tiempo que juntaban las manos en el momento en que El Santo respondía a las inquietudes con que Felipe le insistía. A Felipe ya no le parecía nada extraño. «Solo estamos de paso Felipe», dijo Raziel, mientras extendía la mano apuntando hacia Gabriel, quien estaba sentado en el centro del camión en la posición de flor de loto, detrás de la cabina. Raziel estaba al lado contrario de donde estaban El Santo y Felipe. Gabriel le asintió con la cabeza en el momento en que Felipe volteaba a verle, en señal de aprobación respecto a lo que se había dicho, justo al momento en el que El Santo y Raziel le apuntaban con la mano de igual manera.

El Santo fue uno de los pilares en la vida de Felipe, en lo que concierne al espíritu, pues siempre estuvo en los momentos que lo necesitó para buscar su consejo.

Felipe pensó en Elida y el bebé que pronto tendrían como una razón imposible de ignorar, al momento de tomar alguna decisión para abandonarlo todo, si es que fuera necesario en su lección personal, por eso se resistía a aceptar que fuera esa la única manera de trascender.

De cierta manera, la idea de abandonar el mundo y sus distracciones siempre fue su filosofía. Fue después de la llegada de Elida y de su embarazo, por lo que cambió la manera en que percibía la individualidad de su ser, y las obligaciones que debería tomar para asegurar un mejor futuro para los que amaba.

—Santo, no se puede abandonar a los que amamos, es nuestro destino —le dijo Felipe.

—Pocos son capaces entre los escogidos para llevar a cabo ciertas tareas en la vida carnal. No te acongojes si tu destino se cumple como a algunos ya ha acontecido —le respondió El Santo.

—Entonces, ¿cada uno tendrá su lección de acuerdo con su destino, o misión que deba enfrentar en la vida? —indagaba Felipe.

—Todo tiene un motivo, el cual es personal e íntimo del creador, y se revelará a cada uno según sea el plan acordado por Dios en la vida carnal; así, paulatinamente en cada paso en el cual asciende a la perfección espiritual. Siendo menester de cada espíritu, encontrar la razón que le ayudará a crecer —le insistió el Santo—. Nadie podría decirte lo que tu corazón siente, o lo que tu alma anhela.

Felipe entendía que el despertar interno era íntimo para todos los hombres por igual, y que, de igual manera, todos tenían el mismo potencial para discernir la forma de alimentar las energías, las cuales son necesarias para lograr un equilibrio espiritual, y así no sufrir el apego por los despojos que pudieran soltar en su búsqueda por la razón. Que no era necesario una institución para mediar entre el alma y los espíritus superiores, porque Dios en toda su benevolencia y sabiduría, había creado las cosas de esta manera para enseñarnos una lección personal en el espíritu. Y que no sería inteligible para el hombre, si es que se aferraban a las cosas materiales, pero que se revelaría en el momento que fuera necesario en la vida.

Aún con la mente ocupada, Felipe seguía razonando algunas cosas, las cuales sentía le darían alguna pista de lo que su destino le intentaba indicar, mientras El Zorro se perdía entre una nube de polvo, después de haber dejado a los cuatro a la orilla del basurero, justo en frente del árbol de eucalipto, el cual Raziel usaba para meditar por las tardes bajo su sombra. A sugerencia de Gabriel, acordaron en verse en la parte de atrás del jacal de Felipe, en donde tenía su huerta de legumbres y especies, la cual Elida cuidaba muy celosamente. Además del hoyo que había hecho para los peces, los cuales había traído del paraíso perdido cuando salieron de cacería la última vez con los niños.

Elida, Mamá Chayo e Inés, al enterarse de que vendrían amigos a pasar el rato, cada una puso algo de lo poco que tenían para la reunión. Todo se llenó con un ambiente de fiesta y convivio, en donde se jactaban muy contentos de ver a los niños corriendo y gritando por todos lados, mientras los adultos platicaban historias que la vida les había enseñado.

Afortunadamente el jacal de Felipe se encontraba alejado lo suficiente de la parte central del basurero, el cual era el lugar en donde los líderes vivían. Nunca sospecharon de la felicidad con que convivían casi todos los días, pues se volvió una costumbre el reunirse seguido por las tardes para compartir alegría entre ellos, a pesar de que vivían marginados en la miseria. Pero solo era material, porque eran inmensamente afortunados por la nobleza que tenían en su corazón.

El irresistible llamado del atardecer con un lienzo vivo lleno de luz ámbar del sol, al ir ocultándose entre los tres cerros que surcaban el horizonte, iluminando todo ese lado del basurero, seducía a Felipe dentro de su ser para que le acompañara. La melancolía se apoderó de sus recuerdos, al grado de casi llorar por extrañar a sus padres, a quienes había perdido desde hace tiempo atrás. Pensaba en la falta que sus padres le hicieron todos esos años de soledad, y en todas las ocasiones en las que desobedecía los consejos que ellos le daban, para que pusiera atención en la vida. Se arrepintió de haber hecho llorar a su madre, por la rebeldía que un día le atacó en la adolescencia. Un día al crecer, se dio cuenta de que ella tenía razón en lo que le trataba de advertir, pero ya era demasiado tarde para remediar.

Sin menospreciar el esfuerzo que nuestros padres pudieran hacer en la vida para darnos una oportunidad mejor de la que ellos pudieran haber tenido, comprendiendo que el tiempo pasará para nosotros también; entender su sufrimiento y sus necesidades como personas individuales, para que disfrutemos de sus experiencias respetuosamente y con amor, en cada momento que tengamos el privilegio de estar cerca de ellos, nuestros padres en este mundo. Y así, nos preparemos de la mejor manera para cuando tengamos que dejar el cuerpo, sin dejar ningún malentendido, para que al que se queda no le sea una carga en la conciencia.

Gabriel se le acercó lentamente para disfrutar con él la puesta del sol. Raziel le seguía detrás como siempre a su lado, al menos, cuando no le encomendaba alguna diligencia para llevar algún mensaje. Gabriel le tomó del hombro y le dijo: «Felipe, esto será pasajero para ti, pero bueno es para ellos que les recuerdes con amor». Felipe abrazó a Gabriel, llorando como un niño desconsolado al sentir sus palabras, las cuales le habían recordado las ofensas que en su afán de rebeldía había cometido en contra de quien más amaba. Y comprendía que, a pesar de haber entendido la lección que sus fallos en la vida le habían enseñado, no podría cambiar lo que había hecho.

—Calma Felipe, la oportunidad se te dará en su momento para aclarar los malentendidos con quienes vives en este mundo, luego en el espiritual —le dijo Gabriel serenamente y mirándolo fijamente a los ojos.

Felipe tomó fuerzas de los buenos recuerdos que tenía de sus padres, lo suficiente como para dejar de llorar por angustia y llorar de alegría, por el recuerdo vivo que se le venía de su madre cantando por las tardes mientras tejía algunas prendas para vender.

—Cantaba bien bonito —dijo Felipe, con un nudo en la garganta.

—No lo dudamos —le respondió Gabriel, señalando a Raziel, y sonriendo un poco.

—¿Y tú, no cantas Felipe? —le preguntó Raziel.

—Mi madre era la privilegiada en ese talento, yo escribo.

—Por supuesto —respondieron Gabriel y Raziel al mismo tiempo.

—¿Cuándo nos mostrarás tu cueva? —le preguntó Gabriel.

Pocas cosas le sorprendían en estas estancias de su vida, por lo que de inmediato se ofreció en llevarlos el miércoles por la tarde después de volver de trabajar, porque los martes se la pasaba practicando con una pianola que había encontrado. Elida le enseñaba como tocar y leer las notas musicales todos los martes por la tarde, ya que ocupaban los demás días para distintas actividades. Sus clases de piano eran más importantes que cualquier cosa, por lo que nunca por ningún motivo dejó pasar alguna clase, pues siempre estuvo puntual con una asistencia perfecta.

Esa noche, después de despedirse de todos y quedar solos, Elida y Felipe revivían lo bien que se la habían pasado esa tarde de alegría junto a sus buenos amigos.

Momentos que se quedarán atrás, y que solo guardaremos en nuestros recuerdos para identificarnos con quiénes somos, en los momentos que echemos mano de ellos, ya sea por voluntad, o porque se nos ha influenciado, sugerido por algún espíritu con interés que solo dicho espíritu conoce, y el cual será comprendido en su momento por todos los hombres después de la muerte material.

Elida le contó a Felipe lo que el padre Joaquín le había dicho sobre su abuela, mientras caminaban por el jardín de la capilla. Le dijo que su abuela había arreglado el jardín de niños donde su mamá había muerto. Y que la gente del pueblo por mucho que la querían, le habían puesto el nombre de Josefa Nájera de Almaraz al jardín de niños en memoria de la maestra, quien les había enseñado con su buen ejemplo los buenos valores que había aprendido de sus padres. Los cuales siempre procuró para todos por igual, durante todo ese tiempo que se esforzó para rescatar el respeto y las buenas costumbres en el seno familiar en muchas de las familias de ese pueblo.

El padre Joaquín le había contado que la abuela daba un subsidio a la parroquia del pueblo para que los niños de las escuelas pudieran tener un desayuno decente, tal como su hija procuró durante los diez años que brindó servicio para todos en el pueblo. Felipe tuvo suficiente para soñar esa noche.

En el trabajo aún pensaba sobre lo que la abuela de Elida había hecho con las escuelas de aquel pueblo. Temía que Elida quisiera regresar con su abuela para disfrutar de las comodidades que el dinero puede comprar.

A la hora de la comida, fue a buscar a Uicho para averiguar qué había decidido con respecto al plano. Felipe quería saber si Uicho era lo suficientemente sensato, como para darse cuenta de que la mejor solución era el diseño que él había hecho. A pesar de estar seguro de sí mismo, sentía una sensación de incertidumbre sobre cómo se desarrollarían las cosas para llegar a cumplir su objetivo. Uicho se mostraba muy seguro de sí mismo, al momento en que Felipe entró al cuarto en donde guardaban las herramientas de trabajo. Uicho tenía una sonrisa de oreja a oreja, la cual no podía contener cuando vio a Felipe entrar.

Cansado de los abusos y degradaciones que el ingeniero le hacía, se había convencido de llevar a cabo tan grandioso diseño, el cual Felipe había trazado con pedazos de papel reciclado de entre la basura, porque no pondría en riesgo su reputación construyendo algo que se derrumbaría, pues luego nadie nunca confiaría en él de nuevo, después de que eso llegara a pasar. Pero la verdad era que Uicho estaba entusiasmado con el diseño de Felipe, pues nunca en sus años de experiencia había tenido la oportunidad de apreciar tal sencillez y flexibilidad, en ninguno de los trabajos que le había tocado construir. Por eso estaba decidido sin importar las consecuencias con el ingeniero, porque ya no le temía más, y que lo enfrentaría si es que fuera necesario.

Felipe se sorprendió cuando Uicho le dijo que construirían su diseño, por lo que de inmediato lo abrazó fuertemente, y le dijo que eso era lo más sensato que pudo haber hecho, por lo que no se arrepentiría al final. «Con calma mi poeta», le dijo Uicho. A Felipe le pareció algo extraño que lo hubiera llamado de esa manera; por lo cual, Uicho le continúo diciendo, después de que se había dado cuenta de que Felipe se había sorprendido cuando lo había llamado poeta: «El Chendo, ya sabe cómo es de comunicativo. No se acongoje, a mí también me gusta la poesía. Le echo una ojeada de vez en cuando, cuando hay tiempo». Le pidió que no le contara a nadie sobre lo que había decidido hacer con la entrada de la obra de construcción, para que no se corriera la voz, como casi siempre pasa, y el ingeniero pudiera llegar a enterarse antes de que terminaran. Quería estar seguro de que concluirían su cometido en el lapso de los dos meces que ya le había pagado por adelantado el ingeniero, en su última visita a la obra de construcción. Pidió a Felipe que continuara con la fachada por esta semana, y que la próxima semana empezarían a marcar el área donde se construiría la entrada.

Al sentir el orgullo dentro de su pecho, Felipe apreció el mundo como si fuera uno diferente a donde había vivido todo este tiempo, al comprender la importancia que tiene el trabajo que nuestras manos hacen, para satisfacer al orgullo que se crea dentro de nuestras aspiraciones. No pensó en lucrar sobre el mérito de su creación, intentó tomar la atención para poder enviar el mensaje de una manera más sutil, para que lo pudieran escuchar, al reconocerlo como alguien importante. Toda la tarde Felipe estuvo con tremenda alegría, la cual se le desbordaba en la sonrisa. Muy atento y servicial con todos. Chendo, su gran amigo y compadre, vio que algo no encajaba en su persona, por eso le preguntó:

—¿Y qué tienes pues?

—Las premoniciones del destino, ya sabes —le respondió Felipe con el mismo misterio de siempre.

Con eso bastó como para que Chendo no le preguntara más, porque sabía muy bien cómo era Felipe, pues pensó que era uno más de sus tantos achaques de cordura, los cuales le daban repentinamente.

En todo el camino de regreso al basurero, Felipe se la pasó pensando sobre el prestigio que ganaría después de que construirían su diseño, y de todas las posibilidades que tendría para ofrecerle a Elida un mejor futuro, pues de esa manera no lo abandonaría para irse con su abuela.

Nadie cruzó ninguna palabra con él, al ver que su mente y su semblante cambiaban de una manera muy notable. El mismo entusiasmo reflejó ante Elida al entrar al jacal, quien se dio cuenta enseguida que había algo diferente en él, porque no lucía como habitualmente él era, pues su personalidad sonaba diferente a como Felipe se aproximaba a cualquier tema.

Entre ese embrujo del orgullo le contaba a Elida que sus vidas cambiarían de una manera que ya nadie los podría degradar de mendigos nunca más. Elida, al escucharle decir arbitrariedades, lo interrumpió con un beso en la boca para que se callara, y dejara de estar intentando ser alguien más.

Felipe, cuando no podía ayudar a los demás de una manera material, en su corazón deseaba el bienestar, para todo aquel que necesitaba algo más que solo dinero para tener una mejor vida. Pero esta vez, su intención se centraba en un pensamiento, el cual lo había aprisionado con los tentáculos de su singularidad, de su naturaleza de lucro y avaricia. No se dio cuenta cómo llegó hasta ese momento, en el cual el ego lo aprisionaba a pensar únicamente en el prestigio que pudiera ganar, y el dinero necesario para poder ofrecerle una vida digna a su familia.

Seguramente él la mal entendía, porque ella no sentía los mismos miedos absurdos que torturaban la mente confusa de Felipe, pues no tenían ningún fundamento por parte de Elida.

El amor incondicional con que ella lo trataba, lo hizo ceder a su aberración por querer conquistar el mundo, para poder construir un castillo para su reina; el cual sería una fortaleza de orgullo, un claustro lleno de dudas, donde no podría ver la luz de la simplicidad y de la humildad, si es que la sombra de la avaricia se apoderase de él. Al final, Felipe logró recobrar la lucidez al caer en el candor del vientre de fuego de Elida, el cual le hacía sentir como si el cuerpo le estorbara para deleitarse más profundo de su ser, no solo en su cuerpo, pero dentro de su alma.

El tiempo pasa sin que nos demos cuenta de que las experiencias se van con él, y así como le acontece a uno, nos acontece a todos también.

En el trabajo, Felipe no tuvo tantos asuntos que le distrajesen de la incertidumbre, con respecto a los acontecimientos que presentía podrían pasar, para que su cometido se hiciera realidad, porque de alguna manera lo había visto en algún sueño, y visualizado en ocasiones mientras se distraía imaginando cosas en el viento, pero no tenía la idea de cómo serían los acontecimientos, los cuales el destino escogería para llevarlo hasta ese momento.

Ese día pensó en ir a visitar a *La Anciana del pelo Blanco*, pero no tuvo el tiempo necesario, porque Uicho los reunió para explicarles algunos detalles, después de que regresaran de su hora de comida. Tal vez, las indecisiones del embravecido mar del pensamiento jugaron su papel en Felipe, porque decidió quedarse a compartir con todos los demás, tal como siempre hacían a la hora de la comida. Cada uno compartía un pedazo de lo que fuera que trajesen en sus morrales, que hasta comida les sobraba en ocasiones.

Felipe le preguntó a Chendo si quería acompañarlos a visitar su cueva por la tarde, por lo que Chendo le recordó que tendrían visitas de los hermanos *Testigos de Jehová*, como cada miércoles por la tarde. No era posible que Mamá Chayo le permitiera faltar a sus sesiones de lectura. Esa tarde, Felipe llevó a Gabriel y a Raziel a su cueva escondida, supuestamente por el mismo lugar donde habían ido al paraíso perdido. Felipe no pudo localizar la entrada de aquel paraíso, o algún vestigio que demostrara que se encontraba por ese lugar, pues al irse acercando a los cerros no pudo ver vegetación parecida por ningún lado, lo cual le parecía muy extraño.

Estando en el basurero, mirando hacia el horizonte en la puesta del sol, el tercer cerro de la derecha era donde se encontraba la cueva, a donde Felipe le gustaba ir desde que era un niño, y la misma en la cual Elida y él pasaron su luna de miel. Tres palmas inmensas marcaban la vereda, la cual los conduciría hasta la entrada de la cueva.

Se adentraron hasta un lugar donde Felipe no había estado antes, y se pararon detrás de él, frente a una roca que se asemejaba a una puerta, pero que era completamente sólida.

—El medallón, Felipe— le dijo Gabriel.

Felipe volteó a verle tocando el medallón con su mano derecha sobre sus ropas, un poco desconcertado sin saber de lo que se trataba. Se lo quitó del cuello y lo sostuvo en sus manos sin saber qué hacer, y mirándolos un poco asustado al darse cuenta de que una luz blanca brillaba sobre sus cabezas. «Debes usar la llave al momento de intentar abrirla», le dijo Raziel. «La llave, la llave. La clave es la llave», pensaba Felipe, tratando de visualizar lo que su corazón sentía respecto a ese momento, en el cual debería abrir sus intenciones verdaderas. «El cerrojo se presenta al mostrar el medallón ante la puerta», le dijo Gabriel. Felipe tomó el medallón con su mano derecha, mientras que con la izquierda tocaba su corazón, luego lo acercó a la piedra, y la piedra se volvió traslúcida, dejando ver lo que había al otro lado de ella.

—Ningún hombre durante muchas eras pudo lograr tal cosa, Felipe. Se te ha encomendado una tarea muy difícil —le dijo Gabriel, mientras miraba a Felipe algo inseguro de cruzar la puerta—. Espera aquí.

Luego, Gabriel y Raziel entraron en la puerta.

Felipe se quedó algo tembloroso por los nervios que tenía al estar experimentando todo aquello que pasaba vivamente ante sus ojos, por lo que no sabía si salir corriendo o entrar también junto con ellos. Luego de un par de minutos de esperar, Raziel salió trayendo con él un pectoral de oro, el cual dio a Felipe, junto con las instrucciones necesarias respecto al propósito que tal pectoral tenía, y el cual le serviría para enfrentar en su momento los inconvenientes que se le presenten en el camino. Raziel le dijo que ellos tenían una diligencia que hacer, pero que lo apoyarían en el momento en que lo requiriera. Que debería volver a su jacal y no dejar que nadie se enterara de que poseía el pectoral, por ningún motivo; de lo contrario, la vida de todos correría peligro. «Debes ser digno del libro, Felipe, solo entonces podrás cumplir tu propósito», le dijo Raziel. Felipe se quedó muy confundido por las palabras que Raziel le decía, por lo que no sabía qué pensar o qué decirle; por eso, en ese momento temió no ser digno. «Tú tienes la llave», le insistió Raziel. Luego, Raziel entró en la puerta, y esta se volvió piedra sólida de nuevo.

Felipe ocultó el pectoral junto con el medallón entre sus trapos, para que nadie pudiera verlos.

Llegó hasta su jacal todavía un poco asustado por lo que había presenciado, que ni se dio cuenta de cómo había llegado tan rápido. Elida, un poco asustada lo miró fijamente, porque se quedó parado sin moverse al entrar al jacal, pues ni el maderal se preocupó en cerrar. De inmediato le preguntó:

—¿Y ahora, quién osa en perturbarte?, mi Quijote.

Felipe se quitó la camisa dejando ver el pectoral y el medallón a Elida. Ella se le acercó caminando alrededor de él, admirando tan preciosa reliquia, la cual ningún hombre podría imaginar que existiese, mucho menos podrían llegar a poseer por mucho que busquen en su afán de dominar al mundo.

—No sé —le dijo Felipe.

—Espero que lo que sea que ellos quieran de ti, y esa cosa, no te impida hacerme el amor, porque eso si tuviera que apelar ante el mismísimo Zeus. Pues mira que tus nuevas obligaciones de súper hombre, no te quitan las de este mundo; así que, ve a lavarte las manos que te he preparao un pescado con arroz que mi abuela hacía. Te ayudará a volver de esa cara de bobo.

Elida tocaba su panza con una mano y la otra mano en la cintura, mientras le reclamaba a Felipe.

Después de haberle servido el plato con la comida, se dio la media vuelta y se fue a la cama sin decir más. Felipe se quitó el pectoral y el medallón, y los guardó en uno de sus baúles. Se comió hasta el último vestigio de grano de arroz que Elida le había servido, y solo quedó el esqueleto destrozado del pescado en el plato.

Ella estaba celosa de alguna manera, porque presentía que las nuevas diligencias celestiales de Felipe le exigirían algún día que abandonara todo por lo cual vivía en este mundo, para enfrentar su misión; la cual, ella presentía, porque lo visualizaba llorando por haber dejado atrás lo que amó. Y que no podría volver por voluntad, ni siquiera para que sus huesos y carne doliente se pudrieran cerca de su hogar.

Después de algunas aclaraciones respecto a las dudas que ella presentía, sobre el destino de Felipe y sus encomiendas del espíritu, Felipe accedió a la petición que le había sugerido, haciéndole el amor con la pasión con que la amaba, con el cuidado que se toma durante el embarazo, pero con la misma entrega mutua de desinhibiciones entre ellos.

Los días pasan sin que nos demos cuenta de que hemos desperdiciado los momentos con malentendidos entre nuestros intereses, por las aspiraciones en que nos aferramos en la vida.

Malentendiéndonos a nosotros mismos primero, por eso es por lo que fallamos al intentar imponer la razón, ante la opinión que otros perciben de lo que pasa a nuestro alrededor. Porque ignorando lo que el ser puede llegar a entender, nos atrevemos a señalar los defectos en los demás, sin entendernos a nosotros mismos.

El resto de los días estuvo ausente de todo y de todos, intentando descifrar lo que estaba viviendo, por lo que ni siquiera se preocupó en visitar a la anciana, ni en hablar con nadie sobre lo que le pasaba. Fue hasta el sábado por la tarde cuando Felipe le preguntó a Chendo si era posible que los llevaran de nuevo a visitar a el padre Joaquín. Chendo accedió de lo más contento, porque Mamá Chayo ya le había puesto al tanto, de que irían el domingo a visitar al padre Joaquín de nuevo. Le había prometido que le haría chilaquiles con queso como premio por llevarlos, por eso Chendo se levantó muy temprano alistando los herrajes de la mula para pegarla al carretón, para luego subir los morrales y algunas otras cosas más para el camino.

Felipe no tenía miedo de lo que le pudiera pasar, era Elida y su bebé lo que le preocupaba más que cualquier otra cosa. Claro que no dejaría que nadie los lastimara de ninguna manera, y estaba dispuesto a hacer lo que fuera necesario.

Sintiendo el amor que tenía por ellos, y a la vez, lo que su destino le preparaba con los indicios que se le habían dado, se enfadó de eso y renegó por el destino que presentía le venía sobre él, porque sintió que perdería todo lo que amaba, al final de haber encontrado la razón de su lección personal.

No podría de ninguna manera ignorar el cargo que pesaba sobre sus hombros, al llevar con él el pectoral junto con el medallón debajo de su ropa; pues, en su último sueño había recibido una advertencia que lo puso alerta para que los vistiera ese día, por razones que estaba aún por descubrir.

La briza de la mañana y la salida del sol lo distrajeron un poco de entre ese mar que lo ahogaba con preocupaciones que no le incumbían, y las cuales lo hacían litigar en contra de los que deciden el plan del espíritu.

El amanecer lo hizo perderse un poco entre los detalles que la mayoría ignora a sus alrededores, el viento que suavemente acariciaba su cara, o la luz del sol que le daba color a las cosas; además, de la inocencia con que los niños trataban los temas que muchos hombres intentan ignorar. Al contemplar todo esto, Felipe se preguntó a sí mismo: «¿Quién soy?» Mirando al cielo, con la convicción de que le preguntaba a alguien más, a pesar de estar en desacuerdo con algunos de los designios de Dios, para con los hombres que habían perecido en las eras pasadas.

De pronto recordó algunas palabras que la anciana le había dicho sobre su destino, y de cómo se le presentaría en los caminos que debería elegir para encontrar sus respuestas. Felipe no comprendía muy bien lo que la anciana le trataba de trasmitir sobre lo que pudiera llegar a pasar.

Presentía que tenía mucho aún por vivir, y eso lo entusiasmaba de una manera muy especial, porque tendría muchas oportunidades de aprender lo más posible para encontrar las respuestas a sus desacuerdos con los divinos. Felipe estaba dispuesto a enfrentar lo que viniese con valentía, a pesar del temor de perder a los que amaba.

—¿Qué bonito se ve la mañana, verda compadre? —le preguntó Chendo a Felipe, al ver tan majestuosa creación divina.

Felipe sentía la melancolía surgir con el calor del sol, al ir avanzando en el camino hacia el pueblo, pero se guardó la emoción para sí mismo, por ser dolores privados los que aquel amanecer hermoso iluminaba en sus recuerdos.

Los niños callaron el alboroto por un instante, pues todos voltearon a ver el amanecer en ese momento. Al contemplar tan maravillosa vista, el segundo de los tres niños dijo:

—Santa Claus no existe.

—Yo lo supe antes que tú —dijo el más grande.

De pronto se escuchó la voz inocente del pequeño:

—Mentirosos, si existe.

Se armó un gran alboroto entre ellos, por lo que no se sabía qué lado tomar, porque no se podría quitar al inocente niño la navidad mágica en la que creía. Así como tampoco nos atrevemos a contarles la verdad.

—¿Cómo ve compadre? Tiene que alistarse pa cuando le toque explicarles a sus chamacos, de todas las mentiras que les decimos pa que sean felices —le dijo Chendo.

—Hay veces que ya no sé qué es mentira, ni qué es realidad —le contestó Felipe, mientras volteaba a ver el amanecer.

El ladrido de los perros lo trajo de nuevo a su diligencia en este mundo, casi al entrar al pueblo. Los perros no mostraban señales de que sus ladridos fueran de agresión, más bien era que estaban contentos por verlos, o esperaban a que les aventaran algo de comer, pero se veían de lo más alegres al rededor del carretón.

Al adentrarse en el pueblo, se dieron cuenta de que había gente saliendo de sus casas caminando hacia la parroquia, además de los dos ancianos que estaban en cada esquina haciendo una reverencia en el momento que pasaron. No les tomaron mucho en cuenta al ver que la gente se arremolinaba en la puerta de la capilla, causando eso la angustia de Elida y la incertidumbre en los demás. Los niños se asustaron un poco, y abrazando a su padre le preguntaban qué era lo que pasaba. Elida se intentó parar rápidamente estando el carretón aún en movimiento, pero Felipe la tomó de la mano en ese momento y la abrazó contra su pecho, presintiendo lo que su intuición en el pensamiento le había advertido, en una ocasión en que pensaba sobre las fatalidades de lo que podría llegar a pasar. Comprendió en ese momento, que lo que le esperaba a Elida no sería nada bueno; aun así, le dijo que se calmara, porque tal vez se trataba de algo que le había pasado a alguna persona del pueblo.

Elida sintió la intención de Felipe, por querer hacer que no se angustiara de lo que en su corazón ya había presentido, y tomó en cuenta su intención, pero sus temores se afirmaron al acercarse a la puerta, donde la gente se arremolinaba intentando entrar. Se acercaron lo suficiente como para escuchar cuando la noticia empezaba a correrse entre la gente del pueblo, sobre la desgracia que le había ocurrido al padre Joaquín. «¡El padre Joaquín se murió, el padre Joaquín se murió!», gritaba una señora entre la gente, y quien lloraba como una niña desconsolada, como si hubiera perdido a su propio padre. Algunos conocidos se le acercaban para abrazarla, en el momento en que Elida se le acercó a la señora, al sentir su dolor en carne propia, al enterarse que un pedazo de su alma perdía sentido en la vida. Felipe y los niños se les unieron soltando el llanto. A pesar de que no lo conocían tan bien, sentían el dolor sincero de aquellas personas; pues, ellos, siendo como el creador los había intentado, se unieron con esas personas en su dolor. Mamá Chayo y Chendo, se habían quedado para quitar la mula del carretón, pero en cuanto terminaron se unieron al dolor de los demás en la entrada de la capilla.

Capítulo 8

El libro y el preludio del destino

Como pudieron llegaron hasta la sacristía, porque la capilla estaba llena por todos lados de gente rezando y llorando por la desgracia. Había gente hasta en el jardín de la parroquia, quienes habían venido de todos lados del pueblo al enterarse de lo que le había pasado al padre Joaquín.

Dentro de la sacristía encontraron a doña Petra llorando, junto con dos frailes que le trataban de consolar, mientras el sacristán hablaba con el sacerdote que les había llevado la noticia. El corazón se le salía entre las lágrimas por el dolor que sentía, sobre todo cuando vio llegar a Elida, a quien de inmediato quiso abrazar, pero no pudo caminar hacia ella por la impresión que le causó el saber que el amor de su vida había muerto. El dolor en su corazón casi la mataba, por la forma en que ella lo amaba. La sentaron en la silla donde el padre Joaquín pasaba sus horas de lectura, de acuerdo con lo que doña Petra le contó a Felipe en el momento que lo encontró en la sacristía la vez pasada. Doña Petra sabía que el padre Joaquín era un ser muy especial y místico, quien siempre buscaba la verdad, la justicia y la igualdad. Elida de inmediato fue a abrazar a Doña Petra en cuanto la vio desconsolada, al reconocer en carne propia el dolor que reflejaba.

—¿Quién eres? —le preguntó el Sacerdote.

—Ella es la sobrina de Joaquín —le dijo Doña Petra.

El rio que dejaban sus lágrimas la ahogaban, y apenas pudo pronunciar esas palabras, pues parecía que nada le consolaría el dolor que sentía en ese momento.

—¿Elida?

El sacerdote se le acercó de inmediato, y diciendo que era un milagro del cielo ver que estaba viva, pues sabía de lo que había pasado por medio del padre Joaquín. Ellos fueron muy buenos amigos desde que estaban en el seminario.

La abrazó muy emocionado al darse cuenta de que estaba embarazada, intentando consolarla con las mismas intenciones con que lo hacía cuando ella era una niña, ya que le visitaban en ocasiones cuando su mamá la llevaba a prestar servicio a diferentes comunidades de la región. «¿Qué le pasó a mi tío?, Padre Stan», le preguntó Elida, mientras el padre Stan la abrazaba contra su pecho.

Ella había reconocido el gran afecto que siempre le mostró, y encontró un poco de lo que había sido su familia en él, por lo que se refugió entre sus brazos, llorando sin encontrar consuelo a su dolor.

El padre Stan le contó que había sido en fuego cruzado en un enfrentamiento entre dos narcotraficantes de bandos contrarios, en el aeropuerto de la ciudad del estado. Además, le dijo que dos personas más que acompañaban al padre Joaquín habían sido asesinadas también. No dió muchos detalles de lo que había pasado, se limitó solo a contar lo que supuestamente había ocurrido, de acuerdo con las autoridades que llevaron el caso, porque no habían encontrado relación de intereses; al menos, eso fue lo que se difundió. «¿Cómo ha de ser posible que los justos paguen por los pecadores?», se preguntaba Elida, mientras el padre Stan la abrazaba de nuevo para darle un poco de consuelo.

Felipe se sentía de alguna manera algo incómodo al no ser cercano a la familia, como para no sentir el mismo dolor que su amada tenía en su corazón.

Se quedó pensando en el lugar que su ser tomaba, por los designios que los divinos habían encomendado en su espíritu, el lugar que ningún hombre nunca había soñado en alcanzar. Pues por mucho tiempo buscaron las reliquias que Felipe tenía, los hombres que ambicionaron el poder tratando de conquistar el mundo, ya que todo ser se corrompe en la carne y sus placeres.

El padre Stan le dijo a Elida sobre algunas cosas que su tío Joaquín le había confiado, por si algo le llegara a pasar. Elida, sin importarle las cosas materiales, no le contestó, tan solo asintió con la cabeza.

Uno de los frailes se le quedó viendo al padre Stan, pero el padre Stan le extendió la mano para que le esperara, señalándole que se calmara un poco. Felipe se dio cuenta de eso, al igual que doña Petra, pero no mostraron ninguna intención de entrometerse con lo que pasaba, para ver a dónde los llevaba su interés, para ver qué era lo que buscaban.

El otro fraile al ver que el padre no le preguntaba lo que querían saber, le preguntó si es que sabía dónde su tío guardaba un libro de color aguacate, con un listón de color guinda. El padre Stan volteó a ver a Elida sin decir una sola palabra, esperando que ella dijera algo. Elida seguía desconsolada por la pérdida de su tío, por lo que no sabía qué decirles, tan solo fue a buscar refugio con doña Petra, acurrucándose con ella en la silla de la sacristía. Felipe al verla la siguió inmediatamente para acercarse con la señora también, mientras el padre Stan le decía que no se preocupara, que solo se llevaría lo que el padre Joaquín le había confiado. Pero le insistió de igual manera, porque ese libro había sido una de las muchas cosas que el padre Joaquín le había pedido que reclamara, en caso de su fallecimiento. Le dijo que si sabía del paradero del libro y le decía dónde estaba, le agradecería de todo corazón.

Encontrando un poco de consuelo al lado de doña Petra y Felipe, Elida retomó el aliento suficiente como para contestarle que no sabía de lo que estaban hablando; por lo cual, el padre Stan se disculpó y se acercó a ellos diciéndoles que estaría de su lado, que lo estuvo al lado del padre Joaquín, y lo haría igual con todos los que busquen el bien. Mientras, los dos frailes procedieron a buscar en todos lados el libro. El padre Stan les decía que era muy importante que el libro no cayera en manos equivocadas, de lo contrario correrían riesgo sus vidas y la de los que estén con ellos. También les dijo que no podrían quedarse mucho tiempo, porque siempre hay quienes se empeñan en poseer el privilegio que Dios otorga a quienes se lo merecen, y siempre buscan a los que guardan la verdad para matarlos.

Felipe recordó por la descripción del libro, que parecía ser el mismo el cual había visto en aquella visión sobre la isla que no había tocado la destrucción. Al menos presentía que se trataba del mismo libro.

El padre Stan se despidió de Elida besándola en la mejilla, luego les dio su bendición, mientras el sacristán les ayudaba a terminar de subir las cosas al camión en donde venían. Uno de los frailes le dijo a Felipe: «Tienes que definir tu camino, solo tú tienes la llave». Felipe se quedó pensando si es que en realidad ellos estaban de su lado, porque no sabía qué pensar en ese momento.

Doña Petra se llevó a Elida al cuarto de su tío para que descansara un poco sus penas, porque por eso del embarazo necesitaba un poco de reposo también.

Estando en la sacristía, Felipe sintió de nuevo aquella sensación que había tenido la última vez, pero esta vez se dejó llevar por la energía que sentía en el pectoral y en el medallón, los cuales lo guiaban a donde presentía estaba el libro al que se referían. En el piso de la sacristía había un signo raro y casi imperceptible, el cual reconoció en seguida.

Estuvo ahí todo el tiempo, pero no se había dado cuenta de que era el mismo signo que había visto tatuado en la mano derecha de Raziel. En ese momento recordó lo que su compadre Chendo le decía sobre El Santo y las lecturas de su libro misterioso. Cuando puso su mano sobre el signo, se abrió una pequeña puerta de donde ascendió en un pedestal de plata el libro que había visto en aquella visión.

No podía creer lo que sus ojos estaban viendo, y ni siquiera sabía si podía tocarlo. Sintió un escalofrío súbito en todo el cuerpo, y sentía como si su alma se le quisiera salir por el pecho. No podía respirar, por lo que se recargó en el libro para no caer.

Al poner su mano en el cerrojo, el libro se abrió, y Felipe sintió que flotaba en el aire. Se asustó un poco, pero luego se fijó bien qué es lo que estaba pasando para no perder ningún detalle, por si era que estaba teniendo una visión y luego tendría que recordar lo que había pasado en ese momento. Estaba lo suficientemente cuerdo como para darse cuenta de que estaba viviendo en carne propia su momento, y que aquello no era alguna visión que hubiera tenido antes. Esto no se lo esperaba de ninguna manera.

Cerró los ojos pensando que se había vuelto loco, y estaba imaginando todo eso, pero al abrir los ojos se dio cuenta de que todo seguía igual.

Se quedó mirando hacia la ventana intentando no pensar en alguna cosa que pudiera distraerlo de lo que su alma estaba realizando dentro de sí, pero no podía precisar la idea que lo había hecho feliz al comprender la razón de todas las cosas, porque se perdió en el mar interminable del pensamiento. Eso lo dejó triste y melancólico, por lo que sintió unas ganas profundas de llorar, al no poder precisar aquel momento de dicha pasajera.

La sensación de tocar el suelo de nuevo lo hizo volver al momento inmediatamente, por lo que se quedó mirando al libro sin saber qué hacer. Este suelo nos confirma lo terrenal que somos, al reclamar nuestros huesos y carne doliente. Renegó Felipe por el designio que se había planeado en él, cuestionando el haber sido escogido, si era solo un mendigo que nadie escucharía. No comprendía por qué querrían que dejara a los que amaba, para que se aventurase hacia un destino amargo, el cual presentía con sus intuiciones, y el cual ya había visto en algunas visiones y sueños.

Todo eso lo confundió de tal manera, por eso no sabía qué era lo que realmente quería hacer. Comprendía de buena manera el libre albedrío que supuestamente estaba sobre todos los hombres, pero respetaba los designios que los divinos tomaban para con los espíritus. Felipe siempre fue una persona con un amplio carácter de comprensión y entendimiento, no solo por lo que había aprendido de los libros, sino por lo que su espíritu representaba en esta vida carnal. Eso le daba una cierta astucia y comprensión más flexible sobre las cosas.

Hay espíritus que no necesitan volver a este mundo, pero se sacrifican en la carne para darnos una ayuda en nuestro propio camino personal e íntimo. No para que seamos como ellos, sino para que, a nuestra manera, tomemos el ejemplo que ellos ya han alcanzado en su espíritu. Su ejemplo, el cual han dejado a lo largo de la existencia de esta civilización, en cada cultura que emerge del cambio de fortuna del tiempo, y del nivel espiritual. Toda la verdad está ante tus ojos y dentro de tu corazón.

Felipe estaba sumido en la negación de perder a los que amaba, y no comprendía cómo era que Dios había decidido que tomara ese camino, para cumplir la misión que se había planeado desde antes de su nacimiento, la cual no comprendía en ese momento de su vida aún.

Tomó el libro y lo metió en su morral, luego caminó hacia la puerta. Entonces, sintió una sensación extraña que lo seducía placenteramente en su intelecto, creándole una idea de poder inimaginable, por lo que pensó en usar ese poder para llevar a cabo su idea de un mundo perfecto para sus amados. Aniquilando a los que hacían el mal podría mejorar el mundo de una manera que no se había imaginado jamás. Porque pensaba que los tiranos merecían el castigo por sus iniquidades contra los inocentes quienes pagaban sus egocentrismos de codicia. En ese momento, apretó los puños y se aferró a la idea que siempre tuvo de hacer el bien, sirviendo a los demás, perdonando a los que le agredieron de alguna manera también. Con los ojos cerrados, y renegando de lo que los divinos habían hecho sobre su insignificante vida en este mundo. «¡Basta!

¿Qué puede ofrecer un solo hombre ante tan grande ego?», reprochaba Felipe al cielo.

Doña Petra le tocó en el hombro y le preguntó qué era lo que le pasaba, que por qué estaba hablando solo. Felipe al abrir los ojos se dio cuenta de que estaba parado afuera de la puerta de la sacristía, en donde había algunas personas al rededor viéndolo mientras hacía su berrinche.

La señora le dio un tazón con una bebida que lo hizo volver en todos sus sentidos, luego doña Petra se fue con Elida de regreso al cuarto del padre Joaquín.

La capilla estaba repleta de gente rezando por todos lados, lamentándose la pérdida más grande que aquel pueblo había tenido hasta entonces. Se podía ver claramente el aprecio que aquella gente le tenía al padre Joaquín, porque había gente hasta a tres cuadras a la redonda de la parroquia, quienes lamentaban la pérdida de tan buena persona, quien siempre los trató con gran cariño. Todo hombre fuerte lloró ese día.

Elida se quedó con doña Petra durante el tiempo que Felipe y su compadre ayudaban al sacristán con las cosas que la gente traía para el padre Joaquín. Mamá Chayo como siempre en la cocina con sus tres hijos, quienes se la pasaban platicando las cosas más simples que los demás ignoramos por temor. Ayudaba a otras señoras que se ofrecieron para preparar algo de comer para la gente que se arremolinaba dentro de la capilla esperando el cuerpo del padre Joaquín.

La misma gente que vivía alrededor de la parroquia se ofrecían en acomodar personas en sus casas para que pudieran descansar. Les ofrecían comida y agua como buenos samaritanos, así como el padre Joaquín les había enseñado con su ejemplo, por eso era por lo que le respetaban con tan grande cariño; además, porque él siempre los acogió con su comprensión, sin importar la condición con que la persona acudiera a él en busca de una esperanza para su vida.

Un anciano triste y de apariencia humilde, quien ponía una rosa roja y una rosa blanca en el altar, mientras Felipe acomodaba un arreglo floral a los pies del Cristo, pronunció algunas palabras en ese lenguaje extraño, el cual Felipe no comprendía aún. Luego, con las palabras que él pudo entender escuchó al anciano decir que eso le serviría al padre Joaquín para su nueva travesía en la siguiente lección de su espíritu.

Felipe siempre se preguntaba por qué del sufrimiento de los seres vivos, y no comprendía la intención en la lección para crecer como espíritus, porque el dolor no cabía en sus argumentos, pues sentía que debía haber una posibilidad que los ayudara a entender la razón entre el bien y el mal, a aquellos que se equivocaban hiriendo sin querer a sus semejantes, o a algún ser vivo. Ya sea, por la necedad de la ignorancia al no querer aceptar los errores, o por la ceguera del ego que no nos deja zafarnos de la codicia, la cual se nos mete por los ojos todos los días de nuestras vidas. «El dolor ajeno duele», pensó Felipe, mientras miraba a aquel anciano dejar las rosas sobre el altar.

Muchos sufren por la felicidad de algunos, de acuerdo con el sistema que hemos implementado durante toda esta generación, la cual no ha generado ningún cambio en lo que respecta al crecimiento espiritual. Al contrario, se ha vuelto más material hoy que en ningún otro momento, porque los hombres se interesan poco en lo que realmente les ayudaría a crecer como seres superiores; pero no para imponer la fuerza.

Es la comprensión y la misericordia la que los hará cambiar, en lo que pudieran llegar a encontrar dentro de sí mismos; entonces, todo ese paraíso adecuado para el amor surgirá alrededor de todos los que alcancen cierto grado de comprensión, para todo lo que representa su realidad.

Al muchos confundir la felicidad con la posesión de bienes y riquezas, mal entienden su propia necesidad como espíritus. No esperen que entiendan a los demás, para eso deben entenderse a sí mismos primero, para ver la verdad que yace dentro de sus corazones, los cuales se contaminan sin querer en medio de esta _bestia_ que nos alimenta con sus tramas banales para el alma, pero que todos aceptamos de conformidad, de acuerdo con la aspiración a la cual dedicamos nuestra vida.

Felipe seguía culpando a la sociedad sobre la envidia que generaba en los hombres, debido a esta idea que hemos adoptado del lucro y el valor sobre las cosas. De pronto comprendió que intentar buscar un culpable fuera de sí mismo, era lo equivocados que estábamos todos, al culpar a los demás por lo que no nos atrevemos a aceptar en nosotros mismos primero, para comprender mejor lo que no se entiende con la ignorancia, la cual abunda en estos días respecto a la verdad. Cada uno juzgue a su manera.

En ese momento en que se perdía en este inmenso mar del pensamiento, alzó la mirada a la cara del Cristo ensangrentado. «¿En qué fallamos con tu sacrificio?», pensaba Felipe, mientras miraba las heridas en el cuerpo de aquel hombre clavado en la cruz. De pronto sintió una sensación de tranquilidad y harmonía, la cual lo hizo sentir dichoso de gran manera. Luego, sintió un temor irresistible, por lo que la cobardía se apoderó de él, y cayó de rodillas mirando fijamente la corona con las espinas.

Levantando las manos al cielo, sosteniendo un ramo de flores, clamó con un gran dolor dentro de sí: «¡¿Por qué nos has abandonado?!»

Toda la gente volteó a verlo, interrumpiendo sus rezos al escucharlo gritar. El sacristán y Chendo se sorprendieron de tal manera, que no sabían qué hacer, porque al intentar acercársele sintieron una fuerza extraña que impedía que se acercaran. En unos cuantos segundos la fuerza desapareció, por lo que Chendo lo intentó ayudar para que se pusiera de pie, preguntándole qué era lo que le pasaba. Pero Felipe no le dejó que le ayudara, por lo que se paró por sí solo, y diciendo que no sabía qué era lo que le había pasado, que solo había sentido muchas ganas de llorar repentinamente. Chendo ya le conocía muy bien, por eso no le preguntó más ni le insistió en ayudarlo.

La gente se empezó a impacientar, a tal grado que las murmuraciones se convirtieron en gritos esporádicos, reclamando ver el cuerpo del padre Joaquín.

Justo en el momento en que la gente se empezaba a desesperar, se escuchó un grito de los que estaban a las afueras del pueblo, quienes alcanzaron a ver en el camino una caravana que se aproximaba. Algunos gritaron que se trataba del cuerpo del padre, corriéndose así la voz de inmediato hasta la capilla.

Todos se movieron a la orilla de la calle para dejar pasar la carrosa fúnebre, la cual era jalada por seis caballos percherones de color blanco, y la cual estaba adornada con flores alrededor. El cuerpo estaba en el ataúd de vidrio, el cual le habían hecho para que la gente pudiera verlo. Todos se sorprendían al verlo como si estuviera durmiendo y soñando con algo muy bueno porque se le podía ver una sonrisa en su rostro. Gente se arrodillaba al verlo pasar, por la fuerza de bondad que irradiaba su presencia, aún después de muerto.

Elida y doña Petra estaban en la puerta de la capilla esperando recibir el cuerpo de aquel hombre justo, quien solo les había dado amor incondicional. La señora le sostenía del codo hasta la muñeca de su brazo derecho, mientras le susurraba algo al oído, luego le dio un beso en la mejilla. Felipe estaba detrás de ellos junto con Chendo, Mamá Chayo y los niños.

El sacristán lloraba al lado de doña Petra, con las manos temblorosas. Ella, al verlo angustiado lo abrazó y le dio un beso en la mejilla también, susurró unas palabras en su oído, y el joven se calmó sonriéndole un poco, como agradeciendo las palabras que le había dicho.

Felipe se sintió extraño a todo lo que estaba pasando, como si todo eso no fuera parte de su vida. Pero al ver a Elida embarazada, y esperando el cuerpo de su tío, se dio cuenta de que todo eso simbolizaba mucho más de lo que todos veían. Pues, así como en la realeza se heredan los rangos, este era uno de esos momentos en el cual se heredaría algo más grande de lo que cualquier hombre pudiera llegar a imaginar. Los secretos se heredan de generación en generación, sin que nadie se dé cuenta de que existe tal misterio. Siendo menester del que posee tal verdad, salvaguardarla hasta el momento en que se nos indique que los hombres pueden comprender el universo interno de sus existencias individuales como espíritus superiores.

Tres ancianos se ofrecieron en ayudar a Felipe, a Chendo y al sacristán para bajar la caja de vidrio de la carroza fúnebre para llevarla hasta el altar de la capilla.

Elida y doña Petra lideraban el recorrido hasta el altar, en donde cada una se paró a cada lado de la caja de vidrio llorando sus razones.

Un obispo caminaba por detrás quemando incensio, y quien además era amigo del padre Joaquín. Se habían conocido desde que los padres de Joaquín lo llevaban al servicio comunitario cuando era niño. Reconoció a Elida en cuanto la vio, por lo que exclamó que era un milagro, pero que a la vez una desgracia. Pero también decía que solo Dios sabía la razón de por qué pasaban todas las cosas; además, le contó que su abuela estaba en camino al pueblo, que llegaría en un par de horas aproximadamente. Le dijo que su tío Marcelino también estaba en camino para reunirse con todos en el pueblo, por lo que lamentaba que sería un evento lleno de sentimientos encontrados para todos.

A Elida se le vino el temor de que su padrastro aprovechara el momento para buscarla, e intentara hacerle daño a ella o a alguno de los que amaba, pero luego se sintió arropada por la gente del pueblo. De tal manera, que no le dio más importancia que al dolor en su corazón por haber perdido a su tío, quien le había enseñado tantas cosas que ella valoraba como lo más importante en su manera de ver el mundo, y a la gente que trata de vivir en él.

Pusieron la caja de vidrio a los pies del Cristo, ante el altar, el cual estaba lleno de flores, así como de gente alrededor.

Felipe, Chendo y el sacristán se quedaron mirando asombrados por la apariencia del padre Joaquín, pues lucía una sonrisa contagiosa, la cual hacía a la gente sentirse de alguna manera con una especie de conformidad.

Los tres ancianos al mirar al padre Joaquín, se pusieron la mano derecha a la altura del corazón, y su mano izquierda sobre la corona de sus cabezas. Lo cual llamó la atención de Felipe. Los tres cerraron sus ojos y bajaron la mano izquierda a la altura de su frente, pronunciando algunas palabras extrañas que ya le eran algo familiar. Nadie parecía darse cuenta de lo que estaban haciendo, como si la paz que el padre irradiaba con su sonrisa los hechizara a todos.

Elida se tocaba la panza con ambas manos, mientras doña Petra tenía sus manos juntas como rezando a la altura del pecho, luego las bajó un poco apuntándolas hacia la caja de vidrio, al mismo tiempo que los ancianos tocaban su pecho y su frente Felipe se quedó un poco sorprendido de lo que estaba viendo, porque parecía que era el único que se daba cuenta de lo que sucedía. En ese momento se percató de una luz de color lila muy oscuro, la cual se desprendió de la frente del padre Joaquín, se posó encima de la caja y se dirigió a las puntas de los dedos de las manos de doña Petra. Su corazón se aceleró al ver que apuntaba las manos hacia la panza de Elida. En ese momento, una luz muy brillante que cambiaba de colores salió de la panza de Elida, y se fusionó con la luz que estaba en las manos de doña Petra, en una luz más brillante que parpadeaba, formando sombras de todos los presentes, quienes actuaban como si no se dieran cuenta de ello. Al fusionarse las luces, volvieron a la panza de Elida en el momento que doña Petra le tocaba el vientre con las dos manos, mientras pronunciaba algunas palabras en ese lenguaje raro, el cual a Felipe empezaba a llamarle la atención.

De pronto tuvo una visión sobre un lugar lejano en el tiempo, la cual lo hizo ver faces de su vida cuando niño, y momentos de su adolescencia; además, que en ocasiones

194

miraba que estaba afuera de este mundo contemplando los planetas, los cuales giraban al rededor del sol con una harmonía sospechosa. Se percató de la explosión que había sucedido a una de las joyas que sostenían el propósito de los divinos. Propósito que se esparció alrededor de dos mundos que habían sobrevivido; en los cuales pudo ver la vida que florecía en ellos. En la última de sus visiones pudo ver al planeta Júpiter perderse en el horizonte entre los remanentes de esta joya celestial, la cual había sido destruida por razones que le inquietaron.

Al abrir los ojos se dio cuenta de que formaban un círculo alrededor de Elida. Doña Petra tocaba el hombro izquierdo de Felipe con su mano derecha, mientras que con la otra tomaba de la mano a uno de los ancianos, quienes a su vez se tomaban de la mano, hasta que el último tocaba con su mano izquierda el hombro de Felipe, cerrando el circulo. Elida tocaba su vientre con ambas manos, mientras Felipe tocaba su pecho con la mano derecha, y con la izquierda tocaba el hombro izquierdo de Elida.

El sacristán se le acercó a doña Petra y le susurró algo al oído, quien de inmediato se llevó a Elida con ella, porque el obispo que era amigo del padre Joaquín había pedido hablar con ellas a solas urgentemente.

Los tres ancianos se despidieron de Felipe muy cordialmente, dos de ellos tocando su pecho al despedirse de él. El último se le acercó un poco más, para decirle al oído que esperaba los visitara una vez más. «Solo tú tienes la llave», le dijo a Felipe al final, y se marchó.

Felipe estaba aún desconcertado de lo que había pasado, y se negaba a aceptar por completo lo que el mismo había experimentado.

Recordó las palabras de *La Anciana del pelo Blanco*, las cuales le advertían sobre las mentiras de los que poseen el poder para controlar a los que viven en la tierra. Por milenios, estos hombres se han empeñado en la búsqueda frenética por el poder divino, el cual los haga ser el conquistador que maneje los hilos del destino de los hombres. Aún en ese momento se sintió ajeno a tal drama, del cual no encontraba la razón de su posición en medio de todo eso. «¿Qué hacemos? Maje», le preguntó Chendo, con la cara de desorientado sin saber qué hacer. Felipe, al ver lo confundido de su gran amigo, se preocupó de lo que pasaba con su amada, y de por qué el obispo había pedido hablar con ellas urgentemente.

En ese momento las palabras de *La Anciana del pelo Blanco* resonaban en su conciencia una vez más, pues ella le había dicho que él estaba predestinado para ayudar a otros en sus caminos, para que se rencontraran a sí mismos en un convenio de conformidad entre lo que pudieran llegar a encontrar dentro de su ser. Para luego abrir el corazón en todos los hechos que de nuestras manos e intenciones resulten, sin herir a los demás. Como una lección personal para evitar el dolor que causamos con nuestra indiferencia, en las esperanzas que otros ponen en nosotros.

Así, en esa apertura, se transformará el paraíso deseado alrededor de tu ser. Otros, al darse cuenta, reconocerán la intención en cada uno, asimilando el propósito. Porque al hacerlo, se darán cuenta por ellos mismos de lo que se necesita para garantizar el bienestar de los que amamos, sin necesidad de explotación física o emocional.

Doña Petra abrió la puerta de la sacristía, y se dio cuenta de que Mamá Chayo estaba con los niños a un lado. Como siempre, intentando ver qué es lo que pasaba con Elida. En cuanto doña Petra la vio, le dijo que pasara en seguida junto con los niños, mientras el sacristán se dirigía hacia Felipe algo apresurado. Felipe se había dado cuenta de todo eso, manteniéndose a alerta para intentar no perder ningún detalle. «Venga conmigo, traiga a su compadre con usted. Es urgente», le dijo el sacristán.

Felipe se fue enseguida tras del sacristán, y llamando a su compadre Chendo con la mano para que los siguiera, quien los

196

siguió también algo desconcertado sin saber qué era lo que estaba pasando. Creía que tal vez lo necesitaban para que ayudara con alguna cosa. Creo que cada uno tiene sus presentimientos de su propia manera.

Al entrar a la sacristía, el Obispo le explicó a Felipe que tenían que irse enseguida porque había personas maliciosas que intentarían hacerles daño. Felipe pensó que una de ellas era el padrastro de Elida, quien probablemente se aprovecharía de la situación para lograr su aberración mezquina. «Al final solo quedará polvo de tus huesos, y una gran ausencia de lo que fuiste», pensó Felipe en ese momento, respecto a aquel pobre miserable.

Lo había presentido en muchas ocasiones cuando era niño, por lo que se sintió un poco sorprendido en ese momento, por ver que sus visiones se tornaban en los hechos que ocurrían ante sus ojos.

El Obispo comprendió que el libro se había ofrecido a Felipe, al ver que este tocaba el morral mientras le decía todo lo que pasaba. El Obispo sabía de todo eso, y continúo insistiéndole que se apurara porque correrían mucho riesgo al quedarse. «Tú lo sabes Felipe», le dijo el Obispo.

Felipe sentía una gran fuerza con el pectoral de oro y el medallón en su cuello, pero con su mano izquierda tocaba su morral, encontrando un poco de cordura al sentir el libro dentro.

Doña Petra le hizo una señal al Obispo, quien de inmediato abrió un cajón del escritorio, en el cual metió su mano para jalar una pequeña palanca escondida, la cual hacía que el escritorio se moviera de lugar, para que apareciera una puerta que guiaba a un pasadizo secreto, el cual conducía a una sección debajo de la capilla.

Doña Petra bajó primero para liderar el camino, luego Elida con Mamá Chayo cargando a dos de los niños. Chendo llevaba al niño mayor a su lado tomándolo de la mano, mientras que Felipe y el sacristán caminaban detrás de ellos. Bajaron hasta el primer nivel, en donde estaba un pasillo que conducía a otras puertas con pasajes a diferentes partes de la capilla.

Doña Petra cerró la puerta con llave, y en seguida se dirigió a abrir otra puerta que conducía a un nivel más bajo, con otra llave diferente, la cual guardaba colgada en el cuello.

El niño más pequeño empezó a llorar en cuanto la señora abrió la segunda puerta, por lo que los dos hermanos lo consolaron rogándole que guardara silencio, luego lo abrazaron y se lo llevaron de la mano entre los dos. Al ver la valentía de los niños, nadie se atrevió a quejarse de sus miedos, y solo continuaron siguiendo al sacristán, quien bajó primero esta vez, para que doña Petra cerrara con llave una vez que todos bajaran.

Felipe se dio cuenta de que habían bajado un poco más profundo que el primer nivel, hasta un pasillo misterioso en donde se sintió un poco desorientado por las dimensiones que aquel lugar tenía. La puerta por donde habían entrado era tres veces más chica, comparada con las puertas que se encontraban al lado del pasillo, las cuales eran casi tan grandes como las de una catedral. Las habitaciones eran proporcionales al tamaño de las inmensas puertas, de acuerdo con lo que alcanzó a mirar en la última de las puertas que estaba semi abierta. Pues al aproximarse a la última puerta, Felipe se dio cuenta de que alguien la cerraba mientras se aproximaban. Pudo ver a un hombre con una túnica blanca y un cinturón dorado, pero solo pudo ver la mitad del torso, porque cerró la puerta rápidamente antes de que llegaran. Jamás había visto a un hombre tan grande en su vida, por lo que se sorprendió de gran manera al ver que él lo miraba también.

Ese hombre era verdaderamente alto, porque la altura del cerrojo estaba por encima de sus cabezas. Felipe pudo ver la mano de aquel hombre, la cual era de tres a cuatro veces más grande que sus propias manos. Quiso detenerse para averiguar más sobre aquello que lo había dejado muy sorprendido, pero doña Petra lo jaló para que continuaran hacia la puerta de salida. La cual conducía a un túnel que los sacó a las afueras del pueblo, en donde dos monjes los esperaban con el carretón de Chendo, con algo de comida para el camino, y un par de libros que les regalaron a los niños.

De inmediato subieron al carretón, por lo que uno de los monjes tomó las riendas de la mula, a lo cual Chendo no puso objeción alguna, a pesar de que nunca dejaba que nadie lo hiciera. Solo a su hijo mayor cuando le enseñaba como controlarla en ocasiones, cuando salían del basurero en busca de leña para el fogón.

Después de un rato de haberse alejado lo suficiente del pueblo, y al asegurarse de que estarían a salvo, el monje paró la carreta y se bajó. Les dijo que estarían a salvo desde ese lugar porque el peligro ya había pasado, y que no había nada de qué preocuparse. El más pequeño de los niños, dijo: «¿Después de lo que nos pasó?» El monje solo sonrió, y tomándolo de la mano le dijo que todo estaría bien, porque él era su amigo, y que lo ayudaría en el momento en que lo necesitara. Mamá Chayo lo tomó entre sus brazos, y en seguida los otros dos niños se unieron con ellos, en una especie de alegría porque no les había pasado nada.

El monje se les acercó para despedirse de los niños, recordándoles que leyeran los libros, y que no olvidaran que la mayor riqueza estaba dentro de sus corazones, pues eso era su gran tesoro; del cual, procuraran la integridad ecuánime ante la distracción, para no perder alguna joya. Le dijo a Chendo que era un buen hombre, y en seguida tomó la mano de Mamá Chayo. «Eres una gran guerrera hermosa, que no hay nada que temer contigo», le dijo. Mamá Chayo sintió un nudo en la garganta, porque de esa manera su madre le decía cuando era niña.

Con la mano derecha tocó el vientre de Elida, mientras que con su mano izquierda tocaba su frente, cerró los ojos y pronunció algunas palabras en aquel lenguaje extraño, el cual era ya muy familiar para Felipe, quien presenciaba todo sin intervenir en lo más mínimo. Su sola presencia y la bondad con que se dirigía hacia ellos al hablarles los hacía sentirse en paz, complacidos y muy agradecidos.

Todos estaban con la sospecha en el corazón, de que aquel monje era un ser divino, quien se formaba en la carne para ayudarles a despertar un poco del sueño terrenal. Dios mismo en su acción de promesa de que nunca te dejará solo en ningún momento, por más inteligible que sea la necesidad por piedad o consuelo. Para que así, a tu manera, formes el destino en el cual te desenvuelves todos los días en la vida. Felipe, al pensarlo por un instante le dio pena porque siempre se quejaba de lo que Dios había hecho con los hombres que murieron en el diluvio, y la manera en que renegaba de el designio que se le había encomendado.

De alguna manera desterró la idea de que fuera Dios mismo, pero sentía que la idea de que fuera un ser cercano a Dios era la más acertada.

El monje miró a Felipe a los ojos, y se dio la media vuelta para marcharse, pero se detuvo después de unos cuantos pasos. Volteó para ver a Felipe de nuevo, y luego después al horizonte, diciéndole: «Los Santos han ganado respuestas desde lo alto, gracias a su fe, a su sacrificio. Procura la sombra de sus consejos, pero guarda tu corazón». Luego se fue perdiendo entre los matorrales.

El apuro de volver al basurero se apoderó de todos, al alejarse aquel monje misterioso. Siendo Chendo quien saltó enseguida para tomar las riendas de la mula y volver lo más rápido posible.

No tuvieron contratiempos que les ocuparan el pensamiento de paz y tranquilidad que les había trasmitido aquel monje, por lo que llegaron justo en el momento en que el ámbar del atardecer los recibía sobre los tres cerros en el horizonte.

Capítulo 9

El nacimiento de Luz de Luna

Esa noche en sus charlas nocturnas, el tema sobre lo que había pasado fue lo que los mantuvo despiertos en casi toda la noche, porque estaban muy preocupados de lo que había sucedido, y se lamentaban haber tenido que huir sin haber podido ver a la abuela y al tío de Elida.

Al no encontrar alguna respuesta creíble, dejaron que el tiempo trajera los indicios de lo que deberían hacer para volver al pueblo y averiguar más de lo que realmente había pasado, y descubrir por qué tuvieron que salir huyendo para salvar sus vidas.

Eso inquietaba a Felipe, porque sentía que poseía una fuerza descomunal al vestir el pectoral de oro junto con el medallón, que bien pudo haber enfrentado a cualquiera y haberlo vencido fácilmente con tan solo pensarlo, al menos eso era lo que sentía al recordar lo que había pasado.

Elida lo intentaba regresar de su delirio, tocando su espalda desnuda, y diciéndole que tan especial era su camino, pues él estaba predestinado para hacer cosas buenas. «¿No os habéis dado cuenta aún?», le preguntó Elida, mientras se recostaba en la cama insinuando su vientre.

En el trabajo habían empezado a construir en esos días las bases de la entrada que Felipe había diseñado, por lo que no le daba tiempo suficiente como para visitar a *La Anciana del pelo Blanco* en sus horas de comida, ya que tenían que quedarse para tratar de avanzarle lo más que pudieran a la construcción. Chendo no le preguntaba sobre lo que les había pasado, parecía como si no se acordara, o porque no quería hablar sobre eso.

Felipe le respetó la decisión de no comentar al respecto, cuando hablaban entre ellos sobre las vicisitudes que pasan en la vida de todos.

En el último día de trabajo, a la hora de subir al Zorro, el pensamiento de Felipe se perdía entre las pocas nubes que cursaban el cielo, pensando qué hacer para que su familia pudiera tener un mejor futuro.

—¿Tu familia te preocupa? —le preguntó El Santo seriamente al acercarse a él—. También al creador le preocupan los suyos, y los protege de cualquier mal que intente corromperlos.

—¿Crees que se preocupe por mí?, ¿sabe quién soy?

Más que una pregunta, era un reproche por parte de Felipe, quien ignoraba las intenciones íntimas que el creador forma en cada uno de nosotros. El Santo lo miró con gran ternura y compasión, sonriendo un poco por la ignorancia pasajera de Felipe. (*Daniel 2:21-22*)

Los días pasaban con lo peculiar de la rutina diaria sin que nadie resaltara el tema, a excepción de Elida y Felipe en sus charlas nocturnas, pues en esos dos meces que tardaron en construir la entrada de la obra de construcción, siempre se preocuparon en encontrar una idea que les satisficiera, en la inquietud de encontrar la verdad de lo que había pasado, al debatirlo en cada noche durante mucho tiempo.

En uno de esos días en el cual estaban casi por terminar de construir la entrada con los pilares, Felipe acudió a *La Anciana del pelo Blanco* para buscar un poco de ayuda en lo que debería hacer respecto a algunas cosas que le preocupaban. No solo de su vida personal, sino de su misión como espíritu, la cual se ha encomendado desde lo más alto.

Ningún hombre ha podido con el peso de la verdad, la cual se le ha confiado en el momento de su realización, sin saber que la verdad lo llevaría más lejos que cualquier necedad tecnológica o de carácter filosófico; por tal, consideren respetuosamente antes de dar por sentado cualquier cosa. Consideren ustedes mismos.

Al acercarse a la pirámide Felipe notó un humo blanco saliendo por una de las chimeneas, lo cual le parecía algo relacionado con una decisión que los hombres pretenden adjudicar a lo divino.

Felipe entró con la prudencia de siempre hasta donde estaba la anciana sentada sobre la piedra azul, la cual irradiaba un tono violeta, al momento en que él se sentaba en frente de ella. «¿Le tienes miedo a la muerte, Felipe?», le preguntó *La Anciana del pelo Blanco*, en el momento en que se le acercaba para darle un tazón de oro con un brebaje especial que le había preparado al saber que vendría a ella. Luego continuó diciéndole: «Tienes miedo de que el mensaje no sea valorado y que tus palabras sean en vano, a pesar de que sacrifiques tu vida para intentarlo». Ella le pidió que bebiera del tazón, lo cual Felipe hizo sin objeción alguna.

Después de haber bebido su primer sorbo, Felipe le preguntó:

—¿Por qué quieren matarnos?

La anciana se le acercó tocándole el pecho con la mano derecha, al momento en que le decía:

—En este mundo hay seres que envenenan las mentes de los débiles con mentiras de promesas falsas, a cambio de atrocidades, por razones que estás aún por descubrir.

Felipe pensaba en las obligaciones que tenemos todos en la sociedad, las cuales evitan que podamos ver la verdad interna, la cual intenta declararse día con día en sus indicios particulares. Las obligaciones nos limitan a ciertos lugares a los que nos aferramos en volver cada día.

Se sintió un poco descontento por lo que su mente le hacía, por lo que empezó a temblar de ansiedad.

La Anciana del pelo Blanco le pidió que bebiera del tazón una vez más. Felipe se sorprendió al darse cuenta de que era dulce como la miel, y de inmediato se sintió relajado y atento a lo que ella intentaba decirle, mientras ella estaba sentada en la piedra azul, la cual empezaba a irradiar una luz tenue de color violeta.

—Aún no me ha dicho nada sobre lo que le pregunté. ¿Por qué quieren matarnos? —le insistió Felipe algo preocupado, después de haber bebido su segundo sorbo, pues él quería respuestas más claras, no señales ni presentimientos.

La anciana tomó la lanza y caminó hacia el altar, pronunciando algunas palabras en ese lenguaje que Felipe ya reconocía, pero que seguía aún sin saber el significado.

De pronto una fluctuación de energía salió de la piedra azul, empujándolo un poco por la fuerza de la onda explosiva, pero nada en la habitación se había movido ni un poco si quiera, lo cual hizo que su corazón se acelerara de una forma alarmante. Ella tenía los ojos desorbitados, apuntando la lanza hacia él, y parecía como si una luz blanca saliera de sus orejas y de tras de su nuca. «La verdad está en tu corazón», le dijo la anciana.

Felipe se sintió tan miserable ante la sociedad, por lo que renegó de lo que la anciana había dicho, porque no comprendía completamente el por qué ellos insistían en decirle el lugar en donde encontraría la llave. La cual abrirá la puerta que el espíritu busca, para comprender su lección individual al reencontrarse con su verdad intima.

La anciana sabiendo lo que su mente jugaba en sus emociones, le dijo:

—Quieren matarlos porque la verdad no le conviene a algunos aquí. Y así, continuarán hasta lograr su cometido.

—¿De qué verdad habla? ¿Nosotros los pobres qué podríamos enseñarles a los necios avariciosos? —le decía Felipe, renegando un poco por la ignorancia que tenía sobre su misión en ese momento—. Nadie se fijaría en lo que este mendigo pudiera decirles. No podría yo cambiarlos a todos.

La anciana apuntó la lanza hacia Felipe, y de la punta salió un rayo de luz, el cual impactó a Felipe justo en el pecho. De pronto sintió un presentimiento sobre el libro, el cual hablaba sobre la llave que abría la puerta para que solo los privilegiados puedan entrar. Además, tuvo visiones sobre gente que moría, por las sugestiones que las palabras de un individuo causaban en sus pobres mentes, haciéndolos cometer crímenes contra la naturaleza, y asesinando a inocentes por la idea de superioridad con que se les ha engañado. Miró el castigo quemante de los injustos en su propia conciencia, quienes se arrepentían de lo que habían causado cuando estaban en el mundo material.

Felipe lloró por ellos, y al ver que no había esperanza para los pobres, en el mundo que gobernaba este ser malvado e indiferente. Felipe renegó de su misión una vez más.

—Ellos no van a cambiar —le dijo Felipe, mientras aún lloraba por los injustos.

—No se trata de ellos, se trata de lo que es dentro de ti —le advirtió la anciana.

Se levantó como pudo, y se fue con las lágrimas en los ojos de regreso a la obra de construcción, fastidiado por los designios que los divinos habían puesto sobre sus hombros.

En todo ese tiempo no vistió el pectoral de oro ni el medallón cuando iba a trabajar, los dejaba en el baúl junto con el libro, guardados de las avaricias de los hombres y su manera de corromper el corazón de los inocentes.

En una ocasión cuando Felipe caminaba por las calles, se detuvo para tomar un poco de sombra bajo un eucalipto, el cual estaba al lado de la calle. De aquella humilde casa que estaba en frente del eucalipto, salió una señora echándole agua y gritándole para que se moviera, porque apestaba, porque era un mugroso mendigo, el cual daba lástima. «Qué me importa a mí la gente, si siempre han sido desgraciados conmigo», pensó Felipe en ese momento.

Su naturaleza noble y servicial se veía retorcida por la fuerza oscura que nos envenena con dudas y prejuicios. Lo único que lo mantenía en la razón era el recuerdo de Elida y los consejos de su madre, por lo que de inmediato cambió la necedad, por la humildad con que su corazón siempre se jactó sirviendo a los demás. A pesar del descaro agresivo de la ignorancia de la señora, decidió continuar su camino, pensando en cómo ayudar a los que ignoraban la verdad. Felipe sintió lástima por la señora. «Pobre alma desprotegida, cuanto te han engañado», pensó Felipe.

No se sintió orgulloso de lo que había logrado cuando terminaron de construir la entrada de la casa, ni se preocupó más por los objetos que guardaba, ni visitó a la anciana por querer encontrar la razón de su existir sin que los divinos tuvieran que intervenir. Renegó una vez más.

Ese día celebraron al terminar el diseño que siempre soñó. Estaban todos mirándole colocar la última piedra, esperando celebrar por el esfuerzo de su trabajo. Ninguno supo que Felipe era quien había diseñado aquella entrada con los pilares, así que celebraron solo por la alegría de haber terminado un trabajo más, no por su diseño ni su triunfo.

Para entonces ya se habían cumplido los tres meces de plazo para entregar la casa al ingeniero, y estando Elida a unas semanas de parir. Eso preocupó a Felipe, por eso no se sintió muy contento que digamos, porque no recibiría ningún crédito por su diseño. Además, de que al terminar se quedaría sin trabajo, porque presentía que el ingeniero no les pagaría el último mes, a pesar de que el trabajo se había salvado. Felipe y sus presentimientos, pues así pasó.

El ingeniero volvió un martes por la mañana, en la fecha que le había advertido a Uicho, para recibir la casa terminada y pagarle el último mes que habían acordado.

Chendo advirtió a Felipe de que algo pasaba, porque Felipe estaba pintando algunos detalles dentro del edificio principal de la obra, y no se había dado cuenta de que el ingeniero había llegado. «Ven maje, que se están peleando», le decía Chendo cuando venía corriendo hacia él.

Uicho y el ingeniero estaban trenzados peleando a golpes y arañones, discutiendo sobre la entrada. Los reproches que se acomplejaron con el tiempo se reflejaban en las lágrimas de

206

Uicho, al reclamarle lo injusto que siempre había sido con él, a pesar de ser su hermano.

Todos llegaron al lugar para intentar separarlos, pero se necesitó más de cuatro para alejarlos lo suficiente para que no se agredieran. El ingeniero les gritó que se largaran del lugar inmediatamente, porque si no lo hacían traería a las autoridades para que se los llevaran presos por no haber hecho las cosas como él quería. Ni las explicaciones del Santo le sirvieron, porque estaba enfurecido de gran manera, por lo que se negó a darle la parte que le había prometido a Uicho. Le dijo que no lo demandaba porque le daba lástima. Que tenía quince minutos para recoger sus cosas y sacar a toda su gente de su casa. Todos se fueron, nadie pudo reclamar cosa alguna.

Uicho los llevó afuera de la casa para hablar con ellos, a quienes agradeció de todo corazón lo que le habían ayudado en todo el tiempo que trabajaron a su lado, y les dijo que en cuanto tuviera trabajo que hacer les informaría. Les pagó también esa semana de su propia bolsa.

Todos los que vivían en el pueblo se fueron algo tristes por la situación, aun así, le agradecieron la atención y enseñanza que les había compartido todo ese tiempo, y que siempre estarían dispuestos a ayudarle en lo que se le ofreciera.

Como siempre hacían a la hora de salida, montaron al Zorro para volver al basurero, esta vez, un poco más temprano que de costumbre. Sin que nadie dijera una sola palabra en todo el camino, al menos, solo lo necesario y que se puede resolver con algunas muecas.

El Santo y Uicho hablaban dentro de la cabina del Zorro, mientras que Felipe y Chendo, en silencio viajaban en la parte de atrás.

Felipe era tan solo una pequeña balsa en el mar del pensamiento, embravecido por la tempestad de las preocupaciones; del ego que se resiste a abandonar la responsabilidad que representa el nombre ante la sociedad, negándose a abandonar el hábito que heredamos.

El tiempo corrió sin perdonar el asombro de que habían vuelto temprano de trabajar. Aunque Elida tenía sus presentimientos, no lo incomodó interrogándolo sobre lo que le pasaba, y dejó que la tarde lo acogiera entre las nubes pasajeras, las cuales Felipe intentaba formar en respuestas para sus inquietudes sobre qué es lo que debería hacer.

No sabía que contarle a Elida y que no debería contarle de lo que le pasaba internamente, por no querer preocuparla al estar cerca de parir. Felipe quería que se sintiera segura y complacida en todo lo que fuera necesario, y se esforzaba para no trasmitir su inseguridad o conflicto fuera de sí, en el espacio en donde compartían sus vidas, pero sin querer liberaba un poco de esa frustración en su semblante, o su silencio, del cual Elida ya estaba acostumbrada.

Elida se le acercó por detrás, mientras Felipe estaba sentado en la cama con la espalda desnuda, lo tocó suavemente y le dijo, «Tus preocupaciones son mis penas. Te amo por sobre todas las cosas, con el mismo amor que crece dentro de mí». Felipe la miró a los ojos reconociendo el brillo de su verdad, por lo que sintió un nudo en la garganta por la felicidad que le ocurría en ese momento, luego se perdieron entre sus miradas mientras hacían el amor.

El dinero que había ganado no le alcanzó más que para unos cuantos días, comprando solo las cosas más básicas.

Ellos tenían detrás del jacal un huerto, el cual escondían de los líderes del basurero, casi como un invernadero. Se abastecían de todo de una manera autosustentable, por eso no le preocupó mucho el no tener trabajo, porque se ocupó en esos días en el huerto, y agrandó más el hoyo donde había metido los peces, ya que se habían reproducido de tal manera que no cabían más.

Un jueves por la tarde mientras Felipe arreglaba unas plantas de tomate con un par de trozos de madera, uno de los compinches del líder lo miró trabajando en el jardín, y de inmediato se fue para avisar a su jefe sobre el hallazgo. El líder del basurero llegó con cinco más de sus compinches, reclamándole a Felipe por qué tenía que esconder aquel lugar de todos los demás. Que no debería ser tan egoísta y compartiera un poco de lo que tenía, que eso debería ser su paga por vivir en el basurero bajo sus reglas; además, que debería pagar algo de la deuda que sus padres tenían con su familia. Por lo tanto, todo eso serviría para dar un pago de lo que le pertenecía.

No se apiadaron ni del hecho de que Elida estaba embarazada, y les importó un pepino los ruegos de los dos para que no cortaran las plantas. Felipe les pedía que arrancaran lo que quisieran, pero que al menos les dejaran las plantas.

Se llevaron todos los peces, y arrancaron cada planta que Felipe y Elida habían cuidado con gran cariño durante mucho tiempo, pero estos indiferentes lo destruyeron todo en tan solo unos cuantos minutos.

Solo les había quedado lo suficiente para un par de días, porque era lo que tenían dentro del jacal. Al que por milagro no entraron, pues pensaron que nada tendría de valor aquel mendigo miserable.

Felipe le dijo a Elida que no se preocupara, que las plantas crecerían de nuevo, por lo que esto sería pasajero.

No tuvo otra opción más que salir al pueblo más cercano, para buscar algo de trabajo o chatarra para vender. Aunque es muy difícil encontrar cosas de valor en las calles de pueblos pobres, y mucho más difícil es encontrar algo de comer.

Felipe deambulaba por la plaza del pueblo, con las tripas que se le reacomodaban en cada segundo, buscando algo que pudiera alimentarlo para seguir caminando, para buscar algo que pudiera llevar a su amada y a su bebé que estaba por nacer. Un hombre de apariencia algo robusta caminaba delante de él, comiendo una gran torta. Felipe se dio cuenta de que traía una torta más en su mano izquierda, dentro de una bolsa. Indiferente, miraba de reojo a Felipe, quien lo seguía mirándolo como se devoraba aquel manjar, sin resistir la tentación esperando que le compartiera algo por piedad. El hombre se devoró como pudo la torta, y se dispuso a hacer lo mismo con la que traía en la bolsa, pero su apetito se había saciado con la primera. Al ver a Felipe pensó en dársela, pero no completa, porque le dio un par de mordidas bien grandes, para luego nomás medio masticar y tirar lo que le había mordido, porque ya se había empalagado. Miró con gran desprecio a Felipe por la apariencia de mendigo que tenía, y tiró lo que sobraba de la torta al suelo. Felipe se quedó algo desconcertado, luego volteó en seguida hacia la plaza, para darse cuenta de que un perro venía en carrera por la torta que aquel hombre había tirado al suelo. Por lo que se abalanzó rápidamente para recoger la torta justo antes de que el perro la mordiera, que casi tuvo que arrebatársela del hocico. Felipe la tomó y le dio una gran mordida desesperadamente, luego le gruñó al perro como una bestia salvaje defendiendo su presa, lo cual hizo que el perro saliera huyendo, asustado por la furia con que Felipe le había gruñido. Le dio una mordida más a la torta, pero entre masticadas tomó algo de conciencia, y guardó dentro de su morral lo que le sobraba para llevárselo a su amada.

Se quedó inmóvil y sin poder pensar, pues no tenía fuerzas para eso. El tiempo que tomó lo que había tragado en alimentar su cuerpo, con las fuerzas suficientes como para poder recobrar la cordura, fue el que permaneció sin poder mover un dedo, por lo que la gente se empezaba a quejar de verlo como una estatua incómoda en medio de la banqueta. Un oficial municipal se acercó a él para ver qué era lo que le pasaba. Tocó a Felipe en el hombro con la macana y le preguntó qué si estaba bien. Felipe reaccionó de inmediato y le contestó que sí, que no se preocupara. Al oficial le llamó la atención la amabilidad con que Felipe se había expresado, y de inmediato le preguntó que si lo podía ayudar en algo. Caminaron por la plaza por un rato hasta que se presentaron formalmente.

—Marcelino —le dijo el oficial muy contento—. Es un placer conocerte.

210

—Felipe —le dijo complacido—. El gusto es mío.

En resumidas cuentas, Felipe le contó parte de su vida, al menos lo que creía que era cuerdo y razonable, pero guardándose para sí algunos detalles. De igual manera, el oficial le contó algunas cosas de su vida personal. «¿Qué pasó? ¿Qué, tienes hambre?», le preguntó el oficial. Felipe accedió a su invitación amablemente y muy agradecido, por ayudarlo al ofrecerle algo de comer, sin juzgarlo por las apariencias. El oficial le había contado que sus padres le habían educado de esa manera desde que era un niño. Y que era un placer el ayudar a los demás, sin juzgar las limitaciones que puedan tener en sus condiciones sociales. Felipe se sentía muy complacido por haber encontrado un amigo tan afín a sus principios, por lo que le confió algunas cosas en el tiempo que platicaban, cada vez que Felipe regresaba al pueblo para buscar algo de comer.

En esos días le había contado lo que había pasado en la obra de construcción con el ingeniero y el capataz, lo que había pasado con el plano, y de cómo él mismo había hecho mejor diseño que no tendría el riesgo de colapsar más tarde.

Un día que regresaba del pueblo se dio cuenta de que los líderes habían formado una reunión, en la cual estaban todos los del basurero, menos Elida, Mamá Chayo, Chendo y los niños. Felipe se acercó para ver de lo qué se trataba, y se dio cuenta de que un hombre desconocido estaba al lado del líder del basurero hablándole a su oído.

El líder le preguntaba cosas a la gente sobre una joven que el señor andaba buscando. De inmediato presintió que aquel hombre era el padrastro de Elida, quien la buscaba para matarla, por lo que se fue directo a su jacal escondiéndose entre los montones de basura. Felipe entró apresuradamente al jacal, y Elida se le quedó viendo a los ojos. «No puede ser, es él», dijo Elida muy asustada. Felipe se puso el pectoral de oro junto con el medallón, tomó el libro y lo metió en su morral, además del reloj que su padre le había heredado. Entre otras cosas que llevaron con ellos, pero solo lo que podían cargar. Como pudo le dijo a Chendo que no dijera nada, en caso de que le preguntaran a alguno de ellos. Le aconsejó que se llevara a su familia para los cerros, para que no les fueran a hacer algún daño por su culpa. A pesar de lo que Felipe les había dicho, todos decidieron acompañarlos, por lo que de inmediato sacaron la mula para subir a Elida, y salieron del basurero sin que nadie se diera cuenta. Los niños como siempre, tan cuerdos y discretos se fueron abrazando a su mamá en el camino sin quejarse de nada.

Al estar cerca de los cerros, Gabriel y Raziel los esperaban parados por una vereda que casi no se podía notar a simple vista. Al verlos se alegraron de gran manera, y por fin pudieron tomar su primer bocado de tranquilidad. Gabriel tomó a Chendo junto con su familia, y le dijo a Raziel que hablara con Felipe. Raziel le recordó a Felipe la responsabilidad en su pecho y la sabiduría dentro de su humilde morral, la cual era la sabiduría del universo material y espiritual. Raziel le insistió que si era diligente con su sabiduría podría descubrir la verdad de todas sus inquietudes. Que tendrían que continuar solos porque la cueva estaba preparada para ellos en el momento preciso.

"La verdad está en tu corazón," le dijo Raziel.

Luego le pidió que se marchara, lo cual Felipe hizo llevando a su amada sobre la mula, hacia la cueva donde habían tenido su luna de miel aquellos primeros días de primavera.

En la cueva tenían todo lo que les hiciera falta para que se quedasen sin tener que salir para nada. Aun así, Felipe quería ir al pueblo para conseguir ayuda para el parto, porque cada vez parecía que el momento se acercaba más.

Se reunió con su amigo el oficial Marcelino, y le contó la situación en que se encontraba, pero sin darle los detalles de las personas ni los lugares, para no comprometer el lugar donde estaba Elida. Marcelino le dio una dirección a donde podría ir a buscar por un trabajo honesto, pero que se encontraba algo lejos de ese lugar. A Felipe no le gustaba la idea de separarse por mucha distancia de su amada, y su bebé que estaba por nacer, por lo que tuvo que pensarlo muy bien para aventurarse a buscar trabajo en ese lugar, y dejar a su amada sola en la cueva mientras iba a probar su destino. Al volver a la cueva se encontró que Mamá Chayo y los niños estaban con Elida, lo cual lo hizo sentirse un poco menos preocupado por dejarla sola, pensando que podría ir a buscar el trabajo que el oficial Marcelino le había recomendado.

Chendo apareció después de un rato con algo de leña y algunas hierbas para cocinar. Felipe le preguntó a su compadre si quería acompañarlo hasta aquel lugar, para ver si podrían encontrar trabajo para los dos. Chendo aceptó muy contento de que fuera Felipe el de la iniciativa. Como le conocía desde niño, sabía el problema que tuvo durante mucho tiempo, el de no querer salir muy lejos del basurero, por eso se puso muy contento al escucharlo hablar muy maduro sobre ir a buscar trabajo, y estando tan lejos de donde se encontraba la cueva. Felipe no le comentó a Elida que tan lejos estaba el lugar a donde irían, para que no se preocupara demasiado, pero ella estaba muy bien cuidada por Mamá Chayo y los niños; aun así, siempre se preocupaba por lo que pudiera pasarle a los que amaba, a pesar de que otros estén con ellos. Especialmente Elida, estando a días de parir su primer bebé.

Esa noche Felipe y Chendo rescataron la carreta del basurero sin que nadie se diera cuenta, a excepción de la amiga de Elida, Inés, quien se fue con ellos al darse cuenta de que sacaban la carreta detrás del corral de Chendo.

Elida y Mamá Chayo sabían de que su marido la maltrataba, por eso se pusieron muy contentas cuando la vieron llegar con ellos a la cueva.

Muy temprano en la mañana siguiente se fueron a buscar aquel lugar que el oficial Marcelino le había recomendado. Mamá Chayo les dio algo de comer y les echó un poco de lo que sobró en los morrales que llevaban. Después de seis horas de camino a paso de mula, llegaron hasta una gran mansión estilo colonial, la cual estaba al lado de un rio, con inmensos jardines llenos de todo tipo de flores y legumbres por todos lados. Felipe alcanzó a ver a lo lejos una viña, la cual se extendía más allá del horizonte, mientras entraban por un arco inmenso con una gran puerta de hierro, la cual siempre estaba abierta. Después de haber cruzado unos doscientos metros para llegar hasta la mansión, se bajaron de la carreta. Su compadre Chendo se quedó amarrando la mula mientras él se dirigió a tocar la puerta.

Después de tres intentos, salió una señora con un vestido floreado, muy entrada en discusión con alguien más que se encontraba dentro de la mansión. No le tomó atención alguna a Felipe, porque seguía hablando con esa persona después de un rato de haber abierto la puerta. La señora hablaba con un tono muy alegre que casi gritaba al hablar. La señora volteó para ver a Felipe, y de inmediato lo abrazó dándole un par de besos en cada mejilla. La mugre de Felipe se le quedó en las mejillas de la señora, pero a ella no le importó lo más mínimo porque ni cuenta se dio. «Criatura del Señor, pasa —le dijo a Felipe al verlo, y a Chendo al ver que se aproximaba—. Anda hombre pasa tú también». Pensando que estaban ahí para pedir algo de ayuda o algo de comer.

Ya dentro de la mansión, mandó llamar a la cocinera para que les diera algo de comer y algo de agua para el camino. Luego mandó a llamar a Raúl, su chófer y mayordomo de toda la vida.

Raúl llegó discutiendo con ella el tema que tenían antes de que Felipe y Chendo llegaran, del cual hablaban cuando la señora había abierto la puerta a Felipe.

El acento de la señora y su manera de expresarse le hacía sentir a Felipe muy a gusto, por lo que la adoró desde el momento en que le había abierto la puerta, porque había algo familiar en ella que lo había hecho pensar en su amada. Felipe no decía una sola palabra, solo estaba mirando como la señora hablaba el tema con su mayordomo, como si fueran grandes amigos. Con una confianza, a tal grado de que se admiró cuando el mayordomo la llamó loca, y la señora reaccionó con una gran carcajada.

—Decidme, Quijote, ¿es este tu Sancho Panza? —le preguntaba Raúl a Felipe, al verlo asombrado mirando a la señora.

En ese momento la señora y el mayordomo soltaron la carcajada de una manera muy cándida, pero sin ninguna malicia de su parte.

—Dejadlos en paz bribón. Y a ver si andas a traerles algo de vestir también, que buena falta les hace a estas pobres almas del Señor.

Felipe la miró con gran atención, pues se le hacía muy familiar su modo de hablar y su gran alegría, por lo que no sabía que decirle en ese momento. Solo se le quedó viendo a los ojos con gran asombro, al ver la luz de amor que había en ella.

—Decidme algo nobles hombres. ¿O qué, os habéis tragado la lengua también? —les dijo la señora.

Felipe le dijo que el oficial Marcelino le había recomendado ese lugar para buscar trabajo. La señora se admiró al escuchar el nombre de aquel hombre amigo de Felipe, por lo que de inmediato le abrazó de nuevo y le dijo que se podía quedar en ese momento. Le gritó al mayordomo que los llevara a un cuarto donde se podían quedar a dormir, y que de inmediato podrían empezar a trabajar. Con algo de pena, Felipe la interrumpió diciéndole los motivos por los cuales no podrían quedarse ese día, pero que si quería podrían regresar luego, porque tenía a su esposa embarazada; además, de los hijos de Chendo y Mamá Chayo, quienes estaban en la cueva con Elida.

En resumidas cuentas, le explicó los problemas por los que pasaban, pero sin decirle los detalles o nombres de algunas personas, pensando que no serían relevantes. Solo se limitó a algunos acontecimientos para proteger el lugar donde estaba la cueva. La señora al escuchar que tenía una esposa y que además estaba embarazada, se exaltó de gran manera, y no podía creer que estuvieran en una cueva escondidos con los niños. La señora lo tomó de los hombros y le exigió que le dijera en dónde estaba esa cueva, porque en ese momento irían a traer a sus esposas e hijos. Que no temiera cosa alguna, porque ella les ayudaría de todo corazón. De inmediato le pidió a Raúl que alistara el viejo camión para ir a rescatar a aquellas pobres gentes.

Felipe se sintió seguro y protegido por la luz en los ojos de la señora, los cuales le recordaban a su madre cuando le consolaba al lastimarse, por eso permitió que la señora les ayudara, mostrándole al mayordomo dónde estaba la cueva. Llegaron hasta el lugar justo en la puesta del sol, la cual iluminaba el camino hasta donde Felipe les indicó que se detuvieran, porque tendrían que caminar un poco para llegar hasta donde estaban sus familiares. Por lo cual, Raúl se bajó de inmediato para ayudar a la señora a bajar del camión. Bromeando y riendo todo el tiempo como lo hacen los grandes amigos.

Las lámparas que Raúl había traído para iluminarse en la oscuridad no habían sido necesarias, porque había plantas al lado de la vereda que conducía hacia la cueva, las cuales tenían una especie de luminosidad en sus hojas, además de otras más que se iluminaban en el momento en que se acercaban cada vez más a la cueva. Felipe pensaba que eso tendría que ser obra de los Dioses, sintiendo que algo extraordinario pasaría. Sentía dentro de sí que Elida le necesitaba, y apresuró el paso un poco más. Al llegar hasta el lugar en donde estaba la cueva, Felipe se sorprendió al ver a Gabriel y a Raziel afuera con los niños, abrazados entre todos. «¿Qué pasa?», preguntó Felipe de inmediato al verlos.

—La humildad en vuestras almas ha traído una esperanza para muchos mundos, Felipe. El momento ha llegado —le dijo Gabriel, recibiéndolo con los brazos abiertos—. Anda, ve. Felipe se le aproximó y lo abrazó, luego miró hacia la entrada

216

de la cueva. Felipe entró en el momento en que la ponían en el pecho de Elida, aún con el cordón umbilical uniéndolas. En ese momento Felipe cortó el cordón con algo de esfuerzo, pues por los nervios no podía cortarlo, por la impresión que le había causado, que hasta Mamá Chayo tuvo que ayudarle un poco para que no fuera a lastimar a la niña al cortarlo. La niña no lloró al cortarle el cordón, solo se retorcía recibiendo su espíritu y facultades, para enfrentar los retos que la vida le mostrará en el momento que reciba lo que necesite para crecer.

Estando en el pecho de Elida, Felipe se dio cuenta en el momento en que sus pieles se tocaban, y casi podía ver como el color de la piel de Elida se trasminaba hacia la piel de la niña. En ese momento miró el primer sorbo de aire que ella tomaba en este mundo, escuchándose después un llanto de advertencia por cuidado; el cual, el más alto decidió así para llamar nuestra atención a aquel frágil ser que requiere cuidado y cariño. Hermosa es la simplicidad con que el creador decide lo que muchos ignoramos en determinado momento.

"¡Jesús bendito, es una niña!" exclamó la señora al escuchar el llanto de aquella criatura que había venido a este mundo. Entró en la cueva junto con todos los demás, y cayó de rodillas al ver a la niña en el pecho de Elida, pues la había reconocido inmediatamente porque le recordó el momento en que la mamá de Elida había nacido, pues ella era su abuela. Lloró las lágrimas de alegría que las abuelas tienden a liberar al ver a su sangre nacer, por lo que se desvaneció un poco por la impresión. Gabriel y Raziel tuvieron que ayudarle para que se acercara a Elida, quien ya la había reconocido, pero que no podía hablar por la situación en la que se encontraba, además del nudo en la garganta que tenía por saber que ella estaba ahí en ese preciso momento tan especial. «Emma, en memoria de la abuela», dijo la señora. «¡Emma!», dijeron todos al mismo tiempo.

Celebrando así el nacimiento esperado por los divinos, Elida y Felipe aceptaron con gran alegría el nombre de su hija.

Gabriel y Raziel les ayudaron a subir al camión para que se fueran con la abuela de Elida de regreso a la mansión, así estarían más seguros de cualquier peligro por el momento. Gabriel puso una piedra igual en la que *La Anciana del pelo Blanco* se sentaba frente al altar, entre las sábanas con las que cobijaron a Emma, para que el viaje no le afectara, por ser recién nacida. El camión en donde viajaban tenía unas alas de águila real pintadas a cada lado, y unas inscripciones que decían cosas que motivaban la solidaridad entre los hombres.

Un destino preparado en una lección individual, el cual repercute en la vida de todos en el planeta, en el tiempo que los divinos han decidido, para que se cumpla el plan que la humanidad necesita para liberarse de su ingenuidad sobre su verdad.

Regresaron a la mansión de la abuela de Elida lo más rápido posible, para que nadie pudiera intentar lastimar al nuevo ser, a quien tenían como compromiso cuidarla para su propósito. Todos en la mansión se pusieron muy alegres al saber que Elida estaba viva, y aún más cuando la vieron llegar al lado de la abuela.

La recibieron con mucho cariño, y llorando de alegría, aún más al ver que tenía con ella a su hermosa hija recién nacida.

Los días pasaron con la alegría del nuevo ser, quien traía una esperanza en el corazón de todos en la mansión de la abuela, porque recordaban a la madre de Elida cuando la había parido, y ellos cuidaban de Elida recién nacida.

Felipe y Chendo se encargaron de cuidar el jardín, Mamá Chayo e Inés ayudaban a la cocinera, mientras que a los niños los llevaba a la escuela Raúl, además de Chendo quien siempre los acompañaba.

Un día, después de algunas semanas de que habían llegado con la abuela, el oficial Marcelino llegó hasta la mansión, ya que era hijo de la abuela de Elida. Era su tío, quien no había alcanzado a verla aquel día, en el cual habían tenido que huir del funeral del padre Joaquín. Ni la abuela, ni él se habían enterado de que ella había estado en ese lugar ese día, pues no les habían comentado nada para no poner en riesgo la vida de Elida y de los demás. El padre Joaquín había sido enterrado en el jardín de la parroquia del pueblo que tanto quiso y ayudó durante toda su vida. Lo despidieron como a un santo, con el honor que merecía su sacrificio y afán de servir al prójimo, de la manera más desinteresada que cualquier hombre pudiera tener. Y por ser un hombre bondadoso y comprensible, quien siempre estaba disponible para todos en el momento que se le requiriera algún consejo. Un amigo en quien confiar en todo momento.

El oficial Marcelino le dijo a su mamá que algo muy importante había pasado en el concurso de su fundación. Ya que la señora hacía un concurso de arquitectura cada dos años, en honor a su marido ya fallecido, con un premio al ganador de una gran fortuna. Los recursos que se obtenían de la fundación, los invertía en ayudar a diferentes comunidades en todo el mundo, para promover el respeto y la buena educación en el seno familiar. Ayudando a familias con bajos recursos, y construyendo nuevas escuelas para que las nuevas generaciones tengan la suficiente educación, como para que no les puedan engañar fácilmente en lo que deben hacer respecto a sus creencias e ideales.

Le dijo que había estado investigando por un tiempo sobre la construcción que había ganado el premio al mejor diseño arquitectónico, y que había descubierto ciertas irregularidades respecto al ingeniero que había diseñado aquella construcción. El ingeniero había cometido varios fraudes al adjudicarse el diseño de varias edificaciones durante muchos años. Esos eran los diseños hechos por otras personas, pero que él se los había robado para sacar provecho del buen trabajo que esas personas habían hecho con su talento, lo cual, él era incapaz de realizar.

Le explicó lo que había pasado en la construcción que había ganado el premio arquitectónico de la fundación, y que él ya se había encargado de encarcelar a aquel charlatán por todos los fraudes que había cometido. También le traía el dinero que la fundación ya le había pagado a ese farsante, ya que el canalla tuvo que regresar el dinero por orden de un juez, quien le dictaminó treinta y tres años de cárcel por fraude y corrupción, ya que no había sido el diseñador de aquella hermosa entrada arquitectónica, la cual había ganado el concurso.

La señora Jesusa Nájera, no podía creer lo que su hijo le contaba. Se sentía muy consternada por lo que había pasado, confundida y sin saber qué hacer, pues el premio debería dársele al diseñador ganador del concurso, y se le había entregado a un estafador.

La señora le pidió que tomara una pausa de ese asunto, ya que tenía algo muy importante que mostrarle. Le dijo que se pondría muy feliz al darse cuenta de lo que se trataba. Lo llevó hasta una de las ventanas que daba hacia el jardín, en donde estaba Elida sentada con su hija Emma entre sus brazos, mientras Felipe arreglaba algunos arbustos de flores, ayudado por su compadre Chendo.

"¡Esto es un milagro!" exclamó Marcelino abrazando a su madre, quien lloraba de alegría al ver a Elida sana y salva con su hija Emma entre sus brazos, emulando a su madre, quien la cuidaba en el mismo lugar donde ella estaba sentada entre las rosas del jardín.

Marcelino miró a Felipe cortando algunas flores para ellas, y lo reconoció en seguida. Entonces comprendió que su humilde amigo se refería a Elida, cuando hablaba de su esposa en sus charlas en la plaza del pueblo, pero nunca imaginó que se tratara de ella, hasta ese momento al verlos en el jardín de la mansión

"Madre, tenéis ante tus ojos al ganador del concurso arquitectónico de papá: Felipe Adame Alvares," le dijo Marcelino a su madre, apuntando hacia donde estaba Felipe con Elida, admirados por la ternura e inocencia de su amada hija Emma, el gran retoño de su amor incondicional.

www.ingramcontent.com/pod-product-compliance
Lightning Source LLC
Chambersburg PA
CBHW020628110726
47899CB00002B/703